D1721563

Die Männer der Désirée

Der Autor

Hans-Peter Grünebach (Jahrgang 1948) ist
neben dem Bücherschreiben passionierter
Sportler. Er lebte berufsbedingt u. a. in
München, Mannheim und Berlin, in den
Niederlanden und Italien, zeitweise in
Bosnien-Herzegowina, in Mazedonien und
Afghanistan. Neben den Ländern Europas
und Amerikas bereiste er studienhalber
auch Russland und China. Mit „Begegnun-
gen auf dem Balkan" machte Grünebach
2001 auf sich aufmerksam. Heute begeistert er seine Leser mit politischen Gedich-
ten, Theaterstück, Lyrik, Kurzgeschichten
und Romanen. Er lebt im Kloster- und
Künstlerdorf Polling in Oberbayern.

Hans-Peter Grünebach

Die Männer der Désirée

Roman

Engelsdorfer Verlag
Leipzig
2021

Dies ist ein Roman, der einst als Kurzgeschichte begann. Mögliche Ähnlichkeiten mit lebenden Personen und Handlungsorten sind zufällig und nicht beabsichtigt, wenn nicht ausdrücklich benannt.

Bibliografische Information durch die Deutsche Nationalbibliothek: Die Deutsche Nationalbibliothek verzeichnet diese Publikation in der Deutschen Nationalbibliografie; detaillierte bibliografische Daten sind im Internet über https://dnb.de abrufbar.

ISBN 978-3-96940-228-3

Copyright (2021) Engelsdorfer Verlag Leipzig

Alle Rechte beim Autor
Lektorat: Dr. Barbara Münch-Kienast

Titelbild © ullision [Adobe Stock]

Hergestellt in Leipzig, Germany (EU)
www.engelsdorfer-verlag.de

19,90 Euro (DE)

I

Klement Freys Leben und Sterben

PROLOG

Das Pflaster vor dem Polizeipräsidium war nass. Es nieselte. Schon konnte Hauptkommissar Beppo Steinbeis im Musikladen gegenüber dem Verkauf von Liederbüchern, Notenheften und Blockflöten zusehen. Die Straßenbeleuchtung spiegelte sich im Asphalt. Der November hatte etwas Unfreundliches an sich. Zu viel Grau, zu viel Regen, zu früh dunkel. Den Radlern mutete er zunehmend frostige Fahrten zu.

Steinbeis könnte für die vier Kilometer zum Dienst in die Ettstraße und abends zurück in sein Apartment in der Schwabinger Ainmillerstraße auch die U-Bahn nehmen. Doch weil er bei der Kripo viel Zeit am Bildschirm verbringen musste, gönnte er sich die tägliche Strampelei. Die Bewegung tat dem 42-Jährigen gut. Seit seiner Versetzung von Garmisch nach München vor zwei Jahren waren es nur dienstliche Einsätze, Blitzeis und unzumutbare Baustellen, die ihn daran hinderten. Sogar am Tag der Beförderung hatte er seinen Drahtesel entlang von Leopold- und Ludwigstraße und durch den verkehrsberuhigten Teil der Innenstadt zur Dienststelle gelenkt. Sehr praktisch, denn der Polizeipräsident gab ihm damals nach der Zeremonie frei. Weil eine Kollegin im Einsatz erschossen worden war, war niemandem nach Feiern zumute.

So erreichte Beppo Steinbeis an jenem Tag im April 2006 mit dem Rad sogar die 9.32-Uhr-Bahn, entrichtete bei der

Kontrolleurin seinen Obolus und überraschte seine Frau Ilona noch vor 11 Uhr beim Sprachtraining „Chinesisch für Anfänger".

Zusammen mit den Schwiegereltern Christian und Monika hatten sie sich von ihrem Zweifamilienhaus in Murnau-Weindorf aufgemacht und Sohn Tobias an der Schule aufgepickt.

Sie waren in der Fußgängerzone zusammen Pizza essen gegangen. Der achtjährige Tobi war überglücklich, nicht Schulbus fahren zu müssen und den „Wochenendpapa", wie er seinen Vater oft nannte, früher als sonst um sich zu haben.

Der Schwiegervater des Kommissars, Christian, hatte damals gedankenvoll sein Weinglas erhoben und gesagt: „Wir gratulieren, Beppo! Hochverdient! Deine Eltern wären stolz auf dich!"

Beppo hatte sich mit einem Toast auf die Gratulanten bedankt und auch seiner Eltern gedacht. Die waren sechs Jahre zuvor bei einem Flugzeugabsturz ums Leben gekommen. Sie wollten unbedingt einmal mit einer Concorde über den Atlantik fliegen. Den Enkel konnten sie noch kennenlernen. Doch seinem Aufwachsen zuzusehen und es zu begleiten, das blieb ihnen verwehrt.

Es klopfte.

Beppo Steinbeis, derzeit allein im Büro – Kollege Fred Käferlein hatte Urlaub –, wandte sich vom Fenster zur Tür.

„Herein!"

Frau Bukowski brachte mit dem Handwagen die Post. Den „Rolli" gab es noch im Präsidium, denn die Akten hatten manchmal beträchtliche Umfänge, Gewicht und Vertraulichkeit. Auch der nostalgische Paternoster hatte die Veränderungen auf der Welt überlebt. Er bot Platz für den Personentransport, für sensible Akten und ihre Bewacherin. Mit Augenmaß und einer gewissen Sportlichkeit konnte sie die Dienstpost zwischen den Stockwerken des Altbaus auf diese Weise schnell verteilen.

Es war Frau Bukowski, die zu Beppo Steinbeis mit nachhaltiger Ignoranz stets „Herr Steinbeißer" sagte, obwohl der richtige Name auf der Post zu lesen war. Auch hatte er ihr einst geduldig erklärt, dass die Namen zwar den gleichen Ursprung hätten, beide kämen sie von „Steine beißen", aber sein Name ohne scharfes oder doppeltes s geschrieben würde. Sogar den Verbreitungsraum, Deutschland–Österreich–Frankreich–Großbritannien, hatte er erwähnt – und dass es Blaublütige unter den Steinbeis' gäbe.

„Leider nicht in Russland bekannt", entschuldigte sie sich damals. Frau Bukowski war Russlanddeutsche und vertrat im Krankheitsfall Frau Schmidbauer. Der häufte sich, da Frau Schmidbauer 61 Jahre alt war und unter einer Hüftarthrose litt.

Frau Bukowski hatte diesmal nur einen einzigen Aktenordner, ein paar Briefe und eine Umlaufmappe in den Eingangskorb gelegt, der auf dem Sideboard zu seinem Schreibtisch auf Arbeitszugang wartete. Mit einem diensteifrigen „Einen schönen Tag, Herr Steinbeißer", hatte sie das Zimmer verlassen und die Tür wieder geschlossen.

Der Kommissar nahm den neuen Aktenordner zur Hand. Er war für sein Referat gekennzeichnet. Darüber hinaus stand darauf: „Klement Frey". Der Polizeipräsident hatte einen Vermerk angeheftet: „Wichtig – bitte Rücksprache!"

ALPENGLÜHEN

Ein Fluch schien Menschen ein Ende setzen zu wollen, die glaubten, mit Familiengründung, Hauseigentum und Wunschkind ihr Glück gefunden zu haben.

Von der Côte d'Azur hatten sie die Route Napoleon gewählt und den Rosenduft geatmet, der über der Ebene von Grasse lag. Im Tal des Flusses Verdon tobten sie Wassergumpen leer. Danach röhrte der Motor mehrmals beim Erklimmen schwindelnder Höhen. Das Auto zwängte sich durch beängstigende Felsformationen und stürzte sich über endlose Serpentinen wieder hinab ins grüne Tal. Ein Adler schwebte auf meterbreiten Schwingen auf der Suche nach Beute über ihm. Der Junge auf dem Rücksitz bewunderte die Grazie seiner Kreise.

Noch in Frankreich war ein Unwetter über die zwei Erwachsenen und das Kind hereingebrochen.

Die Kleinfamilie wartete das Ende der Dusche unter einer alten Brücke ab. Deren bemooste Steinquader ließen die drei Münchner vermuten, dass bereits Hannibal über sie geritten war. Auch seine Kampfelefanten hat sie getragen.

„Klement ...", rief der kleine Mann laut seinen Namen. „... ent" schallte es zurück.

„Wenn eine Brücke ein Echo hat, dann muss sie wirklich sehr groß und sehr alt sein", wusste der Vater.

„Oder sie muss verwunschen sein – dann antwortet dir jemand aus dem Reich der Toten", fügte die Mutter geheimnisvoll hinzu.

Es war Abend geworden. Die Landstraße spiegelte die Lichter der über sie brausenden Fahrzeuge. Die Natur wollte eigentlich schlafen gehen, aber der Vater klammerte sich an das Steuer und zwinkerte mit müden Augen.

Klements Papa wollte noch tanken und dann einen Espresso trinken.

Klements Mutter hatte am Beifahrersitz den Kopf auf ein Hörnchenkissen gebettet, wo er sich im Rhythmus des Asphalts bewegte. Licht- und Schattenspiele wanderten über ihre Silhouette.

Den Körper in eine Decke gewickelt, hatte es sich Klement auf der Rückbank gemütlich gemacht. Gegen Fahrgeräusche und Lichtreflexe, besonders die bei Ortsdurchfahrten und in Tunnels, hatte er ein Badehandtuch um den Kopf geschlungen. So schlief er ein.

Er träumte von seiner Modelleisenbahn, von seinem Kater Hadubald, den eine Nachbarin versorgte, und freute sich – völlig gegen die Regel – auf den Wiederbeginn der Schule.

In etwa einer Stunde würden sie die Schweizer Grenze passiert haben und spät nachts noch ihr Haus in Daglfing erreichen.

Das war der Plan, denn morgen, am Sonntag, würden sie sich ausruhen und von der Fahrt erholen können, hatte der Vater bei der Abfahrt in Nizza gesagt.

Die Hände taten weh vom Griff am Lenkrad. Der Rücken schmerzte vom stundenlangen Verharren in dem eigentlich bequemen Sitz des Citroën.

Den hatten sie gekauft, weil in ihm Platz für Zelt, Zweiflammenkocher und für Klements Gummiboot war und weil das hydraulische Auf und Ab vor und nach der Fahrt Klement so faszinierte, dass Papa manchmal das Auto nur für ihn anlassen musste. Dann lachte er und war glücklich.

Die Lautstärke des Radios hatte Klements Vater aus Rücksicht auf die Schläfer gedrosselt.

Noch immer spiegelten Scheinwerfer sich in dem nassen Straßenbelag. Wasser spritzte. Es blendeten Fernlichter und es senkten sich die Lider vor Müdigkeit. Schlaf reizte. Trägheit war über Klements Papa hergefallen. Die Achtsamkeit war reduziert und Alarmmechanismen waren ausgeschaltet.

Schon sah er die Leuchtreklamen der Tankstelle weit vor sich, als die Gefahr mit Blitzesschnelle nahte.

Ein gleißendes Licht brach in seine Müdigkeit ein. Schreck und Hitze übermannten ihn. Ein überholendes Fahrzeug kam ihm entgegen. Seine Muskeln zuckten. Reifen pflügten das Bankett. Bremsen quietschten. Das Auto schlingerte. Die Bremsen blockierten. Es rauchte und stank nach Gummi. Der Wagen schleuderte. Ein Baum setzte vorbei. Die Mutter schrie. Am Fuße des Abhangs katapultierte der Bug hoch. Das Auto prallte auf die Fahrerseite. Das Steuer brach. Alles drehte sich, einmal, ein zweites Mal, ein drittes Mal. Sie glitten auf dem Dach über Steine. Funken stoben. Die Uferböschung schlitterten sie hinunter ins Wasser. Das brach ein. Es wurde dunkel, nass und kalt. Oben nur ein Blubbern. Die Mutter hauchte: „Klement!"

Das Letzte, was Klement in seinem Leben von den leiblichen Eltern gehört hatte, war ein Entsetzensfluch des Vaters und ein Angstschrei der Mutter. Es war ihm, als hätte ihn jemand aus dem Auto geworfen. Danach umgaben den Jungen schützende Finsternis und eine tödliche Stille.

BADALONA

Egmont Frey und Hannelore Frey-Hornung saßen beim Frühstück und lasen die Süddeutsche Zeitung.

„Hast du Töne", kommentierte Egmond Frey eine Notiz aus den Vereinigten Staaten. „In Florida wurde ein Mafioso, der zur Ermordung von John F. Kennedy aussagen sollte, tot in einem Ölfass vor der Küste aufgefunden. Die Mörder haben ganze Arbeit geleistet. Sie wollten wohl nicht das mindeste Risiko eingehen. Er wurde erdrosselt und erschossen. Zudem waren seine Beine abgesägt, als hätten die Meuchler Angst gehabt, dass ihnen die Leiche im letzten Moment noch davonläuft."

„Ich finde sein Schicksal, was immer er getan hat, bedauernswert und gar nicht lustig. Dass du dich über solche Nachrichten amüsieren kannst? Typisch Mann, empathielos und ignorant!"

Für Egmont Frey war solche Kritik seiner Frau eine, die er mit Stillschweigen ertrug. Er fragte sich jeweils, ob es sich lohnte zu intervenieren. Egal wie er antwortete, ein Streitgespräch wäre die Folge, das er nur verlieren konnte. Wenn der Streitwert für ihn hoch war, ließ er sich auf eine Debatte ein, dann aber mit Konsequenzen. Aber bei solch unsachlicher Rhetorik machte eine Auseinandersetzung für Egmont keinen Sinn. Er schwieg. Es vergingen Minuten, bis Hannelore Frey-Hornung, den Vorwurf der mangelnden Seriosität zurückgestellt, erneut das Wort ergriff: „Hast du den Bericht über das Münchner Ehepaar gelesen, das in Frankreich bei einem Verkehrsunfall ums Leben gekommen ist?"

„Ja, gestern gab es dazu eine Schlagzeile. Das Kind soll einen mächtigen Schutzengel gehabt haben. Wenn ich richtig gelesen habe, dann war ‚das Wunder von Annecy' nicht angeschnallt gewesen, oder?"

„Dafür kann doch der Junge nichts."

„Gilt nicht seit 1. Januar eine Anschnallpflicht?"

„Ja, sicher, aber willst du den Eltern deswegen einen Vorwurf machen? Das würde aus zweierlei Gründen keinen Sinn ergeben: Erstens könnte er sich ja von den Eltern unbemerkt selbstständig abgeschnallt haben. Zweitens hatte der Junge ein Riesenglück, dass er nicht angeschnallt war. Er scheint so rechtzeitig aus dem Auto gefallen zu sein, dass er den Crash gar nicht mitbekommen hat. Man fand ihn auf einer Wiese und nicht im Autowrack, heißt es im heutigen Bericht. Das Auto haben sie aus dem Fluss bergen müssen. Der Junge ist zehn Jahre alt und soll ins Freimanner Knabenheim. Nur Waisen und Halbwaisen gibt es dort, in riesigen Schlafsälen zusammengepfercht. Mir tut der Bub leid."

Egmont Frey schwieg.

Seine Frau fragte, ohne ihn dabei anzusehen: „Erinnerst du dich? Wir hatten vor Jahren einmal eine Patenschaft dorthin und lassen dem Heim zu Weihnachten jedes Jahr eine Spende zukommen; sie läuft über das Unternehmen. Ich weiß gar nicht, wie hoch die Summe ist, weißt du es?"

„Nein, aber warum interessiert dich der Fall so sehr? Weil der Junge dir leidtut? Sag es frei heraus!"

„Die Firma Modenfrey wird irgendwann einen Erben benötigen", sagte Hannelore ohne jegliche Sentimentalität; eher so, als handele es sich um eine Angelegenheit der Firmenraison.

Ihr Mann wurde hellhörig.

Ja, sie hatten keine Kinder und konnten keine bekommen. Die Möglichkeiten, ein Kind zu adoptieren, hatten sie des Öfteren schon erörtert, mit den Jahren auch weniger sentimental, pragmatischer. Was sie bislang von einer Adoption abgehalten hatte, war der unbestimmbare Ausgang. Die Adoption eines Kindes aus Asien war zwar leichter zu bewerkstelligen als die eines deutschen, aber das Ergebnis war schwerer vorhersehbar. Immer wieder hatten sie das Thema vertagt. Gegen eine schnelle Sache mit einem asiatischen Baby hatten sie einige Vorbehalte. Bei einem kulturell entwurzelten Kind wisse man nie, welchen Widerständen es später ausgesetzt sei. Sein Anderssein würde es ja nicht verstecken können. Und niemand könne seine Veranlagung vorhersagen – vom Wunderkind bis zu einem Kind mit geistiger Behinderung. Würde man in letzterem Fall das eigene Leben neuen Umständen anpassen, Lebensträume und berufliche Ziele zurückstellen? Was, wenn die Begabung nicht für eine höhere Schule und ein Studium ausreichte?

Vielleicht könnte man mit einem schon grundentwickelten deutschen Kind besser in die Zukunft schauen? Er oder sie hätten bereits Schulzeugnisnachweise und Erzieher, die Auskunft zu Charakter und Eignung geben können.

Egmont Frey war Pragmatiker. Wenn seine Frau in ein Thema so einstieg, hatte sie ihm Kenntnisse voraus.

„Können wir Näheres zu dem Jungen erfahren?"

„Du weißt ja, dass auf ein Kind sieben Bewerber kommen. Sollten wir eine Adoption wollen, gilt es keine Zeit zu verlieren. Wir müssten nachweisen, dass wir die ‚bestgeeigneten Adoptiveltern' sind. Deshalb hab ich im Heim angerufen und Auskunft bekommen, da wir dort bekannt sind. Der Knabe Klement hat gute Schulnoten und er ist technisch interessiert. Beim Jugendamt wäre man sehr glücklich über eine rasche Adoption, der Junge braucht neue Eltern und eine therapeutische Begleitung seines Traumas. Eine Elternschaft, die Zeit für ihn hat und für Ablenkung sorgt, täte ihm gut."

„Du hättest mich vorher fragen sollen!"

„Sei nicht kleinlich. Es ist ja nichts passiert und ein Kontakt mit dem Jungen hat nicht stattgefunden. Ich habe nur recherchiert. Was ich noch herausgefunden habe: Den Jungen hat der ADAC in Annecy bereits abgeholt und ins Schwabinger Krankenhaus überführt. Wir könnten ihn besuchen. Er wird dort auf der Kinderstation mehr wegen des traumatischen Erlebnisses überwacht. Er hat offensichtlich keine Brüche, nur ein paar Schrammen und kann sich erinnern. Es liegt also keine Amnesie vor. Er sagt, er habe auf der Rückbank geschlafen und sich dazu in Decken eingewickelt. Ob die Eltern bemerkt hatten, dass er sich abgeschnallt hatte, das wisse er nicht. Der Bub macht sich Sorgen um seine Katze; sie heißt Hadubald. Woher der Name kommt? Ich weiß es nicht. Wir könnten das Tier in Pflege nehmen. Das würde einen ersten Kontakt schaffen. Noch eine Sache könnte für uns von Interesse sein: Die verstorbenen Eltern sind die Besitzer des großen Trachtenladens im Tal, du weißt schon. Grundsätzlich erlöschen ja bei Adoption die alten Verwandtschaftsverhältnisse des Kindes zu seiner Herkunftsfamilie und die damit verbundenen Rechte und Pflichten. Andere würden den Laden und das Vermögen erben. Es gibt keine Geschwister, aber die verstorbenen Eltern haben je eine Schwester. Man müsste den Verwandten ein gutes Angebot unterbreiten, das sie annehmen. Es gälte, eine Situation herzustellen, als wäre er Alleinerbe der Adoptiveltern. Alles würde dann zum Wohl des Kindes gereichen und das Jugendamt und den bestellten Vormund überzeugen. Als seine Adoptiveltern könnten wir diesen Erbteil so regeln, dass wir das Geschäft bis zu seiner Volljährigkeit für ihn weiterführen. Eventuelle Kredittilgungen müssen wir übernehmen. Die Geschäftsgewinne geben wir auf ein Treuhandkonto, auf das er am Tag seiner Volljährigkeit Zugriff hat, wie auch auf den Laden. Nach dem Abitur kann er bereits sein Studium selbst finanzieren. Die frühe Verantwortung wäre eine gute Schule für einen selbstständigen Unternehmer. Für den Eintritt in das Geschäftsleben bei Modenfrey hat er, in Verbindung mit einem Betriebswirtschaftsstudium und einem Volontariat, dann die passenden Voraussetzungen. Das wäre auch im Sinne des Unternehmens und für ihn eine fürsorgliche Lebensplanung. Was hältst du von der Idee?"

Egmont Frey hatte es die Sprache verschlagen. Was sollte er noch sagen? Seine Frau hatte ihm einen Plan ausgebreitet, wie er ihn nicht besser hätte strukturieren können.

„Lass uns eine Nacht darüber schlafen! Was ist, wenn er sich gegen das Unternehmen entschiede? Ich brauche Bedenkzeit."

Egmont Frey wich einer sofortigen Entscheidung aus Prinzip aus. Er hatte mit dem Verfahren der Vierundzwanzig-Stunden-Denkpause gute Erfahrungen gemacht.

Seine Frau Hannelore hatte aus Mimik und Art der Antwort längst entnommen, dass ihr Mann im Prinzip einverstanden war. Er wird wohl auf einer Pflegeprobezeit bestehen. Die ist sowieso verpflichtend. Ganz sicher wird er den Jungen ein Wochenende bei sich zu Hause haben wollen, bevor er zustimmt.

Am nächsten Morgen trat ein, was Hannelore Frey-Hornung von ihrem Mann erwartet hatte.

Es verging ein Monat. Dann kam das Wochenende, an dem sie aneinander Gefallen fanden.

Die Freys, beide Mittdreißiger, zeigten dem Jungen ihre Münchner Produktions- und Verkaufsstätten. Klement fand zur Freude von Egmont und der Belegschaft Interesse an den

Webmaschinen. Er kannte ja nur die Produkte im Laden der Eltern.

Sie machten einen Ausflug nach Hellabrunn in den Tierpark. Den Kater Hadubald hatten die Freys schon in Pflege genommen, als Klement in den langen Fluren der Klinik herumsprang. Oft musste er von den Schwestern eingefangen werden wie in einem Versteckspiel. Die orthopädische Abteilung, die mit den vielen geschienten Beinen und Armen und dort besonders die Patienten mit einem Thorax-Gips nach einer Schulterverletzung, hatte es ihm angetan. Kurzzeitig wollte er Chirurg werden. Wenig später hatte er sich für den verantwortungsvollen Beruf des Pflegers entschieden, dann wieder besann er sich auf Geschäftsführer im Trachtenmodeladen der verstorbenen Eltern. Das würden Papa und Mama von ihm erwarten. Und sie sähen ihm ja aus dem Himmel zu.

Als Klement das erste Mal in der Frey-Villa zu Besuch war, begeisterte ihn, dass es Hauspersonal gab und er deshalb niemals mehr allein sein würde. Auch könne er von der Osterwaldstraße aus mit dem Rad in die Schule fahren, wenn er demnächst ins Gymnasium ging, erzählte er der Tante vom Jugendamt.

Als Klement später mit den neuen Adoptiveltern, dem amtlichen Vormund, der Tante vom Jugendamt, dem Hausnotar von Modenfrey und einem juristischen Erbenvertreter der verstorbenen Eltern beim Aushandeln von irgendwelchen Urkundentexten saß, langweilte er sich sehr.

Er hatte seinen Kater auf dem Schoß und blickte schon auf Erinnerungen mit den neuen Eltern zurück. Sie konnten ihm seine alten nicht ersetzen; oft noch war er sehr traurig. Aber der Trip mit ihnen nach Garmisch in der Limousine mit Chauffeur, die Fahrt mit der Kabinenbahn aufs Kreuzeck und die Bergtour zu den Osterfelderköpfen war Spitze. Mama

Hannelore hatte ihn auf einem Felsen mit der dreieckigen Alpspitze im Hintergrund fotografiert. Das Bild hing jetzt in seinem Zimmer an der Wand. Er durfte in den Restschnee springen, mit Egmont Schneebälle werfen und auf der Suche nach seinem Echo „Klement" rufen.

Diese Bilder standen auf dem Nachttisch und begleiteten ihn in den Schlaf. Vom Gipfel hatte er auf eine nie zuvor gesehene Welt von Bergspitzen, Kars und Tälern geblickt. Der Himmel war blau. Die Sonne wärmte und warf Farben und Schatten auf Felsen und Schneefelder. Mit dem Fernglas konnte er an der Riffelscharte Gämsen beobachten.

Das war es, was er wieder machen wollte: auf Berge steigen und die Welt dort oben erkunden.

In der Hochalm gab es feinen Kaiserschmarren.

Sie ruhten in hölzernen Liegestühlen aus Segeltuch.

Ein Raubvogel hatte über Klement seine Kreise gedreht. Verschwommen war die letzte Autofahrt mit Papa und Mama wieder aufgetaucht, mit dem Adler, am Pass.

Wie in einer Bobbahn glitt das Auto ins Tal. Wie von unsichtbarer Hand gehoben, flogen sie plötzlich dahin. Der Adler hatte das Auto in seine Fänge genommen. Für eine geraume Weile schwebten sie in einer Gondel. Der Adler krächzte, dass das Gummiboot zu schwer sei. Er müsse sie sofort loslassen. Sie stürzten und wieder hörte Klement den Schrei seiner Mutter.

Hadubald miaute. Klements Augen blickten erschrocken in die Runde.

Die Erwachsenen hatten ihre Urkunden unterzeichnet und lachten. Sie lachten über ihn.

Er war wieder hellwach.

Von nun an hieß er Klement Frey.

CASSIOPEIA

Hasdrubal war ein Sohn des Hamilkar Barkas. Nach seinem Bruder Hannibal, dem Sieger der Schlacht von Cannae, war er der mutigste und tüchtigste der karthagischen Feldherren im Zweiten Punischen Krieg.

Als Klement zu seinem dritten Geburtstag 1969 ein achtwöchiges, schwarz-weißes Katerlein geschenkt bekam, schlug sein leiblicher Vater, ein Freund der klassischen Antike, vor, ihn Hasdrubal zu nennen. Klement hatte jedoch Schwierigkeiten mit dem s und sprach „Hadubal".

„Hadubal ist kein Name!", befand der Vater. Er heißt Hadubald. Das ist Althochdeutsch und verbindet ‚Kampf' mit ‚Kühnheit'". Dem kleinen Klement war es recht, kein Einwand von der Mutter, dabei blieb es.

Irgendwie passte Kampf und Kühnheit zu dem aufmüpfigen Kater, dem kein Baum zu hoch, kein Gegner zu frech, keine Maus zu flink sein konnte.

Den sechzehnten Geburtstag seines langjährigen Freundes sollte Hadubald nicht mehr erleben. Seine Reflexe waren nicht mehr die von einst. Beim nächtlichen Strawanzen wurde er ein Opfer seiner Kühnheit. Er hatte das Duell „Blaumetallic Suzuki RV 50 gegen Schwarz-Weiß Kampfkühn" verloren. Die Katzenwelt Schwabings pries seine Taten. Hadubald fand seine letzte Ruhestätte im Schatten einer mächtigen Blutbuche auf dem Grundstück der Freys und nicht nur Klement weinte um ihn, sondern auch Eveline, ein Au-pair-Mädchen aus Île-Tudy in der Bretagne.

Da die sanfte Eveline nicht viel älter war als der frühreife Klement und 1413 Kilometer weg von ihrem Zuhause, saßen die beiden öfter zusammen und hörten den „Kommissar" von Falco, „Femme que j'aime" von Jean Luc Lahaye, „Ein bißchen

Frieden" von Nicole, „Chacun fait c'qui lui plaît" von Chagrin d'Amour oder „It's raining again" von Supertramp.

Klement wäre nicht Klement, der lebensneugierige Junior von Modenfrey, wenn er nicht die Chance erkannt hätte, gegebenenfalls sein erstes amouröses Abenteuer auf heimischem Terrain einzufädeln. Dabei hoffte er auf Evelines Erfahrung und dass sie ihm Bereitschaft signalisierte. Als die Signale ausblieben, begann er eine Offensive und legte seinen Arm um ihre Schultern, wie zufällig. Sie saßen über seinen Französischhausaufgaben. Die Berührung brachte seinen ganzen Körper in Aufregung. Es begann mit einem Kribbeln.

Pech, dass sich die Sanftmütige in eine wehrhafte Bretonin mit Erwachsenenanspruch verwandelte, als er sie bedrängte. Wie zufällig hatte er eine Hand auf ihre Brust gelegt und erntete eine Ohrfeige. Es war eine leichte Ohrfeige, die ihr gutes Verhältnis nicht nachhaltig trübte. Aber sie stand zwischen ihnen. Eveline, deren Name sich ihrer Aussage nach von dem altfranzösischen Aveline ableitete, wusste um die Gefahren innerfamiliärer Beziehungen. Sie gehörte ja für ein Jahr zur Familie und wollte Deutsch lernen. Madame Frey hatte sie auch mit einem Schmunzeln vor Klements beginnendem „Sturm und Drang" gewarnt.

Aber Eveline war oft allein, sie hatte wenige Kontakte und Heimweh stellte sich ein. Klement konnte zuhören, er war intelligent, vielseitig interessiert, sportlich, aus gutem Hause und er sah gut aus. Sie würde noch ein Dreivierteljahr in München sein und vielleicht hier auch studieren wollen. Nichts hatte Eile.

Auch Klement hatte Zeit. Zunächst brauchte er eine gute Französischnote.

Seinen Pragmatismus hatte sich Klement bei Egmont und Hannelore abgeschaut, wie er so vieles in den ersten sechs Jahren seines neuen Lebens von ihnen lernte.

Die erste Zeit war hart gewesen; Einstieg ins Gymnasium, neue Gesichter, neue Lehrer, erste Fremdsprache, die leiblichen Eltern tot. Das Schlimmste war aber, dass er so oft darauf angesprochen wurde. Mitleid wollte er nicht.

Die Adoptiveltern trugen große Verantwortung für viele Menschen, waren häufig unterwegs zu Konferenzen und Modewochen und nahmen Anteil am gesellschaftlichen Leben. Sie waren politisch interessiert und banden ihn in die Tagesereignisse ein, solange sie jugendfrei waren.

Früh lernte er, sich selbst zu informieren. Er fragte andere zum Thema aus, suchte in verschiedenen Zeitungen Berichte und hörte Nachrichten. So lernte er von den täglichen Ereignissen viel über die Vergänglichkeit. Er sah sich zunehmend kritisch inmitten einer fragilen Weltsituation mit Mord und Todschlag, Terrorismus, Katastrophen und Kriegen.

Die Vergangenheit war für ihn wichtig. Wichtig war auch die Zukunft. Das Wichtigste aber, fand er, war die Gegenwart. In der wuchs er auf und sie atmete er. Sie konnte aber auch jede Minute enden, sodass sie vor dem Ende für Schönes genutzt werden musste, so dachte er.

Egmont hatte ihm empfohlen, als Erinnerungsstütze das Wichtigste aufzuschreiben. Er hatte ihm dazu eine ledergebundene Kladde mit Schloss geschenkt.

Darin fand sich neben Persönlichem zum Beispiel für das Jahr 1977 der Eintrag: „Entführung der Landshut nach Mogadischu. Blutigstes Jahr des Terrors. 159 Opfer von Terroranschlägen, dabei 100 beim Absturz von Flug 635 der Malaysia Airline."

Alles war in sauberer Handschrift niedergeschrieben.

Für 1978 war vermerkt: „Papst Paul VI. stirbt nach 15 Jahren Pontifikat. Nachfolger Papst Johannes Paul nach nur 33-tägiger Amtszeit tot. Nachfolger wird der bisherige Erzbischof von Krakau, Polen, Karol Wojtyła; er nennt sich Papst Johannes Paul II. Der italienische Ministerpräsident Aldo Moro wird von den Roten Brigaden entführt und umgebracht."

Unter 1980 gab es nur zwei Notizen: „Oktoberfest-Attentat. 1. Golfkrieg zwischen Iran und Irak."

Für 1981 hatte Klement festgehalten: „Der ägyptische Präsident wird bei einem Attentat getötet. Blume des Jahres ist die Gelbe Narzisse. Als Vogel des Jahres ist der Schwarzspecht gewählt worden. Gründung der Partei Die Grünen aus der Umweltschutz- und Atomkraftbewegung. Start des Space Shuttle Columbia. Interessiert mich sehr."

Und für das laufende Jahr hatte er schon vermerkt, dass Helmut Kohl Bundeskanzler geworden ist und man auf den Falklandinseln und im Libanon Krieg führt.

Freimütig hatte er Eveline einmal sein Tagebuch gezeigt. Sie wollte erst nicht darin lesen und sagte: „Das ist dein kleines Geheimnis, Klement! Ich würde mein Tagebuch niemandem zeigen, nicht einmal meiner Mutter."

„Das sind nur Notizen von Tagesgeschehnissen, von Vorgängen in der Firma und technische Details, keine Geheimnisse. Es ist kein Poesiealbum, dem man seine Träume anvertraut, in das kleine Mädchen Bilder und Texte aus der Bravo kleben und Gedichtchen von Klassenkameradinnen sammeln. Nicht dergleichen ist mein Tagebuch."

Eveline staunte über die Ernsthaftigkeit des Inhalts; alle Eintragungen schienen für einen späteren Nutzen, wenn es sein musste für andere, bestimmt. Nichts war unnütz festgehalten.

In der Schule ließ Klement nichts anbrennen. Er passte im Unterricht auf und sparte sich so manches Nachlernen zu Hause. Ganz wichtig dabei war, dass er am Wochenende Zeit für seine Berge hatte. Sein Verhältnis zu den Adoptiveltern war auch deshalb ungetrübt, weil Egmont und Hannelore ihm jeden Weg ins Gebirge öffneten. Sie hatten ihn beim Alpenverein eingeschrieben und wenn sie einmal selbst keine Zeit hatten, mit ihm einen Gipfel zu besteigen, dann organisierten sie ihm die Bergtour auf andere Weise.

„Der höchste Berg der Bretagne, der Roc'h Ruz, ist nur 385 Meter hoch", berichtete Eveline. Dort war sie gewesen und zweimal in Albertville zum Skikurs. Mehr Bergerfahrung hatte sie nicht. Trotzdem fand sie an den Gebirgswanderungen der Freys Gefallen. Sie war nicht unsportlich, doch lebte sie direkt am Atlantik und war die Höhe nicht gewöhnt. Also war sie oben kurzatmig. Die anderen mussten auf sie warten.

Höhepunkt ihres München-Aufenthalts sollte ein gemeinsames verlängertes Wochenende in den Alpen sein. Die Eltern hatten ein Panoramahotel am Reschenpass ausgesucht, von dem aus man beim Anblick des Ortlers Ausflüge auf die umliegenden Spitzen machte. Zudem konnten sie mit Leihrädern den See umrunden, den aus den Wassern ragenden Kirchturm von Graun fotografieren und von Graun aus auch die zehn Kilometer des Langtauferer Tals bis auf 1915 Meter hochfahren. Vom Talende aus hätte man einen gigantischen Rundblick auf die Ötztaler Alpen und ihre Gletscher. So hatte Egmont das Vorhaben angekündigt.

Die Zimmer waren gebucht, doch mussten Egmont und Hannelore im letzten Augenblick umplanen und einen Geschäftstermin wahrnehmen. Die Vorfreude der Jugend sollte nicht enttäuscht werden. Der Chauffeur fuhr Klement und

Eveline nach Reschen und sollte sie dort drei Tage später wieder abholen.

Noch am Tag der Ankunft bestiegen sie die Cima Dieci, die Zehnerspitze. Es war oben eine steile und rutschige Angelegenheit und Eveline hatte Angst, aber Klement sicherte sie ritterlich am Seil. Eveline fasste Vertrauen. Klement war keine sechzehn mehr. Sie sah ihn plötzlich in einer anderen Rolle, als ihren Beschützer.

Am nächsten Tag strahlte die Sonne und sie brachen mit dem Rad auf, Schwimmsachen im Rucksack. Die Fotos am Grauner Kirchturm sollten Evelines Eltern überraschen und sie mit dem Frey-Erben zeigen. Die deutsche Touristin, die sie ablichtete, sagte: „Ein schönes Paar. Viel Glück zusammen!"

Sie lachten eine Weile über die Bemerkung und radelten zurück nach Reschen.

Unterhalb des Hotels war eine Badestelle.

Eveline war immer ein hübscher Anblick. Die fliehenden blonden Haare, das Sommersprossengesicht mit dem dunklen Teint, der wassergewohnte, mädchenhafte Körper im sportlich geschnittenen Arena-Badeanzug machten sie extrem anziehend.

Der Abendwind wehte kühl. Die Wassertemperaturen stiegen auch im Sommer nicht über siebzehn Grad. Demensprechend kurz fiel die Schwimmeinlage aus.

Klamm kletterten sie über das steinige Steilufer zum Lagerplatz. Es war ihnen kalt.

Ausgelassen schlugen sie sich mit den Hotelhandtüchern und rubbelten sich gegenseitig ab.

Sie beschlossen, ins Warme, in die hoteleigene Sauna zu gehen.

Auch in den Küstenorten der Bretagne war man in jenen Jahren nicht prüde. Obwohl man sich in Italien befand, wo normalerweise getrennt und mit Handtuch sauniert wird, gab es hier eine Gemeinschaftssauna. Um diese Tageszeit war sie leer. Die gesamte Saunalandschaft hatte eine verglaste Front mit Blick auf den See.

Dort schlug der Wind weiße Pfötchen und der Ortler-Gletscher schimmerte rötlich im letzten Sonnenlicht.

Als sie nach dem Saunagang im Ruheraum saßen, zog ein schmales Nebelband vom Pass und weiter am gegenüberliegenden Ufer entlang. Es wurde immer länger und fixierte ihre Blicke.

„Die Reschenschlange!", stellte Klement vor.

Sie folgten gebannt ihrem Lauf. Schließlich verschwand die Schlange hinter der Staumauer, über die sie heute geradelt waren, und strömte hinunter ins Vinschgau Richtung Meran.

„Die Reschenschlange ist gefährlich. Sie verschlingt Touristen, die nur wegen eines Fotos ins Vinschgau kommen. Nur Liebespaare stehen nicht auf ihrer Speisekarte."

Klement musste seinen Satz wiederholen. Als sie verstanden hatte, lachte Eveline lauthals und umarmte ihn.

Sie schlug vor, in ihrem Zimmer ein gemeinsames Nickerchen zu machen, bevor sie sich zum Vier-Gänge-Menü wieder unter die Leute mischten. Und sie ergänzte, sie nähme die Pille. Klements Herz begann zu hämmern.

Obwohl Klement seitdem die ein oder andere Nacht von Eveline träumte und ihm beim Gedanken an ihre Berührung heiß wurde, kam es immer noch vor, dass er schweißgebadet aufwachte, weil er gerade wieder einmal mit dem Auto die Serpentinen hinunterfuhr, die Bremsen versagten und das Auto unten im Fluss Fillière versank, begleitet vom Entsetzensschrei der Mutter.

DOLOROSA

1987 war Klement 21 Jahre alt. Mit seinem Studium der Betriebswirtschaft kam er gut voran. Er hatte das Grundstudium abgeschlossen und beschlossen, sich eine Auszeit zu gönnen.

Tagebuch führte er noch und die düsteren Eintragungen dieses Jahres waren bisher: „Im belgischen Hafen Zeebrugge kentert am 6. März die britische Fähre ‚Herald of Free Enterprise'. Mehr als 200 Menschen ertrinken." Dahinter hatte Klement Bemerkungen angefügt, die zynisch klangen; ein noch unbekannter Zug an ihm.

Zum Jahresende sollte es noch schlimmer kommen: Mehr als 4300 Menschen ertranken bei der Havarie einer philippinischen Fähre. Zuvor hatte es im eigenen Land einen Politskandal gegeben, der Aufsehen erregte und mit einem Suizid endete: der Fall Barschel.

Am 11. Oktober wurde der Ministerpräsident Schleswig-Holsteins in der Badewanne eines Genfer Hotelzimmers tot aufgefunden. An seinem Selbstmord blieben Zweifel. Auch Nachfolger Engholm hatte kein Glück. Er musste später aufgrund des Drucks der Öffentlichkeit von allen Ämtern zurücktreten.

Klement hatte genug zu schreiben. Das Lebensrisiko hatte sich für ihn verschärft. Er glaubte der Statistik.

Seit Beginn des Studiums wohnte er in einer WG in der Türkenstraße. Die Mitbewohner wussten nichts von dem Geschäft im Tal, nichts vom Reichtum der Freys. Klement wollte leben wie andere Studenten auch.

Er tingelte mit ihnen durch die Studentenkneipen Tomate, Laila – später Alfonso's, 111 Biere, zischte Bierchen und trank Persiko, hörte im Song Parnass Fredl Fesls Liedern zu und konnte nicht umhin, die eine oder andere Zigarette mitzu-rauchen. In den verqualmten Kneipen machte Rauchen und Nichtrauchen ohnehin keinen Unterschied.

Hannelore hatte vehement über seine stinkenden Klamot-ten geschimpft; mit ein Grund für Klement, auszuziehen und sich eine Bude zu suchen.

Natürlich gelangte er auch in Schwabinger Zirkel, in denen der selbst gedrehte Joint reihum ging. Er hielt das – wie Rau-chen in Gruppen – eher für ein soziales Muss. Was, wenn man den Joint oder eine angebotene Zigarette ausschlug?

Einmal probierte er Meskalin, das ihm kanadische Hippies angedreht hatten. Klement hatte keine Ahnung von Drogen. Er fragte herum: Den Peyote-Kaktus konnte man kaufen, der Konsum war verboten. Das Verbotene lockte auch in Studen-tenkreisen, vor allem wenn es kostenlos war. Sein Kanadier hatte sich sogar eine Kapselmaschine gekauft. Zuerst schnitt er den Kaktus in hauchdünne Scheiben, trocknete diese auf Zeitungspapier auf dem Schrank und zerstampfte sie dann in einem Mörser zu Pulver. Mit der Waage berechnete er grob den Bedarf und füllte das Pulver in Kapseln. Die verschloss er maschinell.

Klement hatte die chemische Formel für Meskalin nachge-schlagen: $C_{11}H_{17}NO_3$. Der Siedepunkt lag bei 312 Grad Celsi-us. Doch was nützte ihm das?

Nichts!

Diese Kapsel lag nun auf Klements Hand.

Da ihm der alleinige Konsum zu heiß schien, fragte er in seiner WG, wer bei einem Drogentest dabei sein wollte. Er brach die längliche Kapsel in zwei Teile und verteilte den pulvrigen Inhalt auf zwei Blätter Löschpapier.

Zu zweit wollten sie das Pulver schlucken. Der Dritte im Bunde sollte auf sie aufpassen, alles beobachten und hinterher berichten, was war.

Das Auflecken geschah ohne Wasser. Sofort setzte eine Betäubung des gesamten Mundraums ein. Sie konnten nur noch lallen. Die übrigen Erscheinungsmerkmale ähnelten den Erzählungen anderer, die Erfahrungen mit LSD gemacht hatten. Sie tanzten stundenlang und hatten das Gefühl zu fliegen. Pieter, der Beobachter, hatte die Tür versperrt und die Fenster verriegelt. Er verhinderte so, dass sie wegschwebten. Später berichtete er über vergebliche Telefonate mit Estebans Schwester. Der Spanier versuchte eine Verabredung mit ihr für den Nachmittag zu treffen, konnte sich aber nicht artikulieren. Obwohl der Trip schon vorbei sein sollte – es war bereits taghell – stammelte Esteban nur Unverständliches ins Telefon.

Was übrig blieb, war ein fürchterlicher Kater. Vor allem die Lähmungen im Gesicht wirkten noch Stunden nach. Der mit dem Meskalin-Kaktus hatte vergessen zu erwähnen, dass man die Kapsel schlucken und keinesfalls ohne Wasser zu sich nehmen sollte. Nicht zum Nachmachen geeignet, so oder so! Klement schwor sich: nie wieder!

Den verdächtigen Zirkeln blieb er von da an fern und Rauschgift rührte er nicht wieder an.

Aber Klement tarierte sein Leben aus. Er wollte Bescheid wissen, alles wissen. Er besaß einen gebrauchten Kleinwagen für seine Ausflüge in die Berge. Wegen der Parkplatznot in der Türkenstraße hatte er ihn meist bei den Eltern in der Osterwaldstraße stehen, und in der Regel draußen.

Einmal, er war solo und fand Masturbieren fad, hatte er sich Mut angetrunken und fuhr zum Straßenstrich an die Freisinger Landstraße.

Mit Bangem kurbelte er das Fenster herunter.

Es war gleich die erste Dame, die an jener Parkbucht stand und ihn fragte, im Mantel, gar nicht aufreizend gekleidet, eher Hausfrau. Es war ein trüber Novembertag: „Na, junger Mann, nimmst du mich mit?"

Er hatte nicht die Courage zu sagen: „Nein, ich möchte erst mal mit allen Damen sprechen und dann auswählen."

So öffnete er mehr oder weniger galant die Beifahrertür und ließ die Dame einsteigen.

Sie war vielleicht zehn Jahre älter als er, dunkelblond, schlank und lächelte ihn an.

Er fuhr mit rotem Kopf, während sie sprach und ihn in die Knorrstraße lotste, in ein Mietshaus in den zweiten Stock.

Sie fragte ihn ein bisschen aus, ob er denn eine Freundin hätte? Er erzählte zurückhaltend von vergangener Liebe und dass er derzeit trotz Wohngemeinschaft allein wäre. Er fragte sie, warum sie es mache. Sie brauche Geld. Ja, was denn sonst; er bereute, so dumm gefragt zu haben. Sie erwähnte, dass sie mit ihrem Freund ein Zeichen verabredet hätte; die Stellung des Vorhangs. Wenn er halb zu war, hatte sie Besuch.

Es kam die Sprache auf das Geld und er lernte, dass die Preise je nach Angebot gestaffelt waren. Sie fragte, ob er sich ein Pornoheft ansehen wolle, es läge auf dem Tisch. Nein Danke.

Damals in einem Stimmungstief und solo wollte er eigentlich nichts Besonderes, nur eine Umarmung und die wohltuende Wärme einer erfahrenen Frau.

Eveline tauchte für Momente auf und dann breiteten sich Endorphine in ihm aus. Er ließ das Auto stehen und lief bis zur Türkenstraße. Zeitweilig tanzte er. Die Leute mussten ihn für völlig überdreht gehalten haben.

Nun wusste er auch, wie Sex gegen Bezahlung geht. Er schämte sich nicht. Seine Gastgeberin war wirklich zuvorkommend gewesen. Er könne gern wiederkommen. Gegenüber seinen Kommilitonen verschwieg er das Abenteuer „Straßenstrich".

Es war auch in der Anfangszeit in seiner WG gewesen, als seine Experimentierlust immer wieder neue Ventile suchte. Seine Neugierde führte ihn in ein Bordell. Es war spät und kurz vor Geschäftsschluss in jenem Haus. Er war müde, wollte aber nicht in sein ödes Zimmer zurück, wo er kaum Privatsphäre hatte und wo sie jetzt schon alle schliefen. Für zehn Mark bestellte er sich ein Bier und laberte die Bardame voll. Anfangs ging sie noch auf ihn ein, aber auch sie wollte abrechnen und heim. Als Klement partout an der Bar bleiben und nicht die einträglicheren Dienste einer Dirne in Anspruch nehmen wollte, nannte sie ihn „Wichser", was er umgehend mit einer Watschn über die Theke hinweg quittierte.

Nun war die Kacke am Dampfen. Er fürchtete die geballte Kraft der weiblichen Hausbesatzung und ihrer noch unsichtbaren Beschützer. Denen traute er Zimperlichkeit nicht zu. Der Überraschungseffekt war auf seiner Seite und seine Schnelligkeit kam ihm zupass. Mit ein paar Sprüngen war er am Jugendstiltreppenhaus und drei Etagen tiefer. Ein Holzstuhl traf ihn am Hinterkopf. Er sah ihn neben sich den Lichtschacht hinabstürzen und zerbersten. Er konnte die schwere Eingangstür aufreißen und entkommen.

Aufgrund seines Alkoholpegels ließ er das Kfz stehen. Als ihm sein Auto drei Tage später wieder einfiel und er es in die Osterwaldstraße fahren wollt, fand er gleich mehrere aufgeweichte Knöllchen am Scheibenwischer vor. Seine vielen Schwabinger Knöllchen bezahlte er immer bar und erzählte niemandem davon. Was blieb, war eine Beule am Hinterkopf und die Erinnerung an seine Lebensschule „Puff". Er hatte Glück: Da er und der Stuhl in die gleiche Richtung unterwegs gewesen waren, hatte sich die physikalische Geschwindigkeit des Wurfgeschosses zu seinen Gunsten reduziert. Man hätte ja auch auf ihn schießen können. Als er später einmal Hamburg besuchte und mit zwei Freunden einen Streifzug durch Sankt Pauli unternahm, war er der Einzige, der schon Erfahrung im Rotlichtmilieu hatte.

Studentische Kneipentouren endeten oft spät, manchmal noch in einer Diskothek am Elisabethplatz oder im Alten Simpel.

Die Volks- und Betriebswirtschaftler waren eigentlich eher fleißig am Lernen und brauchten gerade für die mathematisch orientierten Vorlesungen einen wachen Geist. Vielleicht war er dort die Ausnahme. In seiner Wohngemeinschaft waren nur Geisteswissenschaftler. Besonders die Philosophen, die Romanisten, Psychologen und Germanisten suchten die Nacht und wollten sich auch morgens um 4 Uhr noch über Platons Wiedergeburtslehre, Gedichte von Baudelaire, die Tiefenanalyse von Freud oder die Bedeutung der „Nora" von Ibsen unterhalten. Von einem Romanisten hatte er ein Baudelaire-Zitat behalten: „Bei genauerem Hinsehen zeigt sich, dass Arbeit weniger geisttötend ist als Amüsement ..." Das wollte er als Bereicherung in seinen studentischen Alltag einfließen lassen. Doch so leicht war das gar nicht, denn nach einem langen Tag und einer langen Nacht wollte der Geist nicht und suchte Ruhe. Die fanden Klement und seine Freunde am Eisbach, nur ein paar Schritte von der Uni entfernt; unkompliziert zu handhaben. Man zog sich aus und legte sich auf Hemd und Hosen, auf Bluse, Rock, Kleid, Slip und BH, das war völlig ausreichend, es sei denn, eine „Quietschie", Erstsemestlerin, hatte vergessen, dass Minis out und für die Wiese am Schwabinger Bach denkbar unpraktisch waren.

So lag Klement im Sommersemester oft zum Sonnen mit den anderen der Clique nackt am Eisbach und ruhte aus. Am Kiosk holte man sich ein Sandwich und nahm es mit zum Monopteros. Dort saß man abends am höchsten Punkt des Englischen Gartens und lauschte den Interpreten der Epoche wie „Solang man Träume noch leben kann" von der Band Münchener Freiheit, „I wanna dance with somebody" von Whitney Houston, „Never gonna give you up" von Rick Astley oder „Voyage, voyage" von Desireless. Immer hatte irgendjemand eine Gitarre dabei. Mindestens einen Kassettenrekorder.

Unverändert waren die Berge der stärkste Magnet.

Vier- und Fünftausender waren für Klement keine Herausforderung mehr. Er hatte inzwischen seinen Adoptivvater Egmont übertrumpft und allein den Gran Paradiso, den Monte Rosa und den Mont Blanc bestiegen. Zusammen mit seinen Eltern war er in Afrika auf den 5895 Meter über Meereshöhe gelegenen Kilimandscharo gewandert, er hatte auf dem Jungfrau-Gletscher übernachtet und dort das Klettern im Eis trainiert.

Nun zog es ihn magisch nach Asien, in den Himalaja zu den Achttausendern.

Einen Achttausender wollte Klement unbedingt besteigen, ganz ohne Expedition, ohne die Hilfe von Sherpas, ohne Flaschensauerstoff und zu Low Cost. Er wollte seine Grenzen ausloten. Dazu brauchte er Zeit und die richtige Gelegenheit. Die Monsunphase musste vorbei sein, wenn er das Basislager erreicht hatte. Als Gipfel hatte er sich den Cho Oyu ausgesucht, mit seinen 8153 Meter den sechstgrößten, auf der Grenze von Nepal zu Tibet.

Egmont unterstützte Klement bei seinem Vorhaben und war sogar damit einverstanden, dass die Tour ihn ein Semester kosten würde.

Hannelore war skeptischer, wusste nicht, ob ihr Adoptivsohn sein Trauma von damals bis dato bewältigen konnte. Sie fragte ihn, ob es Todessehnsucht sei, die ihn antrieb.

Klement hatte ihr, wie immer, mit nachsichtiger Miene zugehört, einen Moment der Einkehr abgewartet und ihre Bedenken dann mit Zitaten vom Tisch gewischt. Sein überdurchschnittliches Merkvermögen half ihm dabei: „Ich halte es mit Tichy", begann er, als wenn er den Schierlingsbecher in der Hand hielte.

„Der hat kürzlich in einem Interview seine Himalaja-Abenteuer als ‚Glück in sehr jungen Jahren' bezeichnet und seine Motive beschrieben mit ‚Suche nach Schönheit, fremden Menschen, nach Ausblicken'. Seine Erstbesteigung des Cho Oyu hatte er im Rückblick nicht als ‚extreme Leistung' in Erinnerung, sondern als ‚Harmonie und Schönheit'."

Leute wie Hillary und Tichy hatten ihren Besteigungen von Mount Everest und Cho Oyu Bücher folgen lassen.

„Tichys Bücher sind für mich wie Bibel, Talmud und Koran für andere."

Hannelore kannte „Cho Oyu" von Tichy. Klement hatte es ihr geschenkt. Herbert Tichy hatte seinem Buch aus Respekt den Untertitel „Gnade der Götter" gegeben. Beeindruckt hatte sie als gläubige Katholikin, dass der Österreicher am 19. Oktober 1954 um 15 Uhr, als er mit seinem Bergkameraden Sepp Jöchler und dem Sherpa Pasang Dawa Lama den höchsten Ort des „Throns der Göttin in Türkis" erreicht hatte, als Dank für die „Gnade der Götter" einer Tradition folgend

Schokolade im Gipfelschnee vergrub. Tichy hatte sich danach neben dem beflaggten Eispickel niedergekniet und später geschrieben: „Das Erreichen des Gipfels ist großartig, aber die Nähe des Himmels überwältigend ..."

Hannelore wusste natürlich über den Hype Bescheid, dem Generationen von Gipfelstürmern folgten. Ein Himalaja-Tourismus war entstanden. Der Vermüllung des „Dachs der Welt" durch die vielen Touristen stand die wirtschaftliche Genesung Nepals entgegen. Auch Indien, Pakistan und China profitierten von der Kommerzialisierung des Bergsteigens.

„Ich werde in Nepal nicht allein sein, aber den Berg allein in Angriff nehmen", argumentierte Klement.

„Sollte mir das Wetter einen Streich spielen, so kann ich es das Jahr darauf oder in einem anderen Jahr noch mal probieren. Sicherheit hat für mich absoluten Vorrang. Mach dir keine Sorgen um mich! Sollte ich aber – der unwahrscheinlichste Fall – von einem Eisblock getroffen werden oder mich eine Lawine verschlingen, werde ich es als Schicksalsschlag hinnehmen wie andere vor mir. Dann bitte ich euch, es mir gleich zu tun. Trauert nicht um mich. Ihr wisst mich am Berg, dort, wo meine Sehnsucht mich hintrieb. Der Himalaja ist für mich Erfüllung wie für andere die Haddsch nach Mekka oder das Pilgern nach Santiago de Compostela."

Hannelore war beruhigt. Nach Todessehnsucht hörte sich das nicht an, was Klement sagte. Über sein Kindstrauma, den Autounfall vor elf Jahren, hatten sie lange nicht mehr gesprochen.

Dennoch war sie von seinem Vorhaben nicht vollends überzeugt. Ihr wäre lieber, er würde sich einer organisierten Expedition mit Führer und Unterstützung von erfahrenen Sherpas anschließen.

„Ich würde dir die Expeditionsauslagen erstatten", hatte sie angeboten.

Genau das wollte Klement nicht.

Seine Adoptivmutter – er durfte sie seit der Volljährigkeit Hannelore nennen – wollte letztlich dem Plan nicht im Wege stehen. So wünschte sie ihm jetzt schon Glück und versprach, ein Auge auf den Laden zu haben und als „Kommunikationsdrehscheibe" für seine Kommilitonen und Freyja, seine derzeitige Flamme aus Island, zur Verfügung zu stehen.

ENGELBLITZ

Es war Frühling. Noch nicht so viele Menschen standen am Chinesischen Turm, am Kleinhesseloher See, in der Hirschau und am Aumeister nach Bier an. Wenige saßen schon auf den Klappbänken und hatten ihre Maß und die mitgebrachte Brotzeit vor sich. Einige waren mit ihren Hunden oder als Jogger unterwegs.

„Help – Hilfe!", rief es, eine Frauenstimme. Klement trat in die Pedale, hielt an, um die Richtung zu bestimmen, kurvte um den Teich und war vor Ort.

Er hatte in der Mauerkircher Straße eine Diskette abgeholt und wollte auf dem Rückweg zur WG Hannelore besuchen. Weil es trocken war und er eine halbe Stunde zu früh dran war, überquerte er Isarkanal und Fluss am Oberföhringer Wehr, hielt sich rechts, bog beim Amphitheater nordwärts Richtung Aumeister ab und radelte gemütlich am Oberjägermeisterbach entlang.

Beim Schwammerlweiher hörte er den Hilferuf. Er sah niemanden, hielt an und rief „Wo?"

„Hier, hier!" Die Stimme kam aus einer Buschgruppe auf der Rückseite des Weihers. Schnell war er dort.

Eine junge Frau trat aus dem Gebüsch: flammend rote Strähnen, verschwitztes Sommersprossengesicht mit verschmierter Wimperntusche, eingerissene grüne Jogginghose, Nike-Laufschuhe in Pink, Oberteilfetzen in einer Hand, die Arme vor der Brust verschränkt. Sie fragte: „Haben Sie eine Jacke?"

Klement hatte seinen Blouson auf den Gepäckträger geklemmt. Er stellte, ahnend was passiert war, das Rad ab und reichte ihr den Blouson am langen Arm mit den Worten: „Ich werde Ihnen helfen. Ziehen Sie das an!"

„Danke, ich wurde überfallen!"

Sie hatte eine helle Stimme und wirkte überraschend gefasst.

„Ich nehme an, der Täter ist geflohen?"

„Ja, dorthin!"

Die rothaarige junge Frau zeigte Richtung Isar.

Eine Verfolgung war zwecklos.

„Kommen Sie! Ich bringe Sie zu meiner Mutter, sie wohnt ganz in der Nähe in der Osterwaldstraße. Sie wird uns zur Polizei begleiten. Ich heiße Klement. Und Sie?"

„Ich bin Freyja und komme aus Island!"

So hatte Klement Freyja, die Studentin der Soziologie und künftige Kriminologin, Fachgebiet Kritische Kriminologie, kennengelernt.

Vom Schwammerlweiher mussten sie ein Stück zurückgehen, auf der Westseite über den Schwabinger Bach und noch einige Meter die Osterwaldstraße entlang.

Mutter Hannelore war nicht erstaunt, dass Klement eine Freundin mitbrachte, aber eine solch ramponierte, die er siezte?

Sie reagierte schnell, holte Wäsche und einen Trainingsanzug von sich, zeigte Freyja das Bad, desinfizierte zwei blutige Schrammen und verpflasterte sie. Hannelore gab Freyja den Rat, sich nicht vor dem Besuch bei der Polizei zu waschen.

„Sie wollen doch Anzeige erstatten?"

„Oh ja!", sagte Freya sehr bestimmt.

Trotz der Eile gab es erst Tee, Mineralwasser und Zwetschgenkuchen, von Hannelore gebacken. Freyja nahm zwei. Dann machten sie sich auf den Weg.

Da die Polizeiinspektion 13 hinter dem Ungererbad und fast an der Ingolstädter Straße lag, nahmen sie Klements Auto. Es stand wie so häufig vor der Tür.

In der Germaniastraße fanden sie einen Parkplatz und bei der Polizei eine besonnene Beamtin, welche die Anzeige aufnahm und Freyja die Papiertüte mit ihrer Joggingbekleidung abnahm. Sie sagte, dass der Verdacht auf sexuelle Nötigung in Tateinheit mit Vergewaltigung nach Paragraf 177 Strafgesetzbuch und Körperverletzung nach Paragraf 223 und Folgende des Strafgesetzbuchs vorläge.

Eine erste Täterbeschreibung musste Freya zu Protokoll geben. Sie tat dies mit einer solchen Sachlichkeit und Präzision, dass der gegenübersitzende Polizist aufhorchte.

Die Zeugenaussagen von Klement und Hannelore waren schnell aufgenommen. Freyja sollte sich unverzüglich zur weiteren Sicherstellung der Spuren ins Schwabinger Krankenhaus begeben. Sie würde dort erwartet. Ob Herr und Frau Frey sie hinfahren könnten?

„Selbstverständlich machen wir das!", erklärte Hannelore.

Am nächsten Tag solle Freyja ins Präsidium in die Ettstraße kommen und dort durch die Beauftragte für Kriminalitätsopfer befragt werden. Die würde sie zum Ablauf der Ermittlung, zu den Rechten von Opfern in Deutschland, zu anderen Hilfs- und Beratungsstellen und zur Vorbeugung allgemein und für den akuten Einzelfall beraten. Mit Freyjas Hilfe sollten ein Täterprofil und ein Phantombild erstellt und Fotos aus der Kartei der Sexualstraftäter gesichtet werden. Bis dahin hätten sie vielleicht auch schon die Ergebnisse der Untersuchungen von Kleidung und Körperspuren.

Freyja hatte überaus konzentriert zugehört. Sie nahm die Kontaktadressen an sich und bedankte sich.

In der Notaufnahme des nah gelegenen Krankenhauses wurde Freyja von der leitenden Ärztin persönlich untersucht. Hannelore und Klement warteten draußen.

Freyja hatte Hämatome an Armen, Hals und Beinen, ein paar Kratzer am Rücken, Rötungsspuren auf einer Gesichtshälfte und Abriebnachweise von dem Täter, berichtete sie. Ihr war es gelungen, den Angreifer ihre Fingernägel in die Augenpartie zu bohren und ihn just in dem Moment ein Knie mit aller Kraft in die Hoden zu rammen, als er versuchte, seine Hose zu den Knöcheln zu ziehen. Schließlich beherrschte sie Krav Maga, die wirkungsvollste Selbstverteidigung für Frauen. Allerdings kann man auch in solchen Kursen die Wirklichkeit nur bedingt üben; vor allem wenn der Gegner sehr kräftig ist. Das war er: etwa 1,85 Meter groß, mehr als 80 Kilogramm schwer; sie selbst wog nur 58, bei 1,69 Körperlänge. Allerdings sei sie zäh und normalerweise nicht ängstlich und schreckhaft. Aber von diesem Angriff war sie völlig überrascht worden.

Ein Mann mit einem alten Rad war ihr gefolgt, hatte sie überholt und ihr später hinter einem Baum aufgelauert. Der Überfall geschah blitzschnell. Er hatte sie ins Gebüsch gezogen, ihr dabei den Mund zugehalten und mit unterdrückter Stimme „Kehle durchschneiden" oder Ähnliches gesagt. Ihr Top hatte er einfach in Stücke gerissen und das Gleiche mit der Hose versucht. Er war erregt. Doch dann hatte er einen Moment nur eine Hand an ihrer Schulter und sie konnte sich aus dem Klammergriff befreien. Er schrie vor Schmerz auf und fluchte in irgendeiner Sprache. Es könnte auch ein Dialekt gewesen sein. In diesem Augenblick bellte ein Hund. Er ließ los, schlug ihr mit der Außenhand ins Gesicht und stand auf. Sie schrie so laut sie konnte „Help, Hilfe!".

Er erschrak sichtlich, zog seine Hose hoch, packte sein im Gebüsch verstecktes Rad und fuhr in Richtung Isar davon.

Sie rappelte sich auf und prüfte, ob das Top noch tragfähig war – Fehlanzeige.

Dann kontrollierte sie, ob sich Führerschein, Notgeld und Wohnungsschlüssel in der Hosentasche befanden. Ja, der Reißverschluss hatte das Malheur überstanden. Erst danach besah sie sich die blutenden Hautstellen. Ein Knie, ein Ellbogen. Und der Rücken tat weh. Er hatte sie auf den mit Zweigen und Steinen übersäten Boden geworfen.

Hannelore war perplex.

Freyja hatte ihr für nordeuropäische Insulaner typisches Selbstvertrauen wiedergewonnen und damit auch ihren persönlichen Humor. Sie lachte und klopfte sich auf die Schenkel. Ihre Sommersprossen verschwanden hinter Lachfalten, Grübchen bildeten sich an den Wangen und ihre himmelblauen Augen strahlten. Mit aufgesetzt knurriger Stimme sagte sie: „Ich hab ihn erledigt!"

Damit war der Bann gebrochen. Es war klar, dass die Isländerin weder äußerlich noch innerlich nachhaltige Schäden davongetragen hatte.

Hannelore und Klement waren erleichtert und fuhren die Zweiundzwanzigjährige nach Hause.

Freyja bewohnte nähe Emmeramsmühle ein Einzimmerapartment. Sie winkte die beiden hoch in den ersten Stock. Aus dem Kühlschrank holte sie drei Becher Skyr, eine Schale Obstsalat, den sie am Morgen geschnitten hatte, und Milch und legte Löffel dazu. Das müssten die Freys unbedingt probieren, eine isländische Spezialität: „Mit Milch oder Obst essen", riet sie.

Während Freyja sich umzog, verständigte Hannelore ihren Mann, der sie wahrscheinlich schon auf die Liste der Vermissten gesetzt hatte.

Freyja kam in Jeans, den Rotschopf zum Pferdeschwanz gebunden, und tischte noch Snúður auf: „Snúður sind leckere

Zimtrollen mit Zuckerguss. Alkoholika habe ich nicht an Bord. Ich rauche und trinke leider nicht."

„Dafür brauchen Sie sich wirklich nicht zu entschuldigen, das ehrt Sie eher", kommentierte Hannelore und blickte dabei Klement an.

„Ist es Ihnen bequem, dass ich die nächsten Tage verbeikomme, um Ihnen Ihre Kleidung zurückzubringen?"

„Gern", sagte Hannelore, „wir sollten das aber telefonisch verabreden. Mein Mann und ich wechseln uns in der Firmenzentrale ab, damit immer ein Ansprechpartner anwesend ist. Das ist in Familienunternehmen üblich."

„Das kenne ich von meinen Eltern. Sie haben in Reykjavik eine Firma, die Islandreisende betreut; Gruppen und Individualreisende."

Freyja sprach gut Deutsch mit einem nordischen Akzent. Sie saß kerzengrade und stolz erhobenen Hauptes auf dem Küchenstuhl. Trotz Jeans und Pulli könnte sie auch eine Stammesfürstin aus dem Reich der Wikinger sein, empfand Klement, eine, die es gewohnt war, auf einem Schild getragen zu werden. Die ihr zustehende Sänfte würde sie für Krankentransporte zur Verfügung stellen.

Freyja erzählte ein wenig von ihrem Studium. Es tat ihr wohl gut, nicht allein zu sein.

„Früher wollte ich Polizistin werden, Verbrechern, von denen es in Island nicht allzu viele gibt, das Handwerk legen." Später hatte sie mehr der psychologische Hintergrund einer Straftat interessiert.

„Da es immer das soziale Umfeld ist, das die Menschen prägt, war für mich logisch, erst meinen Studiengang in Soziologie abzuschließen und dann in Kriminologie weiterzumachen. Weil es bei uns viele Touristen aus Deutschland gibt, habe ich von Klein auf Deutsch und Englisch gelernt. So gab es für mich nur die Wahl, nach England oder Deutschland zu gehen. Ich entschied mich für die ‚Weltstadt des Herzens', München. Nach sechs Semestern Soziologie an der LMU werde ich mich in Regensburg mit den Ursachen für kriminelles Verhalten und passende Präventivmaßnahmen beschäftigen. Heute hatte ich ein vorgezogenes Praxisseminar."

Und wieder strahlte sie und lachte. Und wieder sagte sie stolz: „Ich hab ihn erledigt!"

Hannelore freute sich über Freyjas Freude, lächelte aber etwas gequält. Vorsichtig merkte sie an: „Es war doch auch Glück dabei. Der Mann hätte ein Messer oder eine Pistole haben können, nicht wahr?"

„Natürlich, es war auch Glück!"

Einen Augenblick sahen sie Freyja mit dem melancholischen Blick derjenigen, die nicht weiß, ob das Meer den Liebsten heute noch aus seinen stürmischen Fängen freigibt oder ob sie morgen um ihn trauern muss.

Im nächsten Moment lachte sie und noch einmal betonte sie mit drohender Stimme: „Ich hab ihn erledigt!"

Ging man so in Island mit Traumata aus Gewaltverbrechen gegen Frauen um? Steckte in Isländerinnen so viel mehr Selbstständigkeit und Selbstvertrauen, als man es aus Mittel- und Südeuropa kannte?

Hannelore war überrascht und nahm sich vor, mehr über Island zu lesen.

Klement wollte den Vulkan Freyja näher kennenlernen und den 2110 Meter hohen Öræfajökull obendrein.

Was er herausfinden musste: Hatte Freyja einen Freund? Es war wenig wahrscheinlich, dass eine so hübsche Studentin in München lange allein blieb. Andererseits konnten ihr analytischer Verstand und ihre selbstverständliche Autarkie Männer auch auf Abstand halten. Seine Neugier wuchs.

Als Freyja wieder bei Hannelore war, kam er wie zufällig vorbei. Freyja schien sich zu freuen. Er begleitete sie mit dem Rad nach Hause und durfte zum Abendessen bleiben.

Er versprach, ihr in Schwabing seine Kneipen zu zeigen.

In der Tomate war es ihr zu stickig, aber sie fand die Musik gut. Im Drug Store konnten sie sich in Ruhe austauschen. Im Käuzchen war Tanz und sie kamen sich näher. Aber es dauerte noch eine Weile, bevor Klement bei Hannelore vermelden konnte, er habe eine neue Freundin, sie hieße Freyja!

Freyas Studienzeit in München würde mit dem Sommersemester des Folgejahres enden. Dieses Jahr aber flog sie in den Semesterferien heim und Klement mit ihr. Freyjas Eltern wollten ihm ein Vulkan-Tracking ermöglichen.

So kam es, dass Klement Frey am Kraterrand des Öræfajökull fast über eine männliche Leiche gestolpert wäre und dadurch die postume Bekanntschaft mit dem dänischen Fotografen Olaf Johansson machte.

FREDERICA

Für den ersten Tag in Nepal hatte Klement eine Führung gebucht.

Er wurde von seinem Hotel, der Kora Lodge, abgeholt. Die Runde umfasste den zum UNESCO-Weltkulturerbe gehörenden Dubar Square. Am Königsplatz pulsierte das Herz Kathmandus. Er sah den Palast der Malla-Könige, den in den Himmel ragenden Taleju-Tempel, das Bergkloster von Swayambhunath – das mit den vielen fotogeilen Affen – und den Shiva-Tempel am Bagmati-Fluss. Zum Schluss umrundete er in Bodnath mit seiner kleinen Gruppe die ikonische Stupa und steckte bei der Kora einem Pilger in sein Handbrett ein paar Rupien-Scheine, bevor der auf Knien und Händen weiterrutschte. Nachmittags ließ er sich noch auf Empfehlung eines Freundes nach Swayambhu fahren, um im Benchen-Kloster einen persönlichen Gruß zu überbringen. Das tat er und bekam eine Gebetsmühle geschenkt. Die könnte er für sein Cho-Oyu-Vorhaben gut gebrauchen, doch war sie für eine Achttausenderbesteigung Sperrgepäck und musste im Hotel auf ihn warten. Abends konnte er dem Treiben um die Bodnath Stupa noch einmal von der Hotelterrasse zusehen.

In Kathmandu gab es alles zu kaufen, was man zum Besteigen eines Achttausenders brauchte. Klement hatte am Taxistand einen Guide „gemietet", der ihn durch die Geschäfte der New Street lotste. Denen überließen die jährlichen Everest-, Manaslu-, Lhotse-, Makalu-Expeditionen nach getaner Arbeit ihre nicht mehr benötigte Ausrüstung. Sein Plan war, mit drei Tragekraxen, jede mit 20 Kilogramm beladen, zunächst mit dem Überlandbus von Kathmandu über Bhaktapur nach Lamosangu und von dort mit einem Jeep-Taxi nach Jiri zu fahren. Dort wollte er mit zwei Trägern zu Fuß über den Lamjura-Pass bis Namche Bazaar. Das in einem kessel-förmigen Einschnitt oberhalb des Bhote Koshi zwischen zwei Sechstausendern auf 3440 Meter gelegene Sherpa-Dorf lag an einer wichtigen Wegekreuzung. Unten im Tal gabelten sich der Weg entlang des Flusses Bhote Koshi in Richtung tibetische Grenze und Cho Oyu, den Klement gehen wollte, und der entlang des Dudh Koshi flussauf zum Mount Everest. Die meisten Touristen, die in die Khumbu-Region kamen, deren Verwaltungsort der 1600-Seelen-Ort war, übernachteten in Namche Bazaar. Nur von dort aus konnte man telefonieren, ein Telegramm aufgeben, Rupien eintauschen, zum Zahnarzt gehen oder im Notfall per Hubschrauber ausgeflogen werden.

In Namche Bazaar wollte Klement sich mit Lebensmitteln und zusätzlichem Gerät wie Steigeisen, Eispickel, Seilen und Gaskartuschen eindecken und sich mit zwei Sherpas über Thame und den 5716 Meter hohen Nangpa-La-Pass über die Tichy-Route auf die 8200 Meter des Cho Oyu wagen.

Weil Modenfrey gute Handelsbeziehungen zur Volksrepublik China und deren Generalkonsulat in der Sendlinger Hofmannstraße pflegte, hatte Klement eine Sondergenehmigung zur Besteigung des Cho Oyu von tibetischer Seite erhalten. Die nepalesischen Behörden hatten ihm ein Trekking-Permit bis zur Grenze am Pass Nangpa La ausgestellt und die Genehmigung für zwei begleitende Sherpas.

Es war nur noch der am wenigsten geliebte Fensterplatz über der Hinterachse frei gewesen. Als er jetzt eingeklemmt in dem holpernden Bus saß, alle Gerüche der Welt um sich, sein Gepäck auf dem Dach, zog die noch grüne Mahabharat-Kette an ihm vorüber. Im Rhythmus der Busgeräusche döste Klement vor sich hin. Er dachte an seinen Besuch in Island zurück.

Gerade einmal zwei Monate war es her, dass er dort Freyjas Familie kennengelernt hatte und mit Freyja in der Laugavegur schwofen war. Sie hatte ihm die ersten zwei Tage mit viel Leidenschaft Reykjavik gezeigt, die Hallgrimskirche, den Stadtsee Tjörnin und das Konzerthaus Harpa. Sie schleppte ihn durchs Nationalmuseum und zeigte ihm das einzigartige Phallusmuseum mit der weltweit größten Ausstellung von Penissen und Penisteilen. Die Sammlung umfasste 280 Exemplare von 93 Tierarten, dabei 55 Penisse von Walen, 36 von Robben und 118 von Landsäugetieren, darunter auch welche von Trollen und Huldufólk, beides mystische und lichtscheue Wesen der isländischen Fabelwelt.

Am Hafen lag das Reisebüro von Freyjas Eltern, „Special Island Tours", das Klement eine Wunschroute zusammenstellte. Sie organisierten ihm einen Wal-Beobachtungs-Trip mit einem Zwölf-Meter-Boot, das zweiunddreißig Knoten machte und ihn ein Stück die Panoramaküste entlang brachte. Bei den Puffin-Inseln sah er sie, die Giganten des Meeres, neugierig, friedlich, Begeisterungsfontänen in den Himmel schnaubend.

Am anderen Tag brachte ihn ein kleiner Flieger nach Höfn, dem Hauptort der Gemeinde Hornafjörður im Südosten. Er übernachtete im gastlichen Dyngja. Von dort ging es mit Jeep und Schneemobil auf den höchsten Vulkangletscher. Alles Material, das er brauchte, bekam er gestellt, dazu einen Führer. Der hieß Björn. Auf dem gigantischen Gletscher des Öræfajökull konnte er dann wie seinerseits auf dem Jungfrau-Gletscher das Überleben in Eis und Schnee trainieren. Allein, mit Zelt, denn Björn wollte ihn drei Tage später erst an verabredeter Stelle wieder abholen. Zu ihm hatte er Funkkontakt.

Alles lief nach Plan, sogar das Wetter hatte mitgespielt und er konnte das Überqueren von Gletscherspalten testen und Polarlichter fotografieren. Doch als am zweiten Tag mehrmals die Sonne durch die schnell dahinziehenden Wolken blinzelte und er ein besonderes Fotografierlicht zu haben glaubte, fand er die Leiche von Olaf Johansson. Sie mochte dort, gut konserviert, schon einige Wochen gelegen haben.

Für Klement war die Ursache seines Hinscheidens nicht auf den ersten Blick erkennbar. Als er den Toten aber umdrehte, war dessen hinterer Schädel voll von gefrorenem Blut. Er glaubte an einen Hieb, an Mord.

Die Stelle war flach und alle früheren Spuren zugeschneit. Nur seine lief auf die Fundstelle hin.

Klement hatte bereits den Ausweis aus dem Parker des Toten geholt. Der hatte in der Brieftasche gesteckt. Überall waren nun seine Spuren, ein Desaster. Er funkte Björn an und schilderte das Malheur. Gott sei Dank, Björn kannte den zuständigen Inspektor und verhandelte mit ihm.

Wenig später kam über Funk: Er solle nichts anfassen, das Landekreuz auslegen, das man ihm mitgegeben hatte, dieses gut im Boden befestigen, auf Empfang bleiben und die Sachen packen. Der Inspektor käme mit dem Hubschrauber und nähme sowohl die Leiche als auch ihn mit.

So geschah es.

Der Helikopter war größer als von Klement erwartet und spuckte nicht nur den Inspektor aus, der sich als Einar vorstellte, sondern auch ein Dreierteam, das die Spuren sicherte.

Einar war freundlich zu ihm, musste ihn aber in Hornafjörður festhalten, bis die Laboruntersuchungen abgeschlossen waren.

Vom Guesthouse Dyngja konnte Klement Freyja in Reykjavik und „Special Island Tours" verständigen.

Einen Tag später war klar, dass der unglückliche Olaf Johansson schon etwa zwei Wochen tot war, bevor Klement ihn entdeckte. Der Däne war mit großer Wahrscheinlichkeit von einem braunen Eisbrocken erschlagen worden. Man hatte das Beweisstück im Schnee gefunden. Von einem Satelliten konnte es nicht heruntergefallen sein. Er war auch nicht vulkanischen Ursprungs, sondern stammte aus der Toilette eines Flugzeugs. Der Fotograf war, ob man es glauben mochte oder nicht, am Rande eines Vulkankraters von einem vereisten Stück Scheiße erschlagen worden. Welch ein zufälliges Zusammentreffen in einer Schnee- und Eiswüste, fragte sich Klement schaudernd.

Klement hatte gewusst, dass der Öræfajökull ein aktiver, subglazialer Schichtvulkan ist, der irgendwann wieder Lava schleudern wird, wie 1728 das letzte Mal. Olav und Klement hatten wissentlich auf einem aktiven Vulkan getanzt und Nordlichter fotografiert. Sie hatten gehofft, dass während ihres Aufenthalts in der Tiefe alles ruhig blieb.

Dass der Luftverkehr in dieser entlegenen Natur Gefahren mit sich brachte, das hatten beide nicht auf dem Radar.

Olafs Tod hatte Klements persönlicher Expedition und seinem Aufenthalt auf der Insel ein ungeplantes Ende gesetzt. Zu seinem Bedauern kam auch noch eine Nachricht aus der Heimat, die Klements baldige Anwesenheit in München erforderte: Hannelore hatte sich nach einem harmlosen Insektenstich am Fuß eine Sepsis zugezogen und musste im Schwabinger Krankenhaus stationär aufgenommen werden. Klement wurde in der Firma gebraucht. Es war das erste Mal gewesen, dass ihm Verantwortung übertragen wurde, das erste Mal, dass Modenfrey seinen Juniorchef in Aktion erleben konnte. Er hatte Semesterferien, Zeit, und es machte ihm Freude, Hannelore zu vertreten und als die rechte Hand von

Egmont kleine Aufgaben wahrzunehmen wie Jahresstatistiken erstellen, Kataloge vorsortieren und Modefarben begutachten.

Klements Blick aus dem staubigen Fenster seines farbigen Klapperbusses hatte die Mahabharat-Kette verlassen. Die Straße wand sich über einen Pass, dann ins Sun-Kosi-Tal und mäanderte parallel zum Fluss bis Lamosangu. Folgte man Fluss und Straße, käme man irgendwann in der tibetischen Hauptstadt Lhasa an. Links sähe man den kleinsten der Achttausender am Horizont, den Shisha Pangma.

Klement aber nahm seine drei Rucksäcke am Busbahnhof in Lamosangu in Empfang und fragte nach einem Jeep-Taxi nach Jiri. Ein Junge war ihm behilflich und erhielt ein Trinkgeld für seine Dienste. In Jiri besorgte ihm das Hotel die zwei Träger, die ihn auf dem mehrtägigen Marsch mit schwerem Gepäck über den 3500 Meter hohen Lamjura-Pass nach Namche Bazaar begleiteten.

In Namche Bazaar zahlte er die Träger aus und erholte sich drei Tage.

Im Postamt telefonierte er mit Hannelore.

In Kathmandu hatte er beim Sherpa Service bereits seinen Bedarf angemeldet. Nun fand er in seiner Unterkunft die Kontaktadressen von zwei Cho-Oyu-erfahrenen Sherpas vor.

Pemba, der am Samstag Geborene, stammte aus der Familie des Hillary-Freundes Tenzing, wie er sagte. Er war etwa 40 Jahre alt, wortkarg und gelassen. Lhakpa, der Freitag-Sherpa, war jünger, temperamentvoller und hatte gute Englischkenntnisse. Wie sich herausstellen sollte, verstand Pemba alles, doch sprach er nur ungern Englisch.

Gemeinsam kauften sie auf dem Wochenmarkt die Zusatzausrüstung, Zelte, drei Walkie-Talkies und Lebensmittel. Klement ließ sich von den Sherpas beraten und führte penibel Buch über Gegenstände, Vorräte und Gewichtsverteilung. Das Kochen wollte er ganz den Sherpas überlassen, sie wussten, was an Essen und Trinken notwendig war. Sie sollten ihn bis zum letzten Hochlager begleiten. Den Gipfel wollte er allein besteigen. Das war zwar entgegen der Lesart seiner Permits, aber die Sherpas waren einverstanden. Sie würden ihn bei Gefahr nicht ziehen lassen. Während der Marsch nach Namche Bazaar zum Teil durch ausklingenden Monsunregen erschwert war, sorgten die Wettervorhersagen für die nächsten zehn Tage für Optimismus. So wurde der Vertrag per Handschlag und mit einem Glas Chang, dem örtlichen Bier, besiegelt.

Mühsam war der Anmarsch über die letzte Ortschaft Thame und die im September nicht mehr genutzte Sommerweide Marulung, die bereits 4150 Meter Höhe über Meeresspiegel maß.

Pemba kannte die Schlafplätze und sorgte für ausreichend Pausen.

Als sie unterhalb des Lunag-Gletschers die 5000er-Marke überschritten hatten, die Luft spürbar dünner wurde und der Wind kalt durch die Kleider pfiff, wurden Klements Schritte im Schnee schleppender. Den Nächten in den Steinhütten der Sommerweiden folgten nur noch schlafarme im ewigen Eis. Pemba fand für sie Lagerplätze im Schutze von Felshöhlen, Wechten und Eisgrotten und schützte die Zelte gegen Sturm. Lhakpa warf den Gaskocher an und sorgte für Tee und nahrhafte Reisgerichte.

Die steilen Passagen den Nangpa-La-Gletscher hoch bis auf fast 6000 Meter forderten eiserne Willenskräfte. Während den Sherpas je 25 Kilo Gepäck nichts auszumachen schienen, drückten sie Klement derart ins Kreuz, dass er immer mehr Pausen brauchte. Er trank Unmengen, hatte ständig Hunger und es war das erste Mal, dass er an unerträglichen Kopf-schmerzen litt. Die legten sich zum Glück wieder.

Am Grenzpass Nangpa La hatten die drei das ärgste Stück des Anmarsches hinter sich.

Pemba und Lhakpa steckten Gebetsfahnen in den Schnee, um zu danken und die Berggötter gewogen zu stimmen.

In bunte Wollgewänder gekleidete Tibeter kamen ihnen entgegen. Sie trieben mit Waren beladene Yaks durch die Gletscherzone. Die Karawane versorgte den Samstagsmarkt von Namche Bazaar mit Produkten aus China. Alles musste im Land der Sherpas unter härtesten Bedingungen durch Mensch oder Tier über weite Wegstrecken herangeschafft werden. Hausrat wie Teetopf und Pfanne waren beim Leit-Yak links und rechts aufs Gepäck geschnallt.

Nur nach dem Monsun und solange der Schnee gefirnt war, konnten Yak-Karawanen den Pass queren. Im tiefen Schnee kamen die genügsamen Yaks dagegen kaum vorwärts und verbrauchten unnütz Energie. Morgens trug der Schnee und lange noch hörten sie die Yak-Glocken und die Anfeuerungs-rufe der Frauen und Männer in den traditionellen Gewän-dern und hohen Fellstiefeln.

An jenem Tag kämpften sich die drei Träger schwerer Las-ten, Klement, Pemba und Lhakpa, über halbwegs windge-pressten Schnee bis zur Moräne des Cho Oyu und schlugen dort ihr Lager auf.

Am nächsten Tag stiegen sie bis auf 6200 Meter und er-reichten das Tichy Base Camp.

Dort sollte die Höhenanpassung erfolgen und von dort aus wollten sie das Advanced Camp und die Höhenlager eins bis vier erkunden und Zug um Zug einrichten. Vom Camp vier sollte Klement dann den Gipfelsturm wagen.

Alles hing vom Wetter ab und von Klements Kopfschmerzen, die ihn beunruhigten.

GOTT SEI DANK

Bereits viele Hundert Gipfelerfolge wies die Statistik im Jahr 1987 für den 8200 Meter hohen Cho Oyu aus. Gezählt wurde seit der Erstbesteigung 1954. Chroniken hatten für Neugierige das Verhältnis von einem Todesfall pro fünfundsechzig überlebende Gipfelstürmer ausgerechnet. Die Wahrscheinlichkeit, an diesem Berg sein Leben zu verlieren, war also weit höher als die eines ordentlichen Lottogewinns.

Tragische Ereignisse wie Todesfälle und Amputationen nach Erfrierungen gehörten bei der Erschließung des Himalajas dazu und es war von jeher müßig die Frage zu diskutieren, ob das natürliche Bestreben des Menschen, neues Terrain zu erkunden, auch für diese lebensbedrohenden Höhen zutrifft; besonders Klement Frey vertrat dazu uneinsichtige Positionen.

Seine Kopfschmerzen hatten nachgelassen. Er schob sie auf die Akklimatisierung über 6000 Meter, einer Höhe, mit der er noch keine Erfahrung hatte.

Da das Wetter stabil zu bleiben schien, schlugen die Sherpas vor, am nächsten Morgen auf 6500 Meter aufzusteigen, um in kleinen Schritten am Tag darauf weitere 400 Höhenmeter bis auf das Plateau zu machen.

So geschah es. Ein Schutthang und die steilen Schneehänge waren verseilt, was den Anstieg erleichterte. Eine Hand zog sich am Seil hoch, die andere am Pickel. Der Firn ermöglichte sicheren Halt für die Steigeisenzacken.

Da sie überflüssiges Gepäck zurückgelassen hatten, war die Last auf dem Rücken um einiges geringer.

Dafür sogen die Lungen die dünner werdende Luft gierig ein und Klements Herz schlug permanent wie bei einem Hundertmeterlauf. Zwischendurch dröhnte es wieder in seinem Kopf, dann musste er sich am Fixseil sichern und warten, bis der Anfall vorbei war. Mit letzter Kraft schleppte er sich auf das mit Tiefschnee versetzte Plateau.

Pemba war vorgestiegen und hatte bereits die zwei Zelte in einer geschützten Mulde aufgestellt.

Während Klement das Ein-Mann-Igluzelt bezog, schmolz Lhakpa Schnee und brachte ihm wenig später Tee und eine Schale mit Reis. Pemba baute währenddessen Schutzwälle aus Schnee gegen den schneidenden Wind.

Klement war kaputt. Er zog alles, was wärmte, an. Dann legte er seine Isomatte aus, schlüpfte in seinen Mumienschlafsack und schlief ein, trotz der Stein-, Eis- und Schneelawinen. Die tosten die Wände hinab, dass man sie auch noch am 20 Kilometer entfernten Mount Everest hören musste.

Am nächsten Tag genossen sie den gigantischen Ausblick auf die Shisha Pangma und die Sechstausender im Nordwesten. Dann erkundeten sie ohne Gepäck den weiteren Anstieg bis zum letzten Lagerplatz, der die restlichen 1300 Meter etwa halbierte.

Am nächsten Morgen fühlte sich Klement zwar nicht erholt, aber die Kopfschmerzen waren wie weggeblasen.

Pemba wollte im Morgengrauen los. Klement hatte eine Sorgenfalte auf seiner Stirn beobachtet, als sie im größeren Zelt zusammensaßen, Tee tranken und über das Wetter sprachen. Ja, sie müssten ab morgen entgegen den Vorhersagen mit etwas Neuschnee rechnen, sagte Pemba. Sicher sei es nicht, aber die Göttin sei launisch, unkte er mit Pathos in der Stimme.

Klement glaubte, dass Pemba ihm Angst einflößen wollte. Nachdenklich wurde er schon, denn auch Herbert Tichy war oben in einen Sturm gekommen und hatte sich am Grat die Finger erfroren.

Pemba schlug vor, weil Klement ja allein auf den Peak wollte, auf 7550 Meter Höhe nur das kleine Zelt aufzubauen und das große als Rückzugsort und Depot mit der Notausrüstung für den Abstieg stehen zu lassen. Sollte das Wetter stabil bleiben, könne Klement übermorgen den Gipfelgrat bis zum höchsten Punkt auf 8200 Meter angehen, ein Foto mit Selbstauslöser machen und Schokolade im Schnee vergraben. Über Funk sollte er seinen Erfolg melden. Falls es schneite, müsse er aber sofort umkehren und absteigen. Der Steig war durch Sherpas verseilt worden. Fähnchen wiesen den Weg. Im Notfall käme Pemba ihm entgegen und würde ihn ans Seil nehmen. Keinesfalls dürfe er sich oberhalb der Achttausend länger aufhalten und für den Fall der Fälle müsse er Ersatzbatterien für das Walkie-Talkie im Warmen am Körper aufbewahren. Lhakpa nickte beipflichtend.

Der Aufstieg am nächsten Tag mit Gepäck brauchte mehr Zeit als tags zuvor. Der Himmel war klar, nur ein paar Wolken am Horizont.

Pemba und Lhakpa bauten Klements Zelt auf und versorgten ihn mit heißem Tee. Kekse und Studentenfutter ersetzten warmes Essen.

Die Sherpas stiegen wieder ab und überprüften die Funkverbindung. Alles schien gut soweit.

Bis auf die Wolken am Horizont, die starker Wind spät abends herantrug. Der Wind begann an Klements Zelt zu schütteln und war im Nu in Schneesturm übergegangen. Das kleine Außenthermometer zeigte minus achtunddreißig Grad an.

Es war Klements alleiniger Wille gewesen, auf den Cho Oyu ohne Sherpas zu gehen. Er wollte im Alpinstil und ohne Sauerstoff den Gipfel erreichen.

Eine Zeltschnur riss und eine Verstrebung brach.

Trotz der von Pemba angehäuften Schneemauer drückte der Sturm das Zeltdach ein. Binnen Minuten sammelte sich dort Schnee, er wurde mehr und mehr, schwerer und schwerer. Ein Abstieg bei Nacht kam nicht in Frage.

Klement musste entscheiden, ob er die Schutzmauer erhöhen und das Zelt neu verspannen oder für den Rest der Nacht das Zeltdach mit dem Arm abstützen wollte.

Er schlüpfte in Überschuhe und Handschuhe, setzte die Stirnlampe auf, nahm noch die Urinbox zum Ausleeren mit und tauschte das schützende Zelt mit der lebensfeindlichen Sturmnacht draußen.

Mit der Lawinenschaufel versuchte er, Schnee an der Schutzmauer anzuhäufen und sie zu erhöhen, bis der Wind über Firsthöhe hinwegpfiff.

Der Sturm drohte ihn fast vom Grat zu wehen. Er musste sich ihm entgegenstemmen. Beängstigend brach der Lichtkegel der Stirnlampe mit jeder Kopfdrehung durch die waagrecht davonjagenden Schneekristalle. Er konnte nur windabgewandt arbeiten. Eiseskälte hielt an Füßen und Händen Einzug. Klement wurde schwindlig. Er erbrach sich. Das gerissene Abspannseil wollte sich mit Handschuhen nicht verknoten lassen. Er zog die Fäustlinge aus.

Schon hatte die Nacht den linken aufgenommen. Bald waren Hände und Füße taub.

Nach etwa einer halben Stunde gab Klement auf und kroch wieder ins Zelt. Schnee war durch den geöffneten Reißverschluss geraten. Der musste raus, bevor er schmolz. Die

Kopfschmerzen waren wieder da. Immer wieder musste er Schnee abräumen.

Klement kannte die Symptome von Erfrierungen und hoffte, dass Blut in Finger und Zehen zurückkehrte.

Er fühlte Durst. Das Gesicht brannte.

Mit dem Esbitkocher versuchte er, gesüßten Tee aufzuwärmen. Wegen des geringen Sauerstoffgehalts der Luft gelang es ihm erst nach mehreren Anläufen. Die kleine Flamme fraß den Sauerstoff im Zelt.

Das Funkgerät rauschte.

Pemba fragte, wie es oben stünde.

Als Klement von den noch nicht wieder aufgetauten Gliedern berichtete und von seiner Übelkeit, sagte Pemba Sherpa nur: „Here Pemba for Klement: No go to peak! Wait storm! Do not move away! We come to pick you up. Over!"

Am späten Vormittag hatte sich der Sturm gelegt und zwischen Nebelfetzen warf die Sonne Wärmestrahlen in Klements Zelt. Wenig später tauchten die Sherpas mit Ersatzhandschuhen, süßem Tee in einer Thermoskanne und halbwarmem Reis, Rosinen und Feigen auf.

Während Lhakpa sich um Zelt und Gepäck kümmerte, nahm Pemba Klement ans Seil.

Klement fühlte sich fiebrig. Er stieg wie in Trance ab, von hinten dirigiert. Sie hatten Glück, keine Lawine kreuzte den Abstieg. Die gelegten Seile waren unter dem Neuschnee noch leicht zu finden.

Mehrmals kam Klement ins Rutschen. Die Sicherung am Fixseil und Pembas Pickel verhinderten jeweils einen Sturz. Pembas Eispickel, an dessen Schaft das Seil zu Klement verknotet war, stak immer zur rechten Zeit fest in der Firndecke.

Klements Füße und Hände schmerzten.

Der Überlebenswille und seine Lebensretter, zwei Sherpas, brachten ihn an die Cho-Oyu-Moräne und über den Nangpa La zurück zum Vorposten der Zivilisation, nach Namche Bazaar. Erst dort konnte die Rettungsstelle informiert werden.

Im Namche Health Post wurde Klement notversorgt.

Eitrige Blasen hatten sich an blauschwarzen Zehen und an Fingern der linken Hand gebildet. Erfrierungen zweiten und dritten Grades wurden diagnostiziert. Die von ihm ignorierte Höhenkrankheit hätte Hirnschäden nach sich ziehen und auch zum Tod führen können. Lhakba verständigte Hannelore von der Poststelle aus.

Pemba schenkte ihm eine Mütze. Er sagte dazu: „Put this on head. This cap has been on top of Cho Oyu. It keeps you lucky. Good bye, my friend!"

Ein Hubschrauber brachte Klement nach Kathmandu.

Nach einer Antibiotikakur im Kathmandu Hospital holte Klements Versicherung ihn mit einer Linienmaschine über Katar nach München. Ein Sanitäter begleitete ihn auf dem Flug und trug das Gepäck. Die geschenkte Gebetsmühle hatte sein erstes Hotel ins Krankenhaus geliefert.

Vom Flughafen Riem ging es sofort ins Schwabinger Krankenhaus. Dort versuchte man zu retten, was zu retten war.

Zwei Fingerglieder, ein großer Zeh und drei Zehenkuppen mussten in Etappen amputiert werden.

Der Krankenhausaufenthalt zog sich.

Die Kommilitonen brachten ihm ihre Aufzeichnungen von wichtigen Vorlesungen.

Freyja besuchte ihn ab und zu.

Hannelore sprach ihm Trost und Mut zu, aber Klement hatte schon Schaden genommen, an Leib und Seele.

HENRIETTE

Mit Freyja war es nicht wie vorher. Überhaupt war Klement nicht mehr der Gleiche. Die missratene Cho-Oyu-Besteigung hatte an seinem Selbstwertgefühl schwer gekratzt. Dass er, der Kopfgesteuerte, sich durch überzogene Erwartungen an sich selbst ins Off geschossen hatte, tat ihm mehr weh als die demolierten Füße und Hände. Die konnten noch als Heldennarben angesehen werden wie der Schmiss als Zeichen einer ehrenhaften Mensur.

Aber die Erkenntnis, dass er es im Gegensatz zu manch erfolgreichen Alpinisten ohne fremde Hilfe weder hoch noch zurück geschafft hätte, die schmerzte ihn. Ein Nochmal gab es nicht. Aber er hatte ja noch seine Alpen und könne sich an deren Drei-, Vier- und Fünftausendern genug austoben, kam es bitter von seinen Lippen.

Freyja verstand ihn nur bedingt. Leichtsinn stellte sie mit Dummheit gleich und das sagte sie auch. Mitleid fand Klement bei ihr auch nicht. Erfrierungen waren in Island nichts Ungewöhnliches, aber Vermeidbares.

So hatten sie in München noch eineinhalb Semester lang sporadisch gemeinsame Stunden erlebt. Dann waren ihre Soziologiesemester abgeschlossen und sie zog nach Regensburg. Klement besuchte sie am neuen Studienort noch einmal. Gefühlt hatte Freyja nur noch Sinn für die Ursachen, Erscheinungsformen und Folgen von Straftaten, Gewalt und Aggression. Zu ihren kriminologischen Theorien und den multidisziplinären Perspektiven und Erkenntnissen aus der aktuellen Forschung konnte Klement rein gar nichts beitragen.

Freyja hatte sich zudem in einen ihrer Tutoren verliebt. Der war Island-Fan, sprach eine dem Isländischen verwandte

Sprache, konnte ihren Theorien folgen und: Er hatte rote Haare und die Statur eines Wikingers.

Brieflich verabredeten Klement und Freyja, sich frei-zugeben, ihre gemeinsamen Erinnerungen zu ehren und in Freundschaft verbunden zu bleiben.

ISABELLA

1991 entdeckte ein Nürnberger Ehepaar beim Alpenwandern am Tisenjoch auf 3210 Meter zufällig die älteste Mumie der Menschheit. Ötzi nannte man sie und sie und ihre Entdecker wurden berühmt. Es war ein milder Herbsttag gewesen, an dem dieser 5300 Jahre alte, ungeklärte Kriminalfall wieder aufgerollt worden war.

Etwa 3000 Jahre vor Christus hatte ein unbekannter Bogenschütze dem 1,59 Meter kleinen Steinzeitmann, nach heutiger Sprachregelung ein Italiener, hinterrücks einen Pfeil in die linke Schulter geschossen. Damit war dessen Leid noch nicht am Ende: Bei der Bergung hatte ein Bohrer seine Hüfte beschädigt, der Bestatter ihm ein Bein gebrochen und das alles, nachdem der Steinzeitmann noch zu Lebzeiten von Peitschenwürmern, Borreliose, Fußpilz, Laktoseintoleranz und erhöhtem Cholesterin gepeinigt gewesen war.

Über dem Ötzi schien zudem ein Fluch zu hängen: Nach Jahren der Streitigkeiten um Mumie und Finderlohn stürzte sein Entdecker aus unbekannter Ursache im Gebirge 150 Meter ab. Schneefall verzögerte die Suche und erst neun Tage später konnte seine Leiche geborgen werden.

Klement trug in sein Tagebuch wieder Beispiele von Gewalt, Raub und Vergänglichkeit ein. Dem Ötzi hatte er ein kleines Kapitel gewidmet.

Die Wiedervereinigung war zwar förmlich vollzogen, aber Ossis und Wessis unterschieden sich. Die Rote Armee Fraktion ermordete den Präsidenten der Berliner Treuhandanstalt. Eine Frau musste den Karren weiterziehen. Vietnamesische Gastarbeiter, Ausländer und Asylbewerber waren das Ziel von Rechtsextremisten, nicht nur in Hoyerswerda. Anschläge gegen Asylbewerberunterkünfte häuften sich im gesamten Bundesgebiet.

Zweihunderttausend Menschen demonstrierten gegen den drohenden Zweiten Golfkrieg und auf dem Balkan verfiel Titos Erbe. Ethnische Säuberungen und blutige Bürgerkriege sollten die nächsten Jahre die Schlagzeilen füllen.

Der letzte Trabi war vom Band gelaufen und Klement stand auf der Warteliste. Sein Modell erhielt eine Münchner Zulassung. Seine Bergausrüstung hatte Platz, der Rest war Symbolik.

Klement hatte sein Studium abgeschlossen und ein Volontariat bei einer Modefirma in Paris absolviert. Seine ohnehin durch die Zeit mit Eveline gewachsenen Französischkenntnisse wollte er komplettieren und später noch ein paar Wochen in Mailand hospitieren.

Sein Trabi war in Paris eine Attraktion. Wenn er ihn im Quartier Latin geparkt hatte, dann wiederholte es sich, dass er ins Bistro daneben auf einen Drink eingeladen wurde. Da die Modefirma künstlerisch orientiert und geführt war – der Designer will seinen Namen nicht gedruckt sehen –, fiel seine Anwesenheit nicht auf; ohnehin fanden geschäftliche Treffen häufig in Verbindung mit Essen und Trinken statt, abhängig von der Tageszeit.

Immer öfter begleitete ihn Babette, eine brünette Designerin aus Lyon, die sein Auto sehr „cool" und ihn sehr „charmant" fand. Mit dem DDR-Kultauto fanden sie immer einen Parkplatz – in der Pariser City ein Dauerproblem für längere Wagen. Dementsprechend verbeult sahen die Autos hier aus. Man ließ, um größeren Schäden vorzubeugen, die Handbremse offen. Die Parker vorn und hinten schoben sich mit ihren Stoßstangen gegenseitig die Lücken zu, sodass oft nicht einmal mehr ein Blatt Papier zwischen die Autos passte.

Da Klements Trabi bereits mit einem VW-Vierzylinder motorisiert war, schnurrte er zuverlässig in die Berge, nach Paris und in die Bretagne.

Mit Babette hatte Klement ein lockeres Verhältnis. Sie wollte leben und den Tag und die Nacht genießen. Klement war für Teile ihres Tages und für die halbe Nacht zuständig bei Kleinkunst, in Kabaretts und Musikbühnen und anschließend bei ihm, vorbei an der Concierge, im möblierten Milieu. Sie hatten Spaß miteinander, hörten Lieder von Edith Piaf, die sie so liebte, tranken etwas, dann ging sie. Am nächsten Vormittag im Studio konnte es sein, dass sie ihn gar nicht ansah. Mittags dann schlenderte sie mit verschlafenem Blick auf ihn zu, nahm ihn bei der Hand und sagte: „Einmal Trabi, Monsieur!"

Dann kam der Tag, da Eveline sich nach langer Zeit wieder einmal bei Hannelore gemeldet hatte und ihre Anschrift und Telefonnummer durchgab. Sie war verheiratet und hatte ein Kind.

Hannelore bat Klement, Eveline zu besuchen und in ihrem Namen ein Geschenk für das Kind abzugeben. Sie hatte wie immer eine klare Vorstellung, sodass es ihm nicht schwerfiel, das Gewünschte zu besorgen. Das Geschenk ließ er im Wagen und lenkte den Trabi für ein Wochenende nach Île-Tudy. Am Nordrand der Gemeinde nahm er Quartier in einem günstigen Hotel in Strandnähe mit Radverleih.

So konnte er Eveline in der Bretagne wiedersehen, ihren Mann Luc Nuz und die fünfjährige Tochter Sarah kennenlernen. Klement hatte ein flaues Gefühl im Magen, eine ehemalige Geliebte zu treffen und sie in den Armen eines anderen zu wissen.

Bei einem gemeinsamen Essen in der Crêperie L'Estran de l'Île am Winzig-Fährhafen von Île-Tudy musste er von Egmont und Hannelore erzählen und von seinem Himalaja-Abenteuer.

Sie wurden von der Abendsonne beschienen, schauten dem Fährverkehr zu und den Touristen, die ihre Räder an Land schoben, und ließen sich die Galettes mit Meeresfrüchten schmecken. Klement entspannte.

Luc war von einer der Glénan-Inseln. Als Bankangestellter pendelte er täglich mit dem Bus zwischen Île-Tudy, wo sie im Haus seiner Eltern für sich die Mansarde ausgebaut hatten, und Quimper, dem Standort der Crédit Mutuel de Bretagne.

Eveline und Luc versuchten Klement zu überreden, auf die Inseln zu schippern und sich die Festung von Concarneau und den Künstlerort Pont-Aven anzuschauen. Sie wollten ihn mit ihren bescheidenen Mitteln dabei unterstützen.

Klement hatte während seines Praktikums keinen Urlaub und musste deshalb zurück nach Paris. An die raue Altantik-küste der Bretagne mit dem ewigen Wind, dem Salz, den mit Muscheln übersäten Sandstränden, den wilden Felsen und den keltischen Namen, bei denen man sich die Zunge zer-bricht, wollte Klement zurückkehren. Auch hatten es ihm die Sagen und die Druiden angetan.

Luc beglich l'addition. Klement ließ es zu.

Am Sonntag, als er zurückfuhr, nahm Klement dann doch die Küstenstraße, streifte in Concarneau durch die Burginsel, bestieg die Mauern für einen Rundblick und stärkte sich im Restaurant L'Amiral. Er bog nach Pont-Aven ab, spazierte den Fluss hinab und besah sich das Spiel der Flut, die es fertigbrachte, den Aven zurückzustauen und es sogar Seglern zu erlauben, ins Meer zu schippern. Bei Ebbe lagen die Schif-fe auf Grund.

Wenige Wochen später hatte Klement sein Praktikum in Paris beendet, Babette verlassen und seinen Job im elterlichen Unternehmen angetreten.

Johannina

Dem äußeren Anschein nach war alles so gekommen wie von den Adoptiveltern Egmont und Hannelore vorbestimmt. Doch hatte sich Klement anders entwickelt, als es zunächst absehbar war. Aus dem ehemals eher schüchternen Jungen und Familienmenschen war ein egozentrischer Sonderling geworden. Die Grenzerfahrungen am Cho Oyu hatten diese Züge noch ausgeprägt.

Der diplomierte Kaufmann gab sich den Anschein eines sparsamen Assistenten der Geschäftsleitung. Er trug nur von Modenfrey gestellte Kleidung, hielt verdientes Geld zusammen bis zum Geiz. Lieber investierte er in Gewinnbringendes und sparte Steuern, wo es ging, als Geld zu verschwenden. Seine Extravaganz ging so weit, dass er Gastgeschenke als unnötig erachtete und das Wort Danke als überflüssig ansah, wenn ihm jemand einen Gefallen tat, um den er ihn nicht gebeten hatte.

Als sein Pariser Chef, der nicht namentlich erwähnt werden wollende Modedesigner, ihn brieflich informierte, dass Babette schwanger sei, schrieb er nur zurück, er sei zeugungsunfähig.

Babette hatte seine Adresse nicht. Mit dem Stardesigner hatte Klement einen Arbeitsvertrag, der seine Herkunft und den Zweck seines Praktikums geheim hielt und zusagte, bei Modenfrey einen Raum mit Kreationen aus Paris einzurichten.

Während Klement mehrere Jahre zum Wohle von Modenfrey im Firmengeschäft versank, wuchs Babettes Tochter Léonie bei den Eltern Delacroix in Lyon auf, ohne dass irgendjemand je von Léonies leiblichem Vater gehört hatte. Sie befreundete sich mit einem Nachbarjungen, dessen Vater dem Bürgerkrieg in Algerien entronnen war.

Klement war als der Juniorchef von Modenfrey der Münchner Society zwar namentlich bekannt. Da er Gesellschaften aber wo immer möglich aus dem Weg ging, galt er für viele unverheiratete Frauen als „das Phantom".

Wenn er doch einmal an der Seite von Hannelore und Egmont, die ein Jahresabonnement besaßen, in der Oper auftauchte, dann wusste man ihn nicht zuzuordnen. Die Adoptiveltern hätten ihn gern herumgereicht, doch er wollte nicht.

Dass er dennoch unter die Haube kam, war kein Zufall: Auf einem Schwarz-Weiß-Ball im Hotel Bayerischer Hof im Februar 1996 tanzte er mit einer ihn verzaubernden Schönheit namens Désirée Annabel v. Waller. Sie war die ihm zugeteilte Tischdame. Hannelore kannte die v. Wallers und hatte die Tischordnung so bei der Hoteldirektion angemeldet.

Klement hatte keine Erwartungen an den Abend gehabt. Er war nicht vorinformiert, wer mit ihnen am Zehnertisch sitzen würde, und war Hannelore zuliebe dabei.

Désirée v. Waller hatte ein rubinrot schimmerndes Kleid an, das ihre feminine Figur betonte und auf der Tanzfläche Männerblicke auf sich zog. Sie sparte mit Schmuck: eine kurze Goldkette mit einem Rubin, kein Ring, kein Ohrschmuck. Kastanienbraune Locken umstanden ein Gesicht, das Leonardo da Vinci gemalt haben musste, das Genie der Idealmaße.

Désirée gab sich anfangs unnahbar, ernst. Sie hatte seine Galanterien aber registriert und war ihm aus Prinzip wohlgesonnen, aber vorsichtig, zurückhaltend. Auch sie hatte in ihren neunundzwanzig Lenzen Enttäuschungen erleben müssen. Mit Boris fing es an. Der heiratete die Schwester.

Während ihrer Zeit an der Modeschule war es ein Schmuckdesigner, der sie wegen einer Bestsellerautorin sitzenließ. Während ihres Studiums der Wirtschaftswissenschaften hatte sie sich in einen Kommilitonen vergafft, den sie vier Jahre lang aushielt. Sie hatten sich verlobt. Doch nach Studienende, als er gut verdiente und sie nicht mehr brauchte, flaute die Beziehung ab. Sie entlobten sich und er entzog sich gänzlich, indem er für eine Bank nach Singapur ging. Im eigenen Betrieb gab es einen Volontär, den sie sehr mochte. Doch kam eine innerbetriebliche Beziehung aus Prinzip nicht in Frage. Die letzten Jahre hatte sie für Männer keine Zeit mehr gehabt. Die Mutter hatte sich zurückgezogen und ihr die Geschäftsführung anvertraut, während ihre Schwester Isolde, ausgebildet zur Damenschneidermeisterin, die Produktion leiten sollte.

Auf der anderen Seite von Désirée saß eine Dame mit Lachfalten, die nicht tanzte. Sie sah jünger aus, war aber wahrscheinlich über fünfzig. Klement hatte sich ihr schon bei Eintreffen vorgestellt und ihr den Stuhl zurechtgerückt wie seiner schönen Tischdame auch. Es waren Mutter und Tochter. Aufgrund einer Kniearthrose tanzte Regine v. Waller nicht. Ihren Mann hatte sie früh gehen lassen müssen, wie sie später berichtete, immer lachend, fröhlich, gut gelaunt.

Auf der anderen Seite der Mutter saß Boris Schafirow, ihr Schwiegersohn mit scharfem Profil, der sich um Gespräche bei Tisch bemühte, aber auffallend oft Seitenblicke auf Klements Tischdame warf. Es folgten seine Frau Isolde Schafirow, geborene v. Waller, Hanna und Frank Lindemann, Freunde der v. Wallers und das Ehepaar Schreckenberg aus der Osterwaldstraße.

Klement war froh, als die Pflichttänze vorbei waren und er sich Désirée wieder widmen konnte.

Désirée und ihre Mutter führten Wallertrachten, eine Ladenkette auf dem Land mit einer Produktionsstätte in Solln. Mit ihrer Mutter bewohnte sie ein Einfamilienhaus in der Gistlstraße in Pullach.

Ihr Lächeln hatte es ihm angetan und ihre Zurückhaltung spornte ihn an, sie zu unterhalten. Er erzählte ihr von der französischen Kollektion im Haupthaus und wie es dazu gekommen war.

Sie skizzierte die Struktur von Wallertrachten und lachte herzlich, als sie auf das mit ihnen konkurrierende Trachtengeschäft im Tal zu sprechen kam. So musste Klement mit dem Erzählen ausholen, wie Trachtenmode zu Modenfrey kam, bis hin zur Herkunft seiner leiblichen Eltern und zu seinem Autounfall 1976. Désirée fragte mitfühlend nach. Sie erkundigte sich nach seinen Hobbys und schien beeindruckt von seinen Bergerlebnissen und der gescheiterten Besteigung des Cho Oyu. Besorgt schien sie über die Erfrierungen; solche Malaise konnte und wollte sie sich gar nicht vorstellen. Noch verschwieg er ihr die schlimmen Folgen.

Klement musste sie näher kennenlernen.

Es war Faschingszeit und sie verabredeten sich zu einem der begehrten Maskenbälle, für die die Karten rar waren, an gleichem Ort, eine Woche später, diesmal allein, maskiert, unerkannt.

Dann ging alles ganz schnell. Hannelore und Egmont sollten mit Klement und Désirée zufrieden sein wie auch Regine v. Waller.

Mit Klement war Désirée übereingekommen, dass ihre Ehe kinderlos bleiben sollte. Beide wollten sie sich voll und ganz ihren Firmen widmen, einen gemeinsamen Mehrwert erzeugen und sich Freiräume für ihre Hobbys erhalten. Das war so etwas wie ihr Ehemotto.

Die Hochzeit wurde ein rauschendes Fest, das aufgrund des Krankheitszustands der Brautmutter die Bräutigameltern austrugen. Im Standesamt Mandlstraße fanden sich nur Eltern und Zeugen ein. Die Altschwabinger Kirche neben der Katholischen Akademie war gut besucht. In den Osterwaldgarten hatten Désirées Schwester Isolde und ihr Mann Boris die Braut entführt. Zu Fuß konnte sich die Hochzeitsgesellschaft weiter zur Gartenparty in der Frey-Villa begeben.

Die Hochzeitsreise führte das Paar in die Schweiz nach Zermatt. Désirées Leidensgeschichte als Bergsteigerin begann, die sie in den folgenden Jahren tapfer ertrug.

Was die ersten Tage in Zermatt noch mit der Bergbahn bis zur Eisgrotte auf über 3500 Meter am Monte-Rosa-Gletscher begann, verwandelte sich die Folgetage in Bergmärsche, die Désirée an den Rand der physischen und psychischen Erschöpfung brachten. Désirée machten Klements Schönheitsfehler, Folgen seiner Cho-Oyo-Besteigung, nichts aus, im Gegenteil. Sie hatte gehofft, dass er durch die Amputationen Bewegungseinschränkungen hätte und in den Bergen weniger stürmisch auftrat. Beim Tanzen hatte sie bemerkt, dass er „unrund" war und die Füße mit Bedacht setzte. Sie vermutete, dass er auf diese Weise Berührungen vermied, die ihn schmerzten. Das hatte Klement auch eingestanden. Dennoch, am Berg konnte ihn niemand halten.

Als sie zurück waren, scherzte Désirée in der Runde mit Hannelore, Regine und Egmont, dass sie Klement überreden konnte, nicht auch noch das Matterhorn mit ihr zu besteigen. Sie wäre zwar einigermaßen schwindelfrei und sie hätten Zermatts Läden für Bergausrüstung leergekauft, doch fühle sie sich in schwindelnden Höhen nicht wohl. Aber das könne ja noch kommen. Mit dem Bezwinger eines Achttausenders verheiratet zu sein, verlangte auch von ihr einige Anstrengungen, scherzte sie.

Bald stellte sich heraus, dass Klements Leidenschaft zunehmend Brücken zwischen ihnen zerbrach.

Während es ihn an freien Tagen in die Berge trieb, hatte Désirée mehr Lust auf Ausspannen, Lesen, Theater, Konzert und Oper.

Was sie die ersten Jahre noch vereint hatte, war später kein Bindeglied mehr: die Ausgestaltung ihrer Villa in Percha.

Percha liegt an einer nördlichen Bucht des Starnberger Sees. Das Haus war ein großzügiges Hochzeitsgeschenk von Hannelore und Egmont. Es lag etwas zurückgesetzt, aber nur wenige Schritte vom Seeufer entfernt.

Egmont hatte ihnen sogar in Starnberg ein Bootshaus angemietet, das er und Hannelore auch zum Rudern, Schwimmen und Segeln nutzen wollten.

Während Désirée bei der Inneneinrichtung das Sagen hatte, war Klement für die Außenarchitektur zuständig. Wegen der vielen Sonderwünsche, die sie beide anmeldeten, gaben sich in Percha jahrelang Handwerker die Klinke in die Hand.

Als das Haus eingerichtet war, machte Désirée den Segelschein in der Hoffnung, gemeinsam mit Klement den Segler ihres Schwiegervaters zu nutzen.

Ihre Enttäuschung war groß, dass Klement schon nach dem ersten Törn die Segel strich; das sei nichts für ihn.

Dafür hatte er sich neue Touren in der Schweiz ausgesucht und jedes Mal, wenn er in die Schweiz fuhr, stattete er auch einer Filiale der Rütli-Bank einen Besuch ab und zahlte mehrere Tausend Mark auf ein Konto ein. Als Désirée ihn danach fragte, sagte er, das sei ein Konto für schlechte Zeiten. Obwohl der Transfer größerer Geldbeträge deklariert werden musste, empfand Klement bei allem, was Steuerern sparte, kein schlechtes Gewissen. Da sie Gütertrennung vereinbart hatten, empfahl er ihr, es auch so handzuhaben und ein Konto außerhalb der Bücher anzulegen. Familienunternehmen hafteten schließlich mit ihren Privatvermögen.

So kam es, dass auch Désirée ein Konto bei der Rütli-Bank unterhielt und immer dann Bargeld einzahlte, wenn es wieder mal zu einem Klettersteig ging. Sie fuhr mit, nahm mit Klement den Bankbesuch wahr und hatte dabei stets ein schlechtes Gewissen. Einmal, als sie in eine Polizeikontrolle gerieten, verfluchte sie ihren Mann und seine Neigungen zur Illegalität. Sie hatten Glück; es gab nur eine Verwarnung, etliche hundert Franken.

Klement zahlte und meinte hinterher: „Es lohnt sich trotzdem!"

Im April 1997 überraschte Klement Désirée mit einer Fahrt nach Paris. Dort feierte Disneyland seinen fünften Jahrestag. Eine Märchenwelt tat sich für Désirée auf, von der sie geträumt hatte, seit sie im Fernsehen einen Bericht über das kalifornische Pendant südlich von Los Angeles gesehen hatte. Dieses Disneyland hatte seit 1955 Millionen Besucher magisch angezogen.

Klement hatte Désirée einen Herzenswunsch von den Augen abgelesen.

Sie logierten gegen seine sonstigen Gewohnheiten im Fünf-Sterne-Disneyland-Hotel.

Auch begleitete Klement Désirée den Tag eins geduldig durch den Märchenpark. Sie ließen sich einfangen vom Dornröschenschloss und der zauberhaften Welt von Disney, von Shows und Paraden. In Disneyland konnten beide abschalten. Klement fotografierte sie mit Mickey, der parat stand, um geknuddelt und abgelichtet zu werden. Er schenkte ihr einen Plüsch-Mickey.

Am nächsten Tag kam es zum Disput, als Klement sie gegen ihren Willen in eine Art Achterbahn drängte, in der sie vor ihm in einem Baumstamm sitzend mit nervigem Tempo in einen Teich glitt und, da sie vorn saß, nass wurde.

Das hätte er vorher gewusst, es mit Absicht getan! Désirée warnte ihn, so etwas nie wieder zu machen.

Seit diesem Tag hieß sie bei ihm despektierlich „Frosch". Zu ihrer Enttäuschung häuften sich solche Reibereien. Klement verlor immer öfter die Haltung. Missstimmungen schaukelten sich hoch. Oft sprachen sie tagelang nicht miteinander. Irgendwann waren auch die Schlafzimmer getrennt.

Zum Oktoberfest 1999, einer Sternstunde, waren sie mit Isolde und Boris beschwingt unterwegs. Désirée hatte gerade Zuckerwatte erstanden und es dürstete sie nach einem kurzen Aus von dem Trubel. Die Männer hatten getrunken und wollten Geisterbahn fahren. Isolde fügte sich. Désirée versprach, draußen zu warten. Das wollte Klement nicht akzeptieren. Zu „Frosch" kam „Angsthase".

Am Hausstrand in Percha, einer Wiese mit Gastronomie, forderte Klement sie an einem Sonntag-Badetag im Sommer auf, von dem Landungssteg, der den Einstieg ins tiefere Wasser über eine Leiter ermöglichte, einen Köpfer zu machen.

Désirée weigerte sich und zu „Frosch" und „Angsthase" kam jetzt „Schlappi!", was immer er damit meinte.

Ein anderes Mal weigerte sie sich in der Schweiz, einen Klettersteig ohne Sicherung und Helm mit ihm zu gehen. Sie kehrte um und allein zur Alm zurück. Abends nannte Klement sie in Gegenwart anderer Hüttengäste „Lahme Ente!", unmöglich, ein absolutes No-Go aus Sicht von Désirée.

Vor der Hütte, als sie unter sich waren, stellte Désirée ihn zur Rede. Klement war uneinsichtig und tat ihre Einwände ab: „Stell dich nicht so an!"

Mürren war eines der bevorzugten Schweizer Domizile Klements. Auch Désirée mochte die Gegend aufgrund der Vielfalt von Bergpanoramen, Wandermöglichkeiten, Seilbahnen und hübschen Dörfern. Doch Klement verstand es, sie jedes Mal, wenn sie ein Wochenende dort verbrachten, auf die Palme zu bringen. Erst nannte er sie stundenlang „Schnecke". „Schnecke", wenn sie von der Sonnenalpe nach Mürren zum Einkaufen abstiegen, „Schnecke", wenn es wieder aufwärts ging, und „Schnecke", wenn sie zu Bergwanderungen unterwegs waren und sie ihm nicht schnell genug war. Da Klement manchmal sehr aggressiv auftrat und schon Gewaltgrenzen überschritten hatte, bereute sie ihre Heirat, und, schlimmer, Resignation und Wut ihm gegenüber wandelten sich in Hass. An einem Klettersteig in der Schweiz – wieder einmal war Désirée ihm zu langsam und Klement überholte sie ungesichert mit einem „Lahme Ente" – dachte sie daran, ihm einen Stoß verpassen zu müssen, um ihren inneren Frieden zu finden.

Ingrid Noll, deren männliche Protagonisten oft auf mysteriöse Weise ums Leben kommen, wurde zu ihrer bevorzugten Schriftstellerin.

Da Klement sich für seine Frau nicht mehr zu interessieren schien, nahm er auch von ihren literarischen Vorlieben keine Notiz. Ihre Neigung für Theater, Oper und Konzert ignorierte er völlig. Wenn, dann waren es die Schwiegereltern Hannelore und Egmont, die Désirée dann und wann aufs kulturelle Parkett führten.

Zu dieser Zeit fing Egmont an zu kränkeln. Er befand in Übereinstimmung mit Hannelore, dass es Zeit sei, an Klement zu übergeben. Die Firmenbelegschaft wurde informiert, der Eigentümerwechsel wurde notariell beglaubigt und der Industrie- und Handelskammer gemeldet.

Während Hannelore sich bei der Münchner Tafel nützlich machte, hatte Egmont nichts zu tun.

Die Kontakte brachen ab. Den Garten bestellten Gärtner. Da fiel Egmont ein, dass er in einer Schülerband die Begleitgitarre gespielt hatte. Das war zwar 45 Jahre her, aber vielleicht war noch etwas übrig. Hannelore holte für ihn die alte Gitarre vom Dachboden, er übte ein paar Wochen, dann wollte er mehr.

Eine Tanzband suchte für sporadische Auftritte bei Feiern und Festlichkeiten einen Gitarristen.

Das Langhaarschlagzeug, die Afrolook-Sologitarre, der Lulatsch-Bass und Irene, die Sängerin, so schön wie die Friedensgöttin, kamen in die Osterwaldstraße zum Gespräch.

Hannelore bot Plätzchen an, Kaffee und Tee und Egmont holte seine Gitarre hervor und spielte ihnen zwei Lieder vor: „Non ho l'età", ein romantisches Liebeslied für Pubertierende aus den Sechzigern, das er einst von einem Italienurlaub mitgebracht hatte; wer es gesungen hatte, daran konnte er sich nicht mehr erinnern.

Der höfliche Applaus der Besucher galt der die Begleitmelodie erzeugenden Finger beider Hände und der Stimme, die sich auch für Hannelore etwas gleichtöniger und brüchiger anhörte als früher.

Als Zweites hatte Egmont einen deutschen Liedermacher ausgesucht, Reinhard Mey, und seinen Überraschungssong „Der Mörder ist immer der Gärtner", der gar nicht er, sondern der Butler war.

Die vier brav im Wohnzimmer Platzierten hatten weder das eine noch das andere Lied je gehört und sahen die Songs auch nicht als Zugewinn für ihr Repertoire. Sie wollten es sich aber überlegen, bedankten sich und sagten „gute Gesundheit", „Hi" und winkten zum Abschied. Hannelore hatte den Eindruck, als wären sie ein bisschen enttäuscht.

Irene rief zwei Wochen später an: „Hi, sag Egmont bitte, dass wir inzwischen voll und cool besetzt sind und nächsten Samstag in Planegg rocken; wenn ihr kommen wollt?"

Hannelore fuhr Egmont nach Planegg, wo die Formation als Dance Music Gang spielte, für Egmont zu laut, zu schrill, zu schräg.

Mit dem Rückzug der Stiefeltern aus dem Tagesgeschäft lag die volle Verantwortung für Modenfrey seit einiger Zeit bei Klement. So hatte er für seine Frau immer weniger Zeit. Sie müsse das akzeptieren, hatte er ihr nach Geschäftsübergabe von Modenfrey eröffnet.

Was das Paar vor Eheschließung verabredet hatte, sich Zeit für ihre Hobbys zu erhalten, das hatte sich in Luft ausgelöst; für Désirée eine fundamentale Enttäuschung.

Dann war Désirée außer sich, als sie feststellte, dass Klement für Modelle von Wallertrachten Einkaufspreise erpresst hatte, die dem Hersteller, ihrem Unternehmen, kaum noch Gewinne ließen.

So ging es weiter.

Désirée verbitterte zunehmend und zog sich zurück.

Mit dem Tod ihrer Mutter 2003 fehlte ihr auch noch ihr täglicher Kummerkasten.

Der lebensfrohen Regine v. Waller hatten die Nebenwirkungen einer Krebstherapie den Lebensmut genommen. Ihre letzten Wochen war sie in einem Pfaffenwinkel-Hospiz liebevoll begleitet und von Isolde täglich besucht worden. Das Haus in Pullach, an dem viele Erinnerungen hingen, hatten die Töchter verkauft.

Die ihr verbleibende Kraft wollte Désirée für ihr Unternehmen einsetzen, für Wallertrachten.

Als sie durch beruflichen und ehelichen Stress immer öfter nicht ein noch aus wusste, vertraute sie sich einem in München praktizierenden namhaften Psychotherapeuten an. Er verschrieb ihr Tabletten.

Dann überschlugen sich die Ereignisse.

KÜCHENSCHÜRZE

Die Münchner Modewoche gab es schon lange. Neben Düsseldorf und Köln war die bayerische Landeshauptstadt immer deutsche Modemetropole gewesen. Die Szene traf sich dort, die Macher, die Models, die Meister und die mondäne Kundschaft.

Die Meisterschule für Mode, die Désirée besucht hatte, gab es seit 1931. Die Keilhose wurde dort erfunden und auch Désirée hatte ihr Meisterwerk seinerseits bei der DOB vorgestellt, den jährlich sich wiederholenden drei Tagen der Damenoberbekleidungsmesse.

Während in den 70er- und 80er-Jahren München glamouröser Modezirkus war, wanderte mit dem Fall der Mauer der jährliche Modetross zum Teil nach Berlin ab und ein Umdenken bei den Münchner Modebaronen wurde erforderlich. Später waren es Showrooms, die im Februar den Modewütigen ihre Tore öffneten.

Die Einkäufer kamen jetzt eher aus den Alpenländern. Sie bekamen an verschiedenen Schauplätzen die neuen Kollektionen der Couturiers und von Meisterschülern vorgestellt und konnten dort ordern. Die Stoffmesse war vorgeschaltet und 2004 gab es sogar im Januar schon Fashion-Tage für Männermode. Und für junge Talente war ein Modepreis ausgelobt worden, zusätzlicher Anreiz für die Absolventen der von vielen Seiten geförderten Meisterschule für Mode.

Vom 14. bis zum 18. Februar 2004 waren Klement und Désirée tagsüber und abends mit Vor- und Nachbereitungen und mit der Durchführung von Veranstaltungen zur „Munich Fashion Fair Woman" vollends eingebunden. Für diese Tage hatten sie sich sogar Hotelzimmer genommen, um morgens nicht im Berufsverkehr zusätzlich gestresst zu werden.

Der Fahrer von Egmont war in den Ruhestand gegangen. Die Stelle sollte die nächsten Tage frisch besetzt werden. Der neue war ein Sicherheitsfachmann, der auch die Leitung der Sicherheitsdienste beider Unternehmen übertragen bekam. Die Bewerberakte lag auf Klement Freys Tisch. Die Zusage für den Dienstantritt zum 1. März hatten sie ihm zugeschickt und er hatte sein Kommen bestätigt. Der Name des Neuen war Ernst Lowatzki. Seine rasche Arbeitsaufnahme war dringend.

Vor der Villa in Percha stand eine Dame in weißer Jacke mit Krokostiefeln und Hut. Sie hatte schon eine geraume Weile gewartet.

Schließlich kam ein Kastenwagen mit der Aufschrift „Schlüsseldienst" vorgefahren. Der Fahrer bemühte sich erst gar nicht, das Fahrzeug zu verschließen. Er hatte es eilig oder wollte zeigen, dass das Öffnen einer Haustür für ihn ein geringes Hindernis darstellte.

Die Dame gab ihm fast huldvoll die rechte Hand, während sie ihm mit der linken drei Hunderteuroscheine reichte.

Die Geldscheine schienen den jungen Mann anzuspornen.

Das alte Knaufzylinderschloss widersetzte sich dem ersten Ansatz der Fertigkeiten des Schlüsseldienstes. Der junge Mann holte wie selbstverständlich und betont lässig einen Elektrobohrer. Im Nu hatte er das Schloss der alten Eingangstür geöffnet, seine Mütze gezogen und war davongefahren zum nächsten Kunden, dreihundert Euro reicher. Die Quittung wolle er mit der Post schicken, hatte er der vermeintlichen Hausherrin aus dem Auto noch zugerufen.

Die Freys hatten die Haustür mit Schloss vom Vorbesitzer übernommen. Ein neues System sollte in Verbindung mit einer Alarmanlage bald eingebaut werden.

Das wäre eine der ersten Amtshandlungen für den neuen Sicherheitschef von Modenfrey und Wallertrachten, Ernst Lowatzki, geworden.

Die Lady sah sich um, betrat das Haus und zog die Tür mit dem Knauf zu.

In der Annahme, dass sie dort wohnte, bemerkte der Zufallszeuge nicht, dass die auffällige Dame nach etwa einer Viertelstunde das Haus wieder verließ und in ein um die Ecke wartendes Taxi stieg. Das brachte sie nach München direkt zum dreistöckigen Glaspalast von Modenfrey, wo sie sich zwischen den Stuhlreihen eins und zwei durchzwängte und auf einen der wenigen noch freien Plätze setzte.

Mannequins stelzten gerade über den Catwalk. Sie stellten die Haute Couture eines weltbekannten Gastes vor.

Der Maestro moderierte im Licht der Scheinwerfer persönlich und schickte seine Mädels selbst auf den Laufsteg, nicht ohne einen letzten kritischen Blick auf sie geworfen und dann und wann noch an einer Schleife oder einem Saum gezupft zu haben.

Neugierige Journalisten, Geschäft witternde Einkäufer und schmuckbehangene Damen der ersten Reihe notierten Namen von Modellkleidern und Accessoires und applaudierten gediegen oder tätschelten mit einer pedikürten, goldberingten Hand dezent ihre Champagnergläser.

Nach dem Showdown überreichte der Hausherr dem Pariser Modezaren einen Strauß weißer Rosen und hing jedem der Models zur Erinnerung an die Weltstadt mit Herz ein Lebkuchenherz mit der Zuckergussbeschriftung „Fashion Fair Munich" um.

Die Dame, die im Halbdunkel verspätet in die zweiten Reihe Platz genommen hatte, saß nun ohne Hut und Pelz in einem braunen Kostüm da, die schlanken Beine mit den

Krokostiefeln übereinandergeschlagen. Die Hermelinjacke lag lässig über der Lehne. Die Unbekannte hatte eine schwarze Mireille-Mattieu-Perücke auf. Eine getönte Riesenbrille verbarg Augenform und -farbe. Die etwas spitze Nase zierte am linken Flügel ein Brillant.

Die Fremde saß schräg hinter Désirée v. Waller-Frey und fotografierte den Maestro, die vorgestellten Modelle, den Hausherren und dessen Frau, wenn diese gelegentlich Profil zeigte, und frontal, als Désirée beim Schlussapplaus aufstand, sich umdrehte und fragte: „Kennen wir uns?"

„Pardon, Madame", entschuldigte sich die mysteriöse Person, als wenn sie ertappt worden wäre, streckte Désirée aber wie lange geplant ein Couvert in die Hand, nahm Pelz, Hut und Krokotasche und entschwand im Treppenhaus, ohne sich noch einmal umzudrehen.

Désirée war so perplex, dass sie das ihr entgegengestreckte Couvert annahm, darin Werbung oder eine Spendenbitte vermutend, und sich reflexartig mit „Merci!" bedankte. Ihr blieb, dem Abgang der ihr unbekannten Pelzträgerin nachzustaunen.

„Seltsame Gebaren", sagte sie zu Klement, der in diesem Augenblick den Platz neben ihr einnahm. Sie dachte, er hätte die Szene miterlebt.

Klement Frey hörte ihr jedoch gar nicht zu. Das weitere Programm erforderte seine volle Konzentration.

Da Meisterstücke der Münchner Modeschule angesagt waren, steckte Désirée den Umschlag in ihre Handtasche. Sie wollte ihn später öffnen.

Kurz noch grübelte sie über die seltsame Dame im weißen Pelz. Hermelinpelze waren wegen des Wohls der Tiere in Deutschland in Ungnade gefallen und Pelze kaum mehr im

Straßenbild zu sehen. Sie kam wohl aus dem französisch sprechenden Ausland, Belgien, Frankreich, Schweiz?

Dann widmete sich auch Désirée der kurzweiligen Moderation und den farbigen Kreationen der Absolventinnen der Münchner Meisterschule für Mode.

Spät nachts, sie war bereits zu Bett gegangen, fielen ihr die merkwürdige Frau und der Umschlag wieder ein. Sie stand noch mal auf und holte ihn aus der Handtasche.

In englischer Sprache hatte ihr eine Babette Delacroix, mit Adresse in Paris, mitgeteilt, dass Klement eine Tochter habe.

Désirée war wie vom Blitz getroffen.

Weiterhin las sie, dass der gemeinsame Chef Klement vor einigen Jahren informiert hatte, sie sei schwanger, dieser sich der Verantwortung aber durch die Behauptung entzogen hatte, er sei unfruchtbar. Für sie bestünde kein Zweifel an seiner Vaterschaft. Sie würde ihr den Beweis bald nachreichen. Sie, Désirée, verstünde als Frau sicher, warum sie, Babette, sich nicht an Klement wenden könne.

Die Tochter hieße Léonie und sei zwölf Jahre alt.

Léonie würde ihren Vater vielleicht gern kennenlernen. Sie wisse aber bis heute nicht Bescheid.

Léonie sei in Lyon bei den Großeltern aufgewachsen, während sie selbst, Babette, in Paris berufstätig war und in der Modebranche Karriere gemacht hatte.

Léonie sei in der Schule sehr fleißig und es gehe ihr gut.

Babette wolle kein Geld von Klement, aber die Anerkennung der Vaterschaft. Léonie solle nicht nur Großeltern und Mutter, sondern auch einen Vater haben. Das Kind menstruiere bereits und beginne erwachsen zu werden. Sie habe ein Recht auf ihren Vater. Die Zeit sei reif.

Désirée war wie vor den Kopf geschlagen. Sie beschloss, Klement nicht zur Rede zu stellen, den Brief versteckt zu halten und den angekündigten Beweis abzuwarten.

Sie konnte nur mit Tabletten einschlafen und träumte von Léonie und von Mord.

Am nächsten Tag bekam sie einen Anruf von ihrer bosnischen Zugehfrau. Sie komme nicht ins Haus; der Schlüssel schließe nicht.

Sie solle nach Hause gehen, ließ Désirée Ivanka wissen.

Da Klement noch einen Tag länger als sie in München mit den Nachbereitungen zur Modemesse zu tun hatte, stellte Désirée vor ihm die Manipulation an der Haustür fest. Sie rief den Schlüsseldienst.

Das Schloss wurde ausgetauscht und der Fachmann riet, ein zentrales Schlüsselsystem einbauen zu lassen.

Das war in Planung. Ernst Lowatzki kümmerte sich darum, als er am 1. März seinen Dienst antrat.

Désirée prüfte, ob im Haus etwas von Wert fehlte. Nein. Erst Tage später fiel ihr auf, dass ein gerahmtes Hochzeitsfoto von ihr und Klement fehlte und, wahrscheinlich, von Klements Bürste ein paar Haare. Die würde er genauso wenig vermissen wie das Hochzeitsbild. Hochzeitsbilder gab es noch in einem Karton. Sie ließ ein anderes rahmen. Einige Tage später war die Lücke gefüllt.

Den Schaden an dem Schloss begründete Désirée mit ihrer Schusslighkeit und einem abgebrochenen Schlüssel.

Sie wusste, dass Babette nicht geblufft hatte und es ihr ernst war. Warum sonst hätte sie Illegales tun sollen? Babette war glaubwürdig geworden.

Damit waren Désirées Zweifel geschwunden.

Klement würde seine Vergangenheit einholen und ihn hart treffen.

LANDESTRACHT

Die Drohung bestand aus Druckbuchstaben, mit einer Nagelschere aus verschiedenen Zeitungen ausgeschnitten.

„Der Täter oder die Täter trugen Einweghandschuhe. Er oder sie haben keine Fingerabdrücke hinterlassen. Es wurden deutsche Tageszeitungen benutzt, worauf die Benutzung der deutschen Sprache mit ihren Spezifika hinweist, zum Beispiel den Umlauten", erklärte Kommissar Steinbeis. Klement Frey sah ihn fragend an.

„Was soll das? Wer tut so etwas?"

„Wenn Sie uns nicht helfen können, dann werden wir das möglichweise nie herausfinden. Die Drohung, Ihre Frau zu entführen, deutet eher auf das private Umfeld. Und das Codewort, unter dem das Schweizer Konto bei der Rütli-Bank eröffnet werden soll, ‚Lyon 2012', können nur Sie entschlüsseln, können Sie?"

„Die Bank sagt mir etwas. Ich habe bei der Rütli-Bank ein Konto und auch ein Schließfach, in dem ich als Altersvorsorge etwas Gold deponiert habe. Mit ‚Lyon 2012' kann ich nichts anfangen."

„Gibt es jemanden, der Ihnen diese Altersvorsorge neiden könnte?"

„Ich wüsste nicht."

„Weiß Ihre Frau von dem Konto?"

„Selbstverständlich! Da wir Gütertrennung haben, haben wir auch ihr eines für die Altersvorsorge eingerichtet."

„Gibt es jemanden, der die Legalität der Geldtransfers anzweifeln könnte?"

„Könnten wir das Gespräch bitte morgen fortsetzen? Ich möchte mich gern mit meinem Rechtsberater besprechen."

„Selbstverständlich, Herr Frey, aber es geht um die Sicherheit Ihrer Frau, die eigentlich in dem Moment keinen Aufschub duldet, da Sie sich an die Polizei gewandt haben. Können Sie Frau v. Waller-Frey irgendwo sicherer unterbringen als in ihrem relativ einsam gelegenen Haus in Percha?"

„Meine Mutter Hannelore wird Désirée bestimmt für ein paar Tage aufnehmen. Das Haus in der Osterwaldstraße ist videoüberwacht und Fremde fallen dort schnell auf."

„Wollen Sie Personenschutz für Ihre Frau beantragen?"

„Das wird, glaube ich, nicht notwendig sein. Ich habe einen ausgebildeten Personenschützer als Sicherheitschef. Der passt auf meine Frau auf. Meinen Anwalt werde ich zum nächsten Gespräch mitbringen. Wäre das recht?"

„Dann treffen wir uns morgen um 10 Uhr wieder in der Ettstraße. Sie haben es bis hier ja nur ein paar Schritte."

Kommissar Steinbeis begleitete Klement Frey zur Tür und gab ihm die Hand.

„Passen Sie gut auf Ihre Frau auf! Und eines noch, ich bin nicht von der Steuerfahndung."

Beppo Steinbeis schaute Klement Frey noch nach, bis dieser im Paternoster verschwand.

Dann ging er zurück in sein Dienstzimmer, schloss sorgfältig die Tür und griff zum Telefon.

Steinbeis hatte sich erinnert, dass eine deutsche Behörde kürzlich eine CD mit Steuerdaten von dreitausend Personen angekauft hatte. Ein bundesdeutscher Dienst hatte einen pensionierten Kripobeamten als Mittelsmann eingesetzt, der sich mit einem ehemaligen Mitarbeiter der Rütli-Bank, einem Innsbrucker, in Zürich getroffen hatte und nach Prüfung der Daten die CD mit den Kundendaten, dabei sechshundert Stiftungen, im Auftrag des Bundes angekauft hatte. Man überwies für diesen nicht unumstrittenen Deal zweieinhalb

Millionen Euro auf Konten in Österreich, Slowenien und Frankreich. Der Schweizer Geheimdienst hatte die undichte Stelle des Schweizer Bankgeheimnisses ausfindig machen können und den Delinquenten festgesetzt. Der brachte sich in seiner Zelle um und Deutschland hatte mit der Schweiz kriminalistische, juristische und diplomatische Auseinandersetzungen.

Das Geld auf den drei Konten des toten Whistleblowers wurde von der Schweiz als Delikterlös zugunsten der Schweizer Behörden eingezogen. Der Diebstahl war strafbar gewesen, da Verstoß gegen das Schweizer Bankgeheimnis. Damals hatten sich der Bund und ein Bundesland die Kosten geteilt.

Der Fall hatte Aufsehen erregt und einen deutschen Vorzeigemanager der Briefe Service AG zur nachträglichen Zahlung einer Steuerschuld von einer Million Euro veranlasst. In der Hoffnung auf strafbefreiende oder -mildernde Wirkung hatten Selbstanzeiger weitere 23 Millionen Euro in die Kassen des Fiskus gespült. Über hundert Millionen Euro nahmen die Steuerbehörden zusätzlich durch Bußgelder ein.

Beppo Steinbeis wollte herausfinden, ob Klement Frey auf jener CD zu finden war. Wenn ja, dann könnte dies eine Spur sein, die zu dem Erpresserbrief führte.

Er wusste, wem er diese Frage stellen und auf rasche Antwort hoffen konnte.

Eine Viertelstunde später brachte er in Erfahrung, dass kein Klement Frey als Kontoinhaber bekannt war, aber ein Klement Perlinger, den Steuerbehörden nicht zuordenbar. Da der Frey-Vorname Klement zwar der „Sanftmütige" bedeutete, darüber hinaus jedoch ausgesprochen selten in dieser Schreibweise war, wollte Kommissar Steinbeis hierzu morgen nachhaken.

Über das Einwohnermeldeamt klärte er den Zusammenhang auf. Klement war seiner Geburtsurkunde aus dem Jahr 1967 gemäß ein Perlinger. Mit seiner Adoption 1977 war der Name Klement Frey beurkundet. Frey hatte bei der Kontoeröffnung seine Geburtsurkunde vorgelegt und vermutlich angegeben, den Pass an der Hotelrezeption hinterlegt zu haben oder Ähnliches. Hätte die Bank im Hotel nachgefragt, hätte er die Namensverwechslung wahrscheinlich als Versehen erklärt. Es ging wohl um keine so hohen Steuerschulden wie bei dem Fall, der öffentlich wurde.

Kommissar Steinbeis hatte auch nachgefragt, ob eine Désirée v. Waller-Frey auf der CD zu finden sei. Negativ. So war anzunehmen, dass Klement Freys Frau Devisentransfers ab zehntausend Euro immer vor Einzahlung auf ihr Konto bei der Rütli-Bank beim Zoll deklariert hatte. Sie konnte als Fair Play Lady das illegale Handeln ihres Mannes durchaus kritisch gesehen haben, ging es Beppo Steinbeis durch den Kopf. Wer aber konnte ein Interesse haben, durch Erpressung zweihundertfünfzigtausend Euro auf ein Konto überwiesen zu bekommen, zu dem er oder sie zunächst gar keinen Zugang hatte? Um später beim Abräumen des Kontos möglicherweise dingfest gemacht zu werden?

Hauptsache, Désirée v. Waller-Frey ist in Sicherheit. Weiteres wird sich finden. Der Schlüssel zu dem Erpressungsfall ist Klement Frey, ging es Steinbeis durch den Kopf.

Kriminalhauptkommissar Beppo Steinbeis meldete sich beim Polizeipräsidenten zur Rücksprache an, bekam aber erst für den nächsten Nachmittag einen Termin.

So schwang er sich auf sein Fahrrad und pedalierte zur Ainmillerstraße, schob eine Pizza in die Mikrowelle und machte sich einen Fernsehabend mit der deutschen Fußballnationalmannschaft. Ein Freundschaftsspiel gegen die

Schweiz. Er ertappte sich bei der Frage, ob die Spieler in Rot nur das Tor oder auch das Schweizer Bankgeheimnis verteidigten. Was die Deutschen verteidigten, das war ihm nicht klar, denn die Schweiz schoss das erste Tor.

Am nächsten Tag kam Klement Frey mit Dr. Feinhaber, seinem Rechtsbeistand. Noch bevor Klement Fragen stellen konnte, wollte Dr. Feinhaber für seinen Mandanten etwas im Zusammenhang mit einem Schweizer Konto zu Protokoll geben.

„Wenn Sie einverstanden sind, dann schalte ich bei Ihrer Aussage das Aufnahmegerät ein."

„Tun Sie das!" Dr. Feinhaber schien es eilig zu haben wie alle Juristen, da der nächste Termin schon auf ihn wartete.

„Mein Mandant hat gestern Nachmittag gegen 16 Uhr nach Paragraf 371 der Abgabenordnung Selbstanzeige wegen Steuerhinterziehung nach Paragraf 370 AO erstattet und eine Steuerschuld von 24.690 Euro an das Finanzamt München-Mitte überwiesen. Durch fehlerhafte Beratung hat mein Mandant in den vergangenen vier Jahren Beträge über 10.000 Euro in bar an der Buchführung von Modenfrey vorbei auf sein Schweizer Konto eingezahlt. Mein Mandant hofft, dass die Bußgeld- und Strafverfolgungsbehörde des Finanzamts die Staatsanwaltschaft noch nicht eingeschaltet hat. Er ist leicht und nicht grob fahrlässig und keinesfalls vorsätzlich in den Devisentransfer verwickelt worden. Er ist nicht vorbestraft, hat das ihm entgangene Fehlverhalten eingesehen und ist zur Zusammenarbeit mit Steuerfahndung und Kriminalpolizei bereit. Inwieweit die Steuersache Einfluss auf die Erpressersache hat, vermag mein Mandant zum derzeitigen Zeitpunkt nicht zu sagen."

„Sie können abschalten, Herr Kommissar, ich muss gleich weiter."

„Gestatten Sie mir noch eine Frage. Sie könnte immerhin zu einer Spur führen und Herrn Frey vielleicht peinlich sein."

„Selbstverständlich, wenn es nicht zu lange dauert?"

„Wissen Sie, unter welchem Namen Herr Freys Konto in der Schweiz läuft?"

„Klement Frey, nehme ich an?"

„Nun, Herr Rechtsanwalt. Da hat Ihnen Ihr Mandant verheimlicht, dass er das Konto unter seinem Geburtsnamen Perlinger angemeldet hat. Unter diesem Namen gibt es eine Kontonennung auf einer sogenannten Steuersünder-CD, die sich in der Hand deutscher Behörden befindet."

„Das kann ich erklären. Mein Kinderpass ...", mischt sich Klement Frey ein.

Von solcher Beweisführung wollte der Advokat nichts hören. Er unterbrach: „Dann benötigen Sie meine Dienste im Augenblick nicht mehr. Auf Wiedersehen, die Herren!"

Dr. Feinhaber stand auf, packte seine Aktentasche, nickte den Anwesenden zu und verließ den Raum. Er nahm in Sprüngen das Treppenhaus. So eilig hatte er es, dass ihm selbst der Paternoster des Präsidiumsgebäudes wie ein zu langsames Relikt aus vergangenen Zeiten vorkommen musste. Bei der Zeitnot moderner Juristen war er das auch.

„Sie müssen mir nicht erklären, wie es dazu kam, Herr Frey. Das ist nicht meine Baustelle. Dennoch rate ich Ihnen, das eilig in Ordnung zu bringen. Was mich weiter interessiert, sind die Hintergründe zu dem Erpresserschreiben. Er oder sie hat sich ja viel Mühe gemacht, in die Zukunft hinein zu planen. Was also kann es zu bedeuten haben, dass das Konto, das Sie in der Schweiz bis übermorgen mit 250.000 Euro befüllen sollen, sich sechs Jahre lang um Zinsen vermehren und dann zu einem bestimmten Tag, dem 25. März 2012, einer Person zugänglich gemacht werden soll, der ein vereidigter Notar an diesem Tag die Zugangsberechtigung erteilen wird? Kann es sich um ein Geburts- oder Sterbedatum handeln, das Ihnen bekannt vorkommt?"

„Durch den frühen Tod meiner leiblichen Eltern, die entfernte Familie meiner Adoptiveltern und die überschaubare Familie meiner Frau gibt es nicht viele relevante Daten – ich schau in meinem Kalender nach ..."

Klement Frey blätterte seinen Taschenkalender durch.

„... bei den Geburtstagen ist kein 25. März verzeichnet. Todestage führt meine Frau. Ich werde sie fragen."

„Tun Sie das und lassen Sie mich das Ergebnis wissen. Vielleicht gibt es ja ein Ereignis, von dem Sie nichts wissen, das aber existiert. Jemand glaubt an eine verwandtschaftliche Beziehung zum reichen Frey-Erben? Oder jemand ist verwandt, was ihm oder ihr bislang aber keine Vorteile gebracht hat? Jetzt nachdem Sie Chef von Modenfrey sind, ist die Gelegenheit gekommen, es auf anonyme Weise zu versuchen. Jemand glaubt sich geprellt? Glaubt aber, auf legitime Weise nicht an Ihr Geld zu kommen? Denken Sie nach!"

Siedend heiß fiel Klement Frey seine Liaison in Paris ein, wie hieß sie doch gleich, Babette! Die Nachricht, dass sie schwanger sei, kam vom Maître; wohl weil er seine damaligen Kontakte nicht weitergegeben hatte. Er hatte dem Maestro geantwortet, er sei unfruchtbar. Das war eigentlich nur ein Signal, dass in dieser Lebensphase eine Vaterschaft das Letzte war, was zu ihm gepasst hätte. Babette konnte er sich nicht als Frau mit Kind vorstellen. So wie sie ihn behandelt hatte, glaubte er auch nicht, ihre einzige Beziehung gewesen zu sein. Sie hatte ihm gesagt, dass sie seit Jahren die Pille nahm. Und wenn sie ein Kind erwartet hätte, hätte sie sicher abgetrieben. Er hatte nichts mehr von Babette gehört und der Maestro nie wieder von ihr gesprochen.

Klement Freys unruhige Grübelei hatte Kommissar Steinbeis aufmerksam verfolgt und versucht, im Gesicht des Geschäftsmanns zu lesen.

„Sie sind auf etwas gestoßen, was mich interessieren könnte?"

Klement war an einer schnellen Klärung des Erpressungsfalls gelegen. Er berichtete von seinem Praktikum in Paris und der Kurzinfo seines damaligen Ausbilders zu Babettes Schwangerschaft. Babette hieß mit Nachnamen Delacroix.

„Wie lange ist die Geschichte her?"

„13 Jahre. Im Juni hatte ich den letzten Kontakt zu ihr."

„Dann recherchieren wir doch einmal, ob am 25. März 1994 ein oder eine Delacroix geboren wurde. Wenn ja, dann führt uns diese Spur dem Erpresserschreiber näher. Ich muss den französischen Kollegen schon mindestens einen Tag Zeit geben für die Durchsicht ihrer Datenbanken. Sie stellen gerade auf moderne Datenverarbeitung um. Wir werden sehen. Können wir uns morgen nochmals zusammensetzen? Es bleiben uns danach noch vierundzwanzig Stunden. Ist Ihre Frau in Sicherheit?"

„Ja, Herr Lowatzki weicht ihr nicht von der Seite. Sie besteht aber auf Konzert und Theater. Das lässt sie sich nicht ausreden."

„Dann bis morgen, um die gleiche Zeit?"

„Um 10 Uhr!"

Als Klement Frey gegangen war, telefonierte Beppo Steinbeis mit einem Freund in Paris, der im Justiz-Departement ermittelte. Commissaire Alain Blanc erkundigte sich nach Ilona und Tobi und sie sprachen kurz über das Double von Bayern München. Alain bedauerte, dass der Braunbär Bruno in den Alpen erlegt worden war. In den Pyrenäen hätten sie gerade ein Bärenschutzprogramm aufgelegt und heute wieder um die fünfundzwanzig Braunbären. Bis zu fünfzig sollen geduldet werden. Vor zwei Jahren habe es in Frankreich auch einen Aufschrei gegeben, als die Bärin Cannelle getötet wurde. Wenigstens habe ihr Sohn Cannellito überlebt.

Alain versprach, sein Rechercheergebnis so schnell wie möglich durchzugeben. Mit „Salut, mon ami!" legte er auf.

Am nächsten Morgen gegen 9 Uhr rief er zurück. Das Ergebnis überraschte Kommissar Steinbeis jetzt nicht mehr.

Er hatte den Fisch am Haken.

Klement Frey saß ihm ein wenig verspätet gegenüber. Erwartungsvoll fragte er: „Wie steht's?"

„Herzlichen Glückwunsch zur Tochter Léonie Delacroix. Hier ist ihre Adresse."

Steinbeis schob dem verdutzten Klement Frey einen Zettel hin.

„Was machen wir jetzt?"

„Was raten Sie, Herr Kommissar?"

„Sie haben mehrere Möglichkeiten: Sie beauftragen einen Privatdetektiv mit dem Ausspähen von Léonie, ihren Lebensbedingungen und den Lebensverhältnissen der Mutter, Frau Delacroix. Die gibt es zweimal, da das Kind bei der Großmutter Céline Delacroix aufgewachsen ist. Sie lassen sich die Vaterschaft verbriefen und bieten dann die Anerkennung an oder, wenn Sie nicht der Vater sind, klären auf dem Rechtsweg, dass man Sie nicht mehr belästigt.

Oder Sie gehen auf den Deal ein, der Sie auf nicht ganz legale Weise zum wissenden Vater machte, überweisen die 250.000 Euro auf das Schweizer Konto und akzeptieren, dass das Mädchen mit vollendetem achtzehntem Lebensjahr über diese Summe verfügt. Danach hätten Sie wieder zwei Möglichkeiten: Sie nehmen unabhängig von dem Konto – es kann sein, dass das Mädchen gar nichts davon weiß – Verbindung zur Familie auf, anerkennen die Vaterschaft und gestehen dem Mädchen ihr volles Erbrecht zu oder Sie belassen es dabei und schließen Léonie von der Erbfolge aus."

Beppo Steinbeis hielt einen Moment inne.

„Was ich Ihnen rate, wollen Sie wissen? Das sage ich Ihnen gern. Zunächst einmal gehe ich davon aus, dass Ihre Frau nicht wirklich in Gefahr ist. Der Erpresserbrief stammt von jemandem, der sich sehr sicher um die Vaterschaft ist. Es wird also kaum noch Gefahr bestehen, wenn Sie den Anweisungen folgen. Damit wäre Zeit gewonnen und Sie könnten in Ruhe überlegen, was zu tun ist. Es ist aber nicht auszuschließen, dass Mutter, Tochter oder Erziehungsberechtigte Léonies Rechte auf anderem Weg einklagen werden. Weiß Ihre Frau eigentlich davon?"

„Wie sollte sie, wenn nicht einmal ich davon wusste. Ich werde sie aber nicht aufklären, sie könnte die Sache so verstehen, als hätte ich ihr Babette verheimlicht. Babette war aber lange vor Désirée. Wir haben einen Ehevertrag."

„Könnte Ihre Frau auf anderem Weg von Ihrem unehelichen Kind erfahren haben?"

„Ich wüsste nicht, wie und warum – wenn Babette mich hätte kontaktieren wollen, dann hätte sie es doch getan. Sie ist eine sehr emanzipierte Frau, vielleicht unter anderem Namen verheiratet?"

„Ich hätte Ihnen gesagt, wenn Babette Delacroix verheiratet wäre. Ob sie in einer Lebensgemeinschaft lebt, das können Sie ja herausfinden. Vermutlich genügt ein Anruf bei ihr. Ihre Nummer findet sich im Telefonbuch der Stadt Paris."

„Gut, ich werde das Konto für Léonie einrichten und die notarielle Zugangsklausel bei der Bank hinterlegen lassen. Über eine Vaterschaftsanerkennung werde ich nachdenken. Ich danke Ihnen für Ihren Rat. Brauchen Sie mich noch?"

„Derzeit nicht. Offen bleibt die Frage, wer den Erpresserbrief verfasst hat und warum er in deutscher Sprache verfasst wurde. Sprach Ihre Babette Deutsch?"

„Nein, aber sie war sprachbegabt. Sie könnte es gelernt haben."

„Und die deutschen Zeitungen, die dafür zerschnitten wurden?"

„Die bekommen Sie in Paris zum Beispiel am Gare de l'Est im Zeitschriftenladen ‚Relay', an den Metrostationen oder in den Zeitungskiosken der Innenstadt."

„Sollen wir Ihrer Ansicht nach dem Urheber des Drohbriefs im Interesse Ihrer Ex und deren Tochter nicht mehr weiterverfolgen?"

„Ich bitte darum!"

„Dann wäre meine Arbeit getan und ich schließe die Sache mit einem Aktenvermerk ab?"

„Ja!"

„Mir verbleibt, Ihnen alles Gute zu wünschen, Herr Frey. Vielleicht haben Sie weiterhin ein Augenmerk auf Ihre Frau und informieren auch ihren Personenschützer. Auf Wiedersehen!"

„Auf Wiedersehen, Herr Kommissar!"

Ein Wiedersehen sollte es geben, aber nicht so, wie die beiden es an diesem Tage meinten.

MAGDALENA

Es war ein später Junitag, an dem Ernst Lowatzki seine Herrschaft über Lindau, Zürich und Bern nach Interlaken chauffierte. Es war fast windstill und das Berner Oberland war sonnenbeschienen. Der Thunersee lag ruhig zwischen Rothorn und Niesen. In den flachen Buchten spiegelten sich die Berge hellgrün, über seinen Untiefen aber bedrohlich dunkelblau. Der Zu- und Abfluss der Aare und deren Sedimente mischten das Grün und Blau zu einem schlammigen Braun anstatt ins Idealtürkis.

Die letzten 18 Kilometer nach Stechelberg öffnete sich der Blick auf die weißen Kämme von Eiger, Mönch und Jungfrau, die den Kanton Bern vom Wallis trennen.

Je näher sie an die Viertausender heranfuhren, desto höher wuchsen deren eisbedeckte Wände. Bei jeder Kurve mit Sicht auf den Eiger sprach Klement Frey über einen anderen in der Nordwand umgekommenen Kletterer.

Désirée hielt die Augen geschlossen, den aparten Kopf in die Kopfstütze gelehnt.

Nachdem sie auf Klements Äußerungen nicht reagierte, fühlte sich Ernst Lowatzki bemüßigt nachzufragen, wenn ihn eines der Schicksale besonders interessierte. Lowatzki hatte, noch zu DDR-Zeiten, im Zittauer Gebirge eine Bergführerlizenz erworben und war über Erstbesteigungen und Todesfälle bei deren Versuchen recht gut informiert.

Sie erreichten Stechelberg und den Parkplatz an der Schildhornbahn. Das Gepäck überließen sie ihrem Sicherheitschef zum Transport in den Berggasthof oberhalb von Mürren. Sie selbst fuhren mit der Luftseilbahn rund eine halbe Stunde vorbei am Wasserfall über Gimmelwald und Mürren und weiter über Birg aufs 2970 Meter hohe Schildhorn. In dem durch James Bond berühmt gewordenen Dreihundertsechzig-Grad-Drehrestaurant Piz Gloria speisten sie zu Mittag und genossen den Rundblick.

Mit der Gondel zurück in Mürren hatten sie zum Berggasthof Sonnenalp noch einen Aufstieg. Klement nannte ihn einen „Rutsch". Für Désirée blieb es ein Aufstieg. Den Rest des Tages nutzte sie zum Lesen. Sie vertiefte sich stundenlang auf der Terrasse sitzend in ein Buch von Ingrid Noll mit dem Titel „Der Hahn ist tot".

Nach dem Abendessen zog sie sich früh zurück auf ihr Zimmer und las weiter, während ihr Mann und Ernst Lowatzki fachsimpelten, wie sie am nächsten Tag den noch nicht vollends fertiggestellten neuen Klettersteig begehen wollten.

Als Désirée aufwachte, blickte sie auf Mönch und Jungfrau. Die Morgensonne hatte die Gletscherregion in ein zartes Rosa getaucht mit Millionen von Brillanten, die glitzerten.

Nach dem gemeinsamen Frühstück machten sie sich für die etwa vierstündige Tour zurecht. Zur Bergbekleidung kam Kletterausrüstung hinzu, bestehend aus Helm, verstellbarem Sportklettergurt mit Hüftgurt und Beinschlaufen und Klettersteigset mit Schnappkarabinern. Nur Désirée hatte einen Komplettgurt, mit dem sie sich wohler fühlte. Über diesen hatte sie eine ärmellose Steppjacke gezogen, den Reißverschluss offen, damit die elastischen Arme mit den beiden Karabinern des Klettersteigsets am Anseilpunkt frei blieben.

Schon den Wanderweg hinunter zur Ortschaft Mürren ging es Klement nicht schnell genug.

„Lahme Ente!", raunte er Désirée im Vorbeigehen zu.

Da der Steig noch nicht an die Öffentlichkeit übergeben war, mussten sie den zukünftigen Zugang umgehen, um an die bis zu 400 Meter hohe Felswand zu gelangen, die Mürren vom Lauterbrunner Tal trennt, das Johann Wolfgang von Goethe in seinem Gedicht „Gesang der Geister über den Wassern" beschrieb. Ernst Lowatzki kannte es. In der DDR hatte man mehr Gedichte gelesen als in der BRD, sagte er.

Als sie an die erste Stelle an der oberen Kante der Wand kamen, konnten sie im Tal die eisblau dahinplätschernde Lütschine erkennen und den Gesang der Wasserfälle vernehmen.

Nun würden sie hoffentlich die guten „Geister über den Wassern" begleiten, scherzte Ernst Lowatzki.

Désirée wurde wie immer flau im Magen. Sie biss die Zähne zusammen.

Der Bergführer ging voraus.

Die Bauarbeiten der Spezialfirma, die in der Lage ist, Klettersteighilfen in senkrechte Wände zu setzen – durchgehende Stahlseile, Leitern, Seilstege, Nepalbrücke, Eisentritte – waren nahezu beendet. Ernst Lowatzki würde Désirée an einer Stelle ans Seil nehmen müssen, das er quer über der Schulter mitführte. Für ihn und Klement war die heutige Tour wegen der vielen Steighilfen leicht. Der Sicherheitsgrad war hoch, da das Stahlseil beim Queren der Wandflucht 300 Höhenmeter absteigend nach Gimmelwald schon durchgängig zur Verfügung stand. Der Steig hatte nur etwa zwei Kilometer Länge.

„Echtes Klettern schaut anders aus", meinte Klement verächtlich, als sie ihre Karabiner ins Sicherungsseil einschnappen ließen. Er mochte die Schnapperei nicht sonderlich. Seit seinem Cho-Oyo-Abenteuer hatte er feinmotorische Probleme mit den Händen; er konnte aufgrund fehlender Fingerglieder zwar kräftig, aber nicht fein greifen.

Quer ging es über eiserne Tritthilfen und dann eine Leiter abwärts, 400 Meter Tiefblick, für Désirée schwindelerregend.

Von hinten kam „schneller, geh schon!" und wieder und noch einmal „Lahme Ente!".

Vor dem Mürrenbachfall mussten sie einen weit ausgesetzten Felsvorsprung passieren. Désirée war genervt. Sie klammerte sich an das Stahlseil und schob ihre Karabiner nach linkt weiter, während sie vorsichtig tastend ihren Bergschuhen sicheren Tritt zu verschaffen versuchte.

Plötzlich hatte Klement genug vom Warten. Ohne Sicherung war er in ein paar Sprüngen bei ihr und zischte ihr zu: „Lass mich vorbei, du Schisser!" Und schon hatte er nach ihren Schultern gegriffen und versuchte, sie zu umsteigen.

Bislang hatte Désirée steif gestanden, ängstlich dicht an die Wand gedrängt, das Stahlseil in Kinnhöhe. Nun fuhr sie reflexartig den Hintern aus und streckte die Arme.

Klement hatte in diesem Moment nur auf einem Fuß gestanden, rutschte von dem vom Tau noch feuchten Eisenstab ab und klammerte sich an Désirées Steppweste; ihre Schultergurte bekam er nicht zu fassen. Désirée ließ die Hände vom Seil und hörte von hinten nur noch: „Bitch!"

Sie stürzte genau die Sicherungslänge des Klettersets, etwa einen Meter. Ihr Ganzkörpergurt tat, was er sollte, er hielt sie. Sie spürte einen Ruck zwischen den Beinen und an den Schultern, hörte, wie Metall sich in Metall krallte, und sah die Steppweste reißen. Klements Gewicht zog ihr die Weste über die herabhängenden Arme und mit dem Flug der dunkelblauen Weste stürzte er in den Tod. Gerade wie er es geträumt hatte, hin zu Mama und Papa. Deren grausamem Ende in den französischen Alpen waren wohl seine letzten Gedanken gewidmet.

Désirée kämpfte. Noch nie hatte sie sich so hilflos gefühlt. Der Hüftschmerz war geringfügig, aber sie hing in der Wand wie eine ausgenommene Ente am Haken; eine flügellahme Ente.

Désirée schrie.

Ernst Lowatzki hatte das Drama aus 50 Meter Distanz miterlebt. Er kehrte zu Désirée zurück.

„Ganz ruhig! Tut etwas weh?", fragte er.

„Die Hüfte, das Eisen, nicht schlimm!"

Er nahm sein Bergseil von der Schulter, verknüpfte es mit ihrem Ganzkörpergurt und führte es um den nächsten Fixpunkt, die Befestigung des Stahlseils im Felsen in Richtung Mürren. Er hievte Désirée so weit hoch, dass sie den nächstgreifbaren Tritt zu fassen kriegte und mit den Schuhen darauf zu stehen kam. Dann forderte er sie auf, sich mit einer Hand an seinen Beckengurt zu klammern und mit der anderen den linken Karabiner zu führen, während er den rechten bedienen wollte. Er hatte vor, sie an eine sichere Stelle zu bringen, sie die Leiter hoch mit dem Seil zu sichern und den Restweg dicht bei ihr zu bleiben. Ob das ginge?

Désirée dachte erst, sie stünde unter Schock. Jetzt fühlte sie sich besser. Sie war zu ihrer eigenen Überraschung die Ruhe in Person, so als hätte sie eine große Last abgelegt. Ernst Lowatzki musste es bemerkt haben, sonst hätte er sofort einen Notruf abgesetzt. Das tat er nicht, weil er Klement nicht mehr helfen konnte. Er musste sich um seine Chefin kümmern.

Désirée fühlte eine neue Verbundenheit mit Ernst Lowatzki, sie empfand Dankbarkeit und ein tiefes Vertrauen in das, was jetzt kam. Sie würde ihm folgen, wo immer er sie hinbrächte.

Ihr Bergführer schaffte es tatsächlich, mit Désirée zurück in den Ort zu klettern. Vom Sportchalet aus rief er die ARS, die Alpine Rettung Schweiz, über die Rega-Alarmnummer 1414 an und gab eine komprimierte Lageschilderung. Er fügte hinzu, dass wohl niemand an dieser Stelle einen freien Fall überlebte.

Tatsächlich war Klement Frey an jener Stelle vor dem Mürrenbachfall abgestürzt, wo die Wand senkrecht verlief und der freie Fall über etwa 300 Meter dem Verunglückten keine Chance ließ.

Die Engel in dem gelben Outfit, die mutigen Männer und Frauen der gemeinnützigen Stiftung mit ihren sechsundachtzig Rettungsstationen mobilisierten eine sofortige Hilfsoperation und fanden relativ schnell Klement Frey unterhalb der Wand und oberhalb eines Stechelsberger Waldstücks, da die Stelle aus der Luft einsehbar war. Aber der Körper war am Felsen zerschmettert; sie konnten nichts mehr für ihn tun, außer seinen Leichnam zu bergen und ihn mit einem Hubschrauber der Schweizer Rettungsflugwacht Rega nach Interlaken in die Gerichtsmedizin zu fliegen.

„Verunglückt? Auf einem für die Öffentlichkeit noch nicht zugänglichen Klettersteig?“, das wollten die Kantonpolizei und das Justizdepartement schon genau wissen.

Ernst Lowatzki sagte aus, dass sein Chef leichtsinnigerweise seine Eigensicherung aufgegeben hatte, um an seiner ihm zu langsam vorwärtssteigenden Frau vorbeizukommen. Dabei sei er abgerutscht und habe sie mitgerissen. Ihre Doppelsicherung am Stahlseil und der Ganzkörpergurt konnten ihren Sturz abfangen. Sie konnte aber nicht verhindern, dass ihr Mann, der sich an ihr festgekrallt hatte, von ihr beziehungsweise von ihrer Weste abriss. Sein Chef sei ein erfahrener Bergsteiger gewesen. Er war auf dem Cho Oyu. Manchmal habe er sich aber selbst überschätzt.

Da die Zeugenaussage sich mit der Schilderung der Désirée v. Waller-Frey, die Klement um ein Haar mit in den Tod gerissen hätte, deckte und die Obduktion kein anderes Bild ergab, ließen die Schweizer Ernst Lowatzki und Désirée v. Waller-Frey ausreisen. Ernst Lowatzki musste mit einer Anzeige und einem Bußgeldbescheid rechnen, denn er hätte als Bergführer die Gruppe abhalten müssen, in eine Via Ferrata einzusteigen, die nicht freigegeben war. Weil dabei ein Mensch zu Tode gekommen ist, könne es ihn auch seine Lizenz kosten, die er im Zittauer Gebirge und am Elbrus erworben hatte.

Da ein Vermächtnis von Klement Frey vorlag, das eine Feuerbestattung im Falle des Todes vorsah, wurde die Leiche noch in Interlaken eingeäschert und die Urne von einem Münchner Bestattungsunternehmen überführt.

Es war ein für die Jahreszeit zu kalter, verregneter Julitag. An der Beerdigung auf dem Münchner Nordfriedhof nahm auch eine Dame in schwarzem Chanel-Kostüm mit auffallender Persianerjacke und elegantem, schwarz verschleiertem Batisthut teil. Sie trug ein Kuvert mit Trauerrand in der Hand und eine rote Rose. Die Blume warf sie in das offene Grab, wo sie auf Désirées Strauß aus blutroten Moosröschen zu liegen kam. Sie sagte nichts und drückte Désirée durch ein Kopfnicken ihr Mitgefühl aus. Mit einer flüchtigen Bewegung übergab sie ihr ein vermeintliches Kondolenzschreiben. Vor Hannelore, die Arm in Arm mit Egmont neben Désirée stand, deutete sie einen Knicks an. Dann sah man, wie die Unbekannte mit hochhackigen Schuhen und stolz erhobenen Hauptes über den Kiesweg schritt und sich von der Trauergemeinde entfernte.

Hauptkommissar Beppo Steinbeis stand mit dem Polizeipräsidenten im Hintergrund und flüsterte ihm zu: „Merkwürdig ist das alles schon!"

Der Polizeipräsident, der Egmont Frey und seine Frau Hannelore persönlich kannte, nickte und sagte: „Ich glaube, dass uns die Akte ‚Klement Frey' wieder auf den Tisch kommt."

Auch sie verließen die Reihen der Kondolierenden.

Am Dienstwagen wartete der Fahrer.

Dahinter standen ein Jaguar S-Type und der Personenschützer der Désirée v. Waller-Frey, Ernst Lowatzki.

Hauptkommissar Steinbeis ahnte, wer das ist. Er machte sich und den Polizeipräsidenten bekannt. Der war ein Bewunderer schöner Autos: „Schöner Wagen, den Sie da fahren!"

„Leider nicht meiner, aber er ist nicht nur schön, sondern auch schnell; für den Personenschutz besser geeignet als ein VW Polo!" Ernst Lowatzki lachte. Der Polizeipräsident pflichtete ihm schmunzelnd bei: „Wie wahr." Dann ging es zurück ins Präsidium.

II

Der mysteriöse Tod der
Désirée Annabel v. Waller-Frey

PROLOG

Ilona Steinbeis schob ihren Mann durch die Eingangstür des Trachtenmodenladens in der Weilheimer Schmied Straße.

„Lass mir meine Ruh, der Schrank ist doch voll!"

„Keine Widerrede, die Krägen deiner Hemden sind abgestoßen, sie schauen labbrig aus und vergilbt sind sie auch. Jetzt gibt's neue!"

Der Kommissar hatte daheim nichts zu melden. Mindestens hatte er Schwierigkeiten, sich gegenüber Ilona durchzusetzen. Ilona war eine starke Frau, konsequent in der Erziehung von Tobi, aber auch durchsetzungsfähig in ihrer Ehe.

Die schwarzgelockte Verkäuferin im hellblauen Waller-Dirndl mit weißer Halbarmbluse und Rüschen an den Enden hatte die letzten Worte der Kundin vernommen. Sie fragte sie nach ihrem Begehr.

„Zwei Landhausstilhemden suchen wir, Kragenweite circa 41 Zentimeter. Wir müssen sie anprobieren."

Wenn eine Kundin beim Shoppen das Wort für ihren Mann ergreift und dann noch in Wir-Form vom Anprobieren spricht, herrscht bei Verkäufern in der Regel sofort Alarmstufe Rosarot. Ein leichtes Zucken des linken Augenlids der Beraterin kündigte das Umschalten auf Rot an.

„Haben Sie denn Farbenwünsche?"

Wie selbstverständlich sagte Frau Steinbeis: „Nein, bitte zeigen Sie uns, was Sie haben!"

Das folgende „Gerne!" entsprach nicht der inneren Überzeugung von Frau Habersetzer, die im Wechsel mit einer Kollegin die Zweigstelle leitete. Aber sie führte die Herrschaften zu einem Einbauregal mit acht Fächern, in dem Hemden unterschiedlicher Couleur ihrer Bestimmung harrten. Auf dem Tisch davor stapelten sich nach Größe geordnet mehrere Modelle, bunte und weiße, die ebenfalls auf hemdentragende Besitzer warteten.

Frau Habersetzer hatte es befürchtet. Starke Frauen wissen von selbst, was sie wollen.

Die Kundin besah sich das Angebot. Dann ergriff sie aus den Stapeln vier Hemden, deren Punktierung, Linien oder Farbschattierungen dem Geschmack von Ilona Steinbeis entsprachen.

„41, haben Sie gesagt. Diese Hemden dürften zu klein sein oder zu groß; 39, 38, 42, 37; ich suche Ihnen die passenden heraus."

Frau Habersetzer legte die Hemden nebeneinander auf den freien Tischrand, fingerte die richtige Größe 41 aus Stapeln und Fächern und legte sie davor bereit.

Während die Kunden die Auswahl begutachteten, hatte Frau Habersetzer die nicht mehr benötigte Ware wieder an ihre Ursprungsplätze verteilt.

„Probieren Sie eines an! Dann sind wir sicher, dass wir die richtige Größe haben."

„So machen wir es!", sagte Frau Steinbeis.

Sie wählte ein mit rosa Streifen feingemustertes Hemd und schob ihren Beppo damit Richtung Umkleide.

„Halt! Lassen Sie mich es erst auspacken, sonst stechen Sie sich an den Nadeln!"

„Mich sticht niemand!", hörten die Frauen Herrn Steinbeis sagen. Es war seine erste Wortmeldung. Er fügte noch an: „Das gelingt nicht einmal meinen Kriminellen!"

Mit der Bemerkung konnte Frau Habersetzer nichts anfangen, nahm ihm aber das Hemd aus der Hand und befreite es von Zellophan, Plastikklammern und Stecknadeln.

Dann händigte sie ihm das entwickelte gute Stück wieder aus.

„Passt!", schallte es aus der Kabine. „Ich nehme dieses und das weiße!"

Herr Steinbeis war beim Einkaufen schnell genervt. Allerdings nur, wenn seine Ilona dabei war. Sonst war er die Ruhe in Person.

Frau Habersetzer hatte verstanden. Gerade hatte der Kunde die Initiative übernommen und eine Entscheidung getroffen. Dieser zu widersprechen traute sich nicht einmal seine Frau, mit der er seit einem halben Jahr auch unter der Woche wieder mehr Zeit verbringen konnte. Als neuer Leiter der Kriminalpolizei hatte Hauptkommissar Beppo Steinbeis mehr Zeit für die Familie. Es war ihm nun auch möglich, an einem ganz normalen Freitagnachmittag mit seiner Frau shoppen zu gehen – bei der Weilheimer Filiale von Wallertrachten.

ANAKONDA

Der Schlüssel klemmte, mit dem Désirée v. Waller-Frey das Konferenzzimmer verschließen wollte. Beim zweiten Versuch brach er ab. Den kleinen Vorfall empfand sie als gnädigen Wink des Schicksals und als Aufforderung, ihrem Leben nach menschlichen Enttäuschungen eine erneute Wende zu geben. Seit Wochen dauerte das Gefühl schon an, dass sie sich in Gefahr befand. Und tatsächlich sollte sie die Chefetage von Wallertrachten nie wieder betreten.

Gegen 17.10 Uhr durchschritt Désirée v. Waller-Frey mit rotbrauner Aktenledertasche und Landhausstilbeutel am Arm die Empfangshalle. Der Pförtner deutete einen Diener an, wünschte der „gnädigen Frau" ein erholsames Wochenende und warnte sie noch vor dem Schnee und glatten Straßen. Désirée bat darum, das Schloss zu Raum fünf nachzusehen, stieg dann in ihren überdacht abgestellten, dunkelblauen Jaguar und erreichte über die Starnberger Autobahn zwanzig Minuten später ihr Anwesen in Percha.

Die Auffahrt zur Villa war noch nicht geräumt. Die einzigen Spuren im Schnee stammten von den Samtpfoten einer Katze aus der Nachbarschaft.

Ihr Zuhause empfing sie ohne Licht, ohne freudiges Hundebellen, ohne Umarmung. Der Schnee glitzerte im durch die Bäume dringenden Schein der Straßenbeleuchtung und dämpfte die Geräusche zu einer seltsamen Stille.

Sie ließ sich ein Schaumbad ein und stimulierte sich währenddessen, in ein weißes Badetuch gewickelt, mit einem Prosecco. Dazu löffelte sie einen Becher Krabbencocktail und nahm einen Toast dazu. Aus einer mit Lapislazuli verzierten Silberdose griff sie sich eine hellbraune Kapsel mit weißen

Körnchen und nahm sie mit einem Schluck Wasser zu sich. Sie badete und machte sich ausgehfertig.

Ihre Schwester Isolde klingelte auf dem Mobiltelefon: „Kannst du die Blumen für den Todestag des Onkels besorgen?"

Désirée sagte zu.

Gegen 19.20 Uhr hielt sie, zurück in München, an einer Bushaltestelle. Ein Herr von Mitte vierzig im dunkelgrünen Hut, Lodenmantel und Tragetasche half ihr galant aus dem Wagen, begrüßte sie durch angedeutete Wangenküsse, führte sie lächelnd zur Beifahrerseite, öffnete dort die Tür und half ihr so auf den Sitz, als wäre sie seine Königin.

Er chauffierte sie zum Deutschen Theater und parkte den Jaguar in der Tiefgarage. Sie deutete zufrieden an die Betondecke, wie um anzuerkennen, dass er ihren Wagen im Bereich der Überwachungsanlage zurückließ. Sie ersetzten ihre Winterschuhe durch theatergemäßes Schuhwerk und nahmen im Foyer Sandwiches und Cocktails zu sich.

Die Berliner Gastinszenierung von „My Fair Lady" erfüllte nicht ganz Désirées Erwartungen. Ihr charmanter Begleiter und die Evergreens von Blumenmädchen Eliza Doolittle und Phonetik-Professor Higgins trösteten sie aber über die modern nüchterne und in den Straßenvolksszenen um Elizas Vater Alfred ihrer Ansicht nach übertrieben derbe Aufführung hinweg.

Gegen 22 Uhr gingen sie, wieder winterlich beschuht, über Stachus und Kaufinger Straße zum Marienplatz, drehten dort um, gingen zurück zur Sonnenstraße, holten das Auto aus der Tiefgarage und fuhren es zum Promenadeplatz. Pierre Lepin überließ einem blau Livrierten den Autoschlüssel und ließ seine und Désirées Tasche auf eine bestimmte Zimmernummer bringen.

Dort wechselten sie kurz die Schuhe und machten sich frisch.

Den Nightclub des Hotels Bayerischer Hof erreichten sie über Empfangshalle und Innentreppe.

Im Night Club war in der Nähe der Combo ein Zweipersonentisch für sie besetzt. Auf einem Kärtchen war zu lesen „Mr. Lepin 2 x". Der Kellner nahm es eilfertig an sich und notierte die Bestellung von einer Flasche Champagner. Désirées Begleiter wollte sofort auf ihren anstehenden Geburtstag anstoßen. Sie machte ihn darauf aufmerksam, dass nach deutschem Verständnis zwei Tage im Voraus erbrachte Gratulationen Unglück bedeuteten. Pierre entschuldigte sich und beteuerte, er erhoffe für sie nur Glück. Sie hatte ihn nachdenklich gemacht. In seiner Familie hatte man immer dann gratuliert, wenn Zeit war und sich die Familienmitglieder zufällig an einem Ort befanden.

Als Désirée von den rotierenden Farbscheinwerfern gestreift wurde und Pierres Lächeln erwiderte, sah sie weit jünger aus als eine Vierzigerin. Im tief dekolletierten Abenddirndl und mit ihrer kunstvoll arrangierten, dunkelblonden Hochsteckfrisur mit Perlmuttkamm und den aus dem Dutt fallenden einzelnen Locken strahlte sie außergewöhnlichen Chic und reife Weiblichkeit aus. Schon im Theater hatten sich Herren nach ihr umgedreht. Hier im international besuchten Nightclub fühlte sie sich geradezu beobachtet. Pierre schlug ihr vor, die Blicke als stille Komplimente zu betrachten. Sie genoss seine Aufmerksamkeiten. Sie tanzten zu Cha-Cha-Cha, Rumba und Tango; Désirée hatte dabei die Augen geschlossen. Sie gab sich der Musik und seiner Führung hin. Etwa eine Stunde später wurde sie müde, wollte aber nicht gehen. Wegen der Lautstärke an der Bühne wechselten sie zu einem der ruhigeren Tischnischen im hinteren Clubraum.

Désirée wurde redselig und erzählte ihm von ihrer Schwester Isolde, die im Unternehmen eine Leitungsfunktion innehatte, und von Boris, Isoldes Mann, der ihre, Désirées, erste Liebschaft war und später die kleine Schwester heiratete. Sie berichtete Pierre von ihrer ersten Ehe mit dem Inhaber von Modenfrey, die nach wenigen Jahren zu scheitern drohte.

„Mein Mann Klement hatte keine Zeit für mich und stellte mir für Opern- und Museumsbesuche den Chef seiner Personenschutzgruppe ab. Ich hatte schon eine Scheidung erwogen, da verunglückte Klement tödlich in den Bergen. Mit dem Verkauf von Modenfrey konnte ich Filialen dazukaufen, meine Firmenzentrale vergrößern und das Leben weiterführen, wie ich es liebte."

Pierre Lepin nickte zustimmend.

„Ernst, den ehemaligen Personenschützer, übernahm ich als Sicherheitschef. Wir waren uns am Tag des Unfalls nahegekommen ... Später willigte ich, leider, in eine Heirat ein. Er wollte sie. Diesen Schritt bereute ich bald aus unterschiedlichen Gründen."

Pierre Lepin erfuhr die Gründe nicht, aber lauschte interessiert, als Désirée ihren zweiten Mann charakterisierte: „Ernst war und ist sehr sportlich. Er ist ein Athlet, der Frauen um die Finger zu wickeln weiß. Als Profisportler, Biathlet im DDR-Kader, war er erfolgreich und durch Sponsorenverträge finanziell unabhängig. Er kommt aus Oberhof. Seine guten Anlagen hatten die Kader der Deutschen Demokratischen Republik früh erkannt. Sie schickten ihn in ein Sportinternat. Mit der Wende sprangen die Sponsoren ab. Er wurde in der gesamtdeutschen Herrenmannschaft nicht mehr gebraucht. Der Geldhahn versiegte. So arbeitete er sich in der Sicherheitsbranche hoch und da steht er heute. Allerdings trat zu seinem Misserfolg als Berufssportler und dem Verlust seiner

Bergführerlizenz auch eine Wesensänderung; er fing an zu spielen."

Damit war dieses Kapitel für Désirée erledigt. Sie schwieg eine Weile. Dann schien sie plötzlich gut gelaunt und verriet Pierre, dass sie ihren Geburtstag gern im Kreis der Familie in Weilheim feiern wolle. Am Sonntag dann, dem Todestag ihres Patenonkels, wolle sie an einer Totenmesse in der Stiftskirche Polling teilnehmen. Die Kirche sei doch eine der schönsten im Pfaffenwinkel! Ob er sie kenne? Pierre bestätigte. Er kannte sie und die kulturelle Bedeutung des ehemaligen Augustiner Chorherrenstifts. Auch hatte er im Bibliothekssaal des ehemaligen Klosters einst ein Kammerkonzert gehört und wusste um den Ruf Pollings als Malerdorf und Rückzugsort der Schriftstellerfamilie Mann.

Pierre Lepin war belesen. Er wandte sich Désirée weiter aufmerksam zu.

Doch Désirée wirkte plötzlich erschöpft. Ein Ortswechsel schien für Pierre angebracht.

Er hatte im Dachgeschoß neben dem Schwimmbad die Suite gebucht, wo sie schon ihre Übernachtungsutensilien hinterlegt hatten. Auf dem Weg dorthin musste er Désirée stützen. Die Empfangsdame schaute besorgt auf. Niemand sonst nahm Notiz.

Pierre Lepin ließ ihnen Kaffee und einen alkoholfreien Drink bringen. Er rückte zwei Sessel an die Fensterfront. Der Blick über Münchens Altstadtdächer hin zu den erhabenen Türmen des Doms und des Alten Peters munterte auf, verpflichtete aber zur Stille.

Désirée genoss Pierres feinfühlige Hände. Wie in einem Traum gab sie sich ihm hin. Der Abend klang für sie entspannt aus, ihr Kopf auf seiner behaarten Brust, ihr fraulicher

Körper umschlungen von seinen kräftigen Armen. Désirée verfiel bald in einen erholsamen Schlaf.

Das Programm für den Folgetag war eine Überraschung für Désirée. Im Schwimmbad nebenan ließen sie sich einige Bahnen ruhig treiben. Dann genossen sie im Whirlpool erneut den Blick über die Dächer. Diesmal auch hinein ins geschäftige Treiben hinter den Fenstern der Bürogebäude und Kaufhäuser. Die beleuchteten Auslagen von Modenfrey lagen im Blickfeld. Erinnerungen an die kurze Zeit an der Seite eines der Großen in der Modebranche wurden wach. Klement Frey tauchte für einen Augenblick auf. Er schien sie mit Vorwürfen überschütten zu wollen. Dann war er wieder entschwunden.

Ein Kellner brachte ihnen ein üppiges Frühstück.

Es war schon später Vormittag, als sie sich zu Fuß ins Völkerkundemuseum in der Maximilianstraße aufmachten. Dort verbrachten sie drei Stunden. Im Museumscafé gab es eine heiße Schokolade. Es folgte ein Spaziergang in den Südteil des Englischen Gartens vorbei am Haus der Kunst.

Bei der Surfwelle hatten sie den Wagemutigen auf ihren Brettern einige Minuten zugeschaut und befunden, dass die Jahreszeit fürs Wellenreiten eigentlich ungeeignet sei. Sie schritten über die flachen Stiegen zum von Désirée geliebten Monopteros, dem markanten Aussichtspunkt. Über den für Nichtmünchner befremdlichen Chinesischen Turm ging es zurück. Über den Odeonsplatz waren sie bald wieder am Bayerischen Hof. Sie gönnten sich eine ausgiebige Siesta. Dann gingen sie essen.

Die Schauspieler der Kleinen Komödie verstanden es wieder einmal, Désirée zum Lachen zu bringen. Darauf kam es Pierre Lepin an. Noch eine Umarmung in der Suite, noch ein

Drink an der Nachtbar, dann waren die schönen Stunden mit ihrem Pierre Vergangenheit; bis zum nächsten Mal.

Ernst Lowatzki wollte zu ihrem Geburtstag am nächsten Tag von seiner Vortragsreise zurück sein. Das war ihr letzter Kenntnisstand.

Désirée musste deshalb noch nachts zurück in Percha sein.

Pierre fuhr sie bis Starnberg und kehrte mit einem Taxi nach München zurück. Alle Auslagen hatte Désirée übernommen, wie immer.

Ihr Geburtstag war schon angebrochen, als sie ihren Wagen unter der Überdachung des Portals abstellte.

Die Spuren eines Autos, das an- und wieder weggefahren war, waren trotz erneuten Schneefalls zu erkennen.

Das Auto ihres Mannes stand mit kaltem Motor in der Garage. Diesmal war Licht in der Villa; dennoch kein Willkommen. Ernst Lowatzki war vorzeitig von seinem Seminar an der ASI Akademie für Sicherheit in Wiesbaden zurückgekehrt. Er war eingeladen worden, zum Thema „Absicherung gegen Ausspähung elektronischer Daten in mittelständischen Unternehmen" zu referieren.

Als Ernst seine Frau nicht antraf, hatte er sich in sein Schlafzimmer zurückgezogen, einen Nachtfilm angesehen und war darüber eingeschlafen.

Désirée weckte ihn nicht.

Sie blätterte vor dem Zubettgehen den Merkur durch und war verblüfft, auf Seite sechzehn eine Annonce mit dem Geburtstagsglückwunsch ihres Mannes vorzufinden.

„Respekt", murmelte sie anerkennend, „die vergangenen Jahre hatte er das Datum stets vergessen."

Sie schlug die Seite achtzehn auf. Von den dort abgedruckten Todesanzeigen waren ihr kein Name persönlich bekannt. Obwohl Désirée aus Sorge vor peinigenden Angstvorstellungen Schlaftabletten eingenommen hatte, träumte sie von Verfolgung und Mord.

BASILISK

Es war bereits gegen 10 Uhr, als Ernst leise an Désirées Tür klopfte. Als sie nicht antwortete, rief er lockend „Frühstück!". Er pochte stärker, bis er ihre noch heiser verschlafene Stimme vernahm und sicher sein konnte, dass sie ihn verstanden hatte.

Ernst zählte jetzt 53 Jahre. Er war mit seinen 1,85 Metern, der V-Figur, seinem federnden Gang, dem sonnengebräunten Teint und den energischen Gesichtszügen immer noch ein Blattschuss für unverheiratete Frauen. Dass sein dünnes Haar nachgeblondet war und nur mit Festiger die nach hinten gekämmte Linie hielt, sahen die nicht, die ihn anhimmelten.

Dazu gehörte Désirée nicht; nicht mehr. Da sie nicht den Namen Lowatzki angenommen hatte, wussten jüngere Schwärmerinnen oft nicht, dass die beiden verheiratet waren. Das war Ernst ganz recht und für Désirée oft ein Grund weniger, sich wegen dieser Eheschließung vor Neugierigen rechtfertigen zu müssen.

Ernst Lowatzki hatte sich nachts vom Hauptbahnhof München mit dem Taxi nach Percha fahren lassen, um mit Désirée auf ihren Geburtstag anzustoßen.

Er hatte seine Frau aber über seine frühere Ankunft nicht verständigt und war somit nicht überrascht, dass sie noch unterwegs war. Die Kommunikation zwischen Désirée und Ernst war nicht nur per Telefon schwierig geworden. Seit dem Tag, als er die Schlüssel und Papiere zu seinem BMW-Cabrio im Pfandleihhaus abgab, um Spielschulden zu begleichen, sprach sie mit ihm wie mit einem besser bekannten Geschäftspartner. Sie löste zwar das Auto aus, das sie ihm zum ersten Hochzeitstag geschenkt hatte. Auch beglich sie seine sonstigen Schulden. Sie definierte jedoch ihre Beziehung neu, bestand auf getrennte Schlafzimmer und entzog ihm den Einblick in wesentliche Geschäftsvorgänge. Privat klammerte sie ihn aus ihrem Leben aus, wenn es nicht aus Firmeninteresse geboten war, das heile Ehepaar abzugeben. Vergangene Woche hatte sie ihm eröffnet, dass sie nach Weihnachten die Scheidung einreichen werde und ihr Testament bereits entsprechend geändert habe.

Auch Ernst hatte deshalb schlecht geträumt.

Trotzdem war er früh aufgestanden. Er hatte mit dem Rad Brötchen und die Packtasche voll mit Zutaten für einen Brunch geholt, die Schneereste von der Auffahrt weggeschoben, Kaffee aufgebrüht und Bioeier gekocht. Aufschnitt, eine Käseauswahl, Marmeladengelee und Gänseleberpastete hatte er vorbereitet und das Tablettendöschen, das sie nachts in der Küche vergessen hatte, auf ihre Serviette gelegt.

Gegen 10.30 Uhr setzte sich Désirée, noch die Striemen des Kopfkissens in die Gesichtshaut gedrückt, zu Ernst. Eine Kopie seiner Merkur-Annonce lag auf ihrem Teller; darauf ein Buch.

Désirée öffnete das schon weihnachtliche Geschenkpapier, bis es den Titel freigab:

„Umwandlung von Depressionen in positive Energie –
für Frauen"

Sie behielt die Fassung.

„Ich danke dir." Sie kommentierte das Buchgeschenk nicht.

„Gefällt dir der Titel nicht?"

„Doch, doch!", sagte sie gedehnt, „ich lese später darin."

Ernst bedauerte ihr scheinbares Desinteresse an dem Ratgeber. Beim Kauf war er dem Vorschlag des Wiesbadener Buchhändlers gefolgt. Er hatte die Thesen der „erfolgreichen Esoterikerin" als wirkliche Lebenshilfe, besonders für Désirée, verstanden. Er selbst glaubte, dass Bewegungsmangel

Schuld hätte an Désirées Stimmungsschwankungen. Er ließ deshalb keine Gelegenheit unversucht, sie zu überreden, Berufsstress durch Sport abzubauen, wie einst, als Klement noch lebte und sie zusammen in den Bergen wanderten. Ernst hatte sie mehrmals gewarnt, sich nicht in die „zweifelhaften Hände" von Modeärzten und Psychotherapeuten zu begeben. Er war überhaupt nicht einverstanden, dass sie Psychopharmaka nahm.

Wenn er joggen ging, würde sie Kekse essen, meinte er, und wenn er Ski fuhr, hing sie ihren Gedanken um ihren Patenonkel nach. Der war am Sonntag vor fünf Jahren vom Rande eines Steinbruchs in die Tiefe gesprungen, um seiner Familie das Endstadium seines Krebsleidens zu ersparen.

Désirée bewegte sich seit Wochen in einer ihm fremden Welt.

Nun saß sie ihm schweigend gegenüber.

Ernst konnte die Ruhe im Esszimmer nicht ertragen.

Er erzählte von den Seminaristen in Wiesbaden, die „Unternehmenssicherheit" aus seiner persönlichen Praxis erfahren wollten. Er habe von anderen Referenten Anregungen zum „aktuellen Krisen- und Notfallmanagement" und zu „Evakuierungsübungen in Unternehmen" erhalten.

Dr. Klüppelberg, der Seminarleiter, habe ihn netterweise persönlich von der Friedrichstraße zum Bahnhof gefahren. „An Schlafen war nicht zu denken", ließ Ernst Désirée wissen.

„Im Ibis-Hotel in der Georg-August-Zinn-Straße tobte diesmal eine Fußballmannschaft aus Manchester, und zwar die ganze Nacht, und Alkohol muss geflossen sein, als logierten da die Brauereilehrlinge Englands und nicht eine Sportmannschaft."

In der Spielbank sei er nur kurz mit zwei Kollegen gewesen. Beim Roulette habe er gewonnen. Er hatte auf „Cheval" gesetzt und den siebzehnfachen Gewinn eingestrichen.

„Die Augen der zwei anderen hättest du sehen sollen!"

Désirée blieb stumm. Wieso erzählte er davon? Er kannte ihre Einstellung zu seinem Spiel und sie konnte keine Veränderung seiner Einstellung erkennen. Heute Gewinn und morgen Niederlage. Heute Gewinn und morgen Verlust. Die Erfahrung sagte, dass an der Spielsucht ausschließlich die Casinos und Spielhallen profitieren. Gewinne waren dazu da, den Spieler zu noch höheren Einsätzen zu reizen. Ernst will das partout nicht einsehen, dachte Désirée. Sie war es leid, damit auch noch provoziert zu werden.

Als hätte Ernst das verstanden, wechselt er auf Banales: „Die Bahnfahrt verlief freitagtypisch. Viel Betrieb, überfüllte Züge, Verspätungen, Kampf um Sitzplätze im Speisewagen ..."

Doch dann kam er noch einmal auf das Thema Spielen zurück. Von Spielsucht sprach er selbst nicht.

„Noch vor Abfahrt habe ich mich bei einem Selbsthilfezentrum zu einem Gespräch angemeldet. Es residiert am Westend nicht weit von der Firma entfernt. Ist das in Ordnung?"

„Natürlich!", stimmte Désirée zu. Sie fühlte sich dazu verpflichtet. Schließlich waren sie noch verheiratet und Ernst war ihrer Meinung nach krank.

„Es ist der richtige Schritt", sagte sie fürsorglich und setzte fort: „Ich sprach kürzlich in Grafing bei der Fachambulanz vor. Man gab mir den Rat, auf Therapie zu drängen und die Behandlung zu begleiten. Ich kann mir allerdings nicht die Zeit aus Wallertrachten herausschneiden. Aber ich gebe dir die Gelegenheit hinzugehen und ich bezahle dir die Sitzungen, die du tatsächlich besuchst!"

Désirée sagte das sehr akzentuiert und überlegte einen Augenblick, ob sie das Gespräch fortsetzen sollte.

„Der Facharzt, der die Ambulanz in Grafing leitet, belehrte mich eindringlich, dass Spielsucht eine unkontrollierte Leidenschaft sei und nicht nur für den Betroffenen ein ernsthaftes, tiefgreifendes Problem darstellt."

„Tablettenabhängigkeit ist ähnlich geartet", entfuhr es Ernst.

Désirée stufte seine Bemerkung als nicht vergleichbar und unangemessen ein, reagierte aber nicht.

Ernst machte auf die Zeit aufmerksam.

Sie hatten noch zu packen. Wegen des Wintereinbruchs mussten sie mit verstärktem Ausflugsverkehr nach Weilheim rechnen. Die Straßen waren glatt.

Ernst wollte nachmittags noch nach Penzberg zu Sport Conrad. „Dein großzügiger Geschenkgutschein zu meinem Geburtstag im August muss noch vor Saisonstart am Sonntag in eine neue Skiausrüstung umgewandelt werden", sagte er.

Désirée war nicht ganz klar, was er davon ernst meinte.

Als er vorschlug, vor dem Check-in im Restaurant des Hotels Vollmann noch eine Kleinigkeit essen zu gehen, lehnte Désirée ab.

Sie müsse noch Grabschmuck aussuchen und mit dem Chef des Restaurants am Gögerl Details für den Abend besprechen.

Gegen 13 Uhr empfingen sie an der Rezeption des zentral gelegenen Hotels die Zimmerschlüssel 13 und 14. Die 13 für sie, das Zimmer 14 für Ernst. Désirée schluckte einen Kloß hinunter, der sich in ihrem Hals gebildet hatte. Sie wollte sich ihren Aberglauben aber nicht anmerken lassen und versuchte nicht, das Zimmer zu tauschen.

Ernst nahm die Wagenschlüssel an sich und fuhr nach Penzberg.

Bei Sport Conrad hatte man ihm den im Internet ausgesuchten K2 Pontoon, einen ultimativen Tiefschneeski, den die Freeride-Legende Shane McConkey entwickelt hatte, in der gewünschten Länge zurückgestellt.

Die Bindungsmontage hing von der Schuhauswahl ab.

Er entschied sich nach einigem Probieren für einen silbergrauen Garmont Shaman. Das war der Skischuh für einen Freeride-Experten, der er nun mal war.

Als Bindung sollte es eine Marker M12 sein. Auf die Montage musste er wegen des Andrangs warten.

„Alle wollen neue Skier, wenn am Zugspitzplatt die Lifte aufmachen", entschuldigte der Skiberater. Er, selbst eine Rennläuferlegende im alpinen Skilauf, beglückwünschte Ernst zu seiner Wahl: „Der Pontoon ist der Beste für den Tiefschnee. McConkey hat ihn dem Snowboard-Design abgeschaut und durch eine spezielle Krümmung mit einem Shape von 160-130-120 einen super Auftrieb verschafft."

Ernst war zufrieden. Er hatte Zeit. Im Café nebenan trank er einen Espresso. Zurück im Sportgeschäft sah er sich nach einem Dreißig-Liter Rucksack um und erstand eine reduzierte hellblaue OCK-Multifunktionsdoppeljacke mit schwarzer, auszippbarer Fleeceinnenjacke. Eine poppige Mütze hatte es ihm angetan; die ließ er noch dazulegen. Er begab sich zur Kasse.

Désirée hatte währenddessen von ihrem Hotelzimmer aus Telefonate geführt und sich mit ihrer Freundin Hanna für frühnachmittags im Café Krönner verabredet.

In dem Café wollte sie noch etwas Süßes für Isolde, Boris, deren künstlerisch veranlagten Sohn Alexander und für die russlanddeutsche Spätaussiedlerin Tante Vasilia zusammenstellen lassen. Dort gab es hervorragende Pralinen, selbst gemacht.

Das Arrangement und die Musik für das Zwölf-Personen-Essen im Ausflugslokal am Gögerl konnte sie telefonisch abklären. Sie sagte sich noch kurz vor Ladenschluss bei den sympathischen „Wildblumen" Fini und Susi Kraut am ehemaligen Pöltner Tor an. Mutter und Tochter schmissen dort einen Blumenladen und lieferten der Familie Grabschmuck sowie die Buketts zu Festen und Jubiläen.

Das Pöltner Tor, das Erkennungsmerkmal ihrer guten Lage, war Geschichte. Es war 1874 schon abgebrochenen worden, wie sich Désirée erinnerte. Bevor ihre Eltern nach Pullach ins Isartal zogen, hatten sie erst eine Eigentumswohnung in Polling, dann ein Haus im Süden Weilheims. Sie hatte deshalb in Weilheim das Gymnasium besucht und sich immer schon für die Vergangenheit dieser liebenswerten Stadt interessiert. Désirée wusste noch, dass das zweigeschossige Eckhaus mit eingezogener Giebelhälfte und steilem Satteldach in der Pöltnerstraße, Sitz des Blumenladens, denkmalgeschützt war und wohl noch aus der zweiten Hälfte des 17. Jahrhunderts stammte. Ein Goldschmied hatte es einst gebaut. Ehemals war es mit Stadttor und Stadtmauer verbunden gewesen.

Zur Erinnerung an das Pöltner Tor hatte es der Weilheimer Maler Georg Franz 1932 auf die Fassade gemalt. Später war noch eine thronende Muttergottes im oberen Gebäudewinkel dazugekommen. Heute wird das Pöltner Tor nur noch für Stadtjubiläen aufgestellt, und zwar aus Holz.

Da man den Graben an der Stadtmauer damals aufgefüllt und nicht bebaut hatte, gab es für die beiden Fleuristinnen neben dem Haupteingang zum Laden einen Hinterausgang zu einem kleinen Märchenpark mit Pavillon, in dem Fini gern

120

einmal in der Sonne oder im Schutz einer uralten Linde mit einem Buch in der Hand saß, wenn Tochter Susi allein zurechtkam. Susi solle in fünf Jahren den Laden übernehmen, ließ Fini am Telefon vernehmen. Sie würde dann nur noch sporadisch mithelfen und kürzertreten.

Désirée freute sich auf den baldigen Plausch mit den beiden, umgeben von jahreszeitlich wechselnden Düften und der stets kunstvollen Dekoration; sogar das Holzpferd eines alten Kinderkarussells gab es da. Und Désirée würde die Weilheimer Neuigkeiten erfahren.

Auch wollte sie noch kurz ihrem eigenen Weilheimer Ladengeschäft eine Visite abstatten. Sie kündigte ihren Besuch bei Wallertrachten in der Schmied Straße aber telefonisch an.

Désirée war zum Gehen bereit, als es klopfte.

Boris, ihr Schwager, wollte mit ihr reden. Er war stattlich herausgeputzt. Ein wenig verlegen schien er, aber nüchtern. Wenn er Wodka getrunken hatte und sich unbeobachtet glaubte, umarmte er seine Jugendliebe ganz gern etwas zu stürmisch.

Désirée verschloss vorsorglich ihre Zimmertür von außen und schlug Boris vor, sich mit ihr ins Foyer der Rezeption zu setzten; sie habe nicht viel Zeit, ließ sie wissen. Die Rezeption schien ihr ein sicherer Ort zu sein.

Boris schüttelte den Kopf: „Zeugen unseres Gesprächs könnten falsche Schlüsse ziehen!"

Boris war aufgewühlt. Irgendetwas wollte er loswerden. Etwas bedrückte ihn.

„Was hast du so Dringendes auf dem Herzen, dass es der erste Stock im Hotel Vollmann sein muss?"

„Mein Verhältnis zu Isolde. Es geht zu Ende. Ich fühle mich elend."

„Schieß los! Was willst du von mir? Was kann ich dabei machen?"

„Ich tu mich schwer mit meiner Entscheidung. Isolde hat nur Wallertrachten im Kopf und für meinen Bildhauerbetrieb kein Auge. Wir schlafen schon lange nicht mehr miteinander."

„Was hab ich damit zu tun?"

„Solange mein Vater lebte, hast du dich auch für unser Unternehmen stark gemacht und wusstest, worauf es ankam. Du hast auch meine Eltern akzeptiert und Vater unterstützt, wenn er nach Sankt Petersburg und Omsk reiste. Und du hast Vasilia geholfen, wenn sie mit der deutschen Sprache Schwierigkeiten hatte. Ich will mich von Isolde trennen, aber das geht nicht ohne dich!"

„Isolde ist meine Schwester und ich bin verheiratet! Hast du das vergessen?"

„Ich habe damals einen großen Fehler begangen, Désirée, als ich Isolde statt deiner heiratete. Der Weg dahin war von Missverständnissen gepflastert."

„Ich weiß nicht, wovon du sprichst, Boris! Es ist besser, du gehst jetzt!"

„Ich bin dir noch immer zugetan. Wie bei unserem ersten Kuss oben in Vaters Büro, weißt du noch? Ich träume oft von dir. Du hast mein Herz nie verlassen und vielleicht magst du mich ja auch noch und willst es dir nicht eingestehen. Beide Ehen, die du eingegangen bist, waren schlechte Entscheidungen. Du weißt das. Und ich weiß, dass du dich von Ernst trennen willst. Isolde hat es mir erzählt."

„Dazu war Isolde nicht befugt!"

„Und dennoch stimmt es. Alle würden akzeptieren, wenn du dich für den Sohn von Nikolaus Alexander Schafirow entscheiden würdest. Ich könnte dir eine verlässliche Stütze sein und du mir."

Désirée schwieg.

„Du willst doch nicht, dass Boris bis in alle Zeit unglücklich ist?"

Beschwörend hatte er Désirées Schultern erfasst. Er zog sie an sich wie so oft in der Vergangenheit, wenn seine Frau nicht zusah. Boris Hände konnten zärtlich sein, aber auch zupacken wie Schraubstöcke. Désirée konnte sich nicht wehren. Sie wollte um Hilfe rufen, doch er presste seine Lippen auf die ihren. Mit aller Kraft befreite sie sich und lief die Treppe hinab, ohne ein weiteres Wort zu verlieren.

Wenig später stand sie im Blumenladen.

Empört vertraute sie sich Fini an, die auch Boris und Isolde noch als Jugendliche kannte.

Susi kam und streckte Désirée eine gelbe Stielrose entgegen.

„Hier, als Trost!", sagte sie.

Die „Wildblumen" hatten Désirée einen handlichen Strauß dunkelroter Rosen zum Mitnehmen gebunden.

Auch das Grabgesteck war fertig und würde geliefert werden.

Sie plauderten im Stehen. Mit Fini wollte sich Désirée im kommenden Sommer einmal im Biergarten der Pollinger Klosterwirtschaft treffen, dort wo auch König Ludwig II. auf seinem Weg nach Linderhof übernachtet hatte.

Die drei verabschiedeten sich, sollten sich jedoch nicht wiedersehen.

Der Pflichtbesuch bei den Mitarbeiterinnen in der Schmied Straße hatte sich schnell erledigt. Allen hatte sie die Hand geschüttelt, ein paar lobende Worte zur Dekoration und zum Verkaufserfolg beigesteuert und das Versprechen, beim nächsten Mal mehr Zeit mitzubringen. Auch dieses nächste Mal sollte es nicht mehr geben.

Mit Hanna war Désirée zur Schule gegangen. Sie hatten die letzten drei Gymnasialjahre nebeneinandergesessen und sich bei der Vorbereitung auf ihr Abitur gemeinsam für die Fächerkombination Deutsch-Englisch-Geschichte-Geografie entschieden. Oftmals hatte sie mit Hanna zusammen gebüffelt. Hanna wohnte nicht weit weg von der Schule in der Krottenkopf Straße.

Da ihre Eltern viel auf Reisen waren, hatte die alleinige Tochter oft sturmfreie Bude. So war es nicht verwunderlich, dass Désirée dort auch die ersten Teeny-Partys mitmachte. Einmal war auch Boris zu Gast da, der älter war, schon Geld verdiente und mit Mädchen Erfahrung hatte. Sie fühlte sich geschmeichelt und ließ sich auf eine nicht lange währende Liebschaft ein.

Das Betriebswirtschaftsstudium beendigte die Beziehung. Bei den Volkswirtschaftsklausuren bedauerte sie manchmal, nicht Mathematik bis zum Abitur gewählt zu haben.

Die schicke Hanna saß mit Blick zum Eingang beim Krönner, nahm ihren Jägerinnenhut ab, als sie Désirée erblickte, und stürmte ihr entgegen. Sie umarmten sich. Seit mehreren Monaten hatten sie sich nicht gesehen. Das lag auch an Hanna, die sich spät erst für Kinder entschieden hatte und so noch zwei Halbwüchsige daheim versorgen musste.

Désirée erzählte Hanna bei einer Tasse Kaffee von dem Vorfall im Hotel.

Der Kellner fragte, ob sie sich auch Kuchen aussuchen möchten.

Hanna war für Kuchen immer zu begeistern. Mit dem Elan von früher zog sie Désirée an der Hand in den Verkaufsraum der Konditorei, der das Herz jeden Liebhabers exquisiter Tortenfreuden höherschlagen ließ.

„Mit Marzipan und Nuss wie früher?", schlug Hanna vor. Désirée nickte. Sie war nicht bei der Sache, wusste aber, dass Hanna niemals etwas bestellen würde, was ihr nicht guttun würde.

Sie ließen sich die groß geratenen Tortenstücke munden.

Hanna bedauerte den Gang der Dinge bei den Schafirows. Sie machte den überraschenden und frühzeitigen Tod des alten Tuffsteinwerkbesitzers Nikolaus dafür verantwortlich, der das Steinbruchwerk seinerseits seinem Chef abgekauft hatte; mit seinem Ersparten.

Tante Schafirow tat ihr leid, die all den Streit ertragen musste.

Désirée vertraute ihrer Freundin an, dass sie ihr Testament zugunsten von Isolde geändert hatte. Auch litte sie unter unerklärlichen Ängsten und Depressionen. Sie führe deshalb Tagebuch. Ihr Psychotherapeut habe ihr das empfohlen, er zweifele aber selbst an der Nützlichkeit dieser Tätigkeit für sie, speziell für sie, erklärte Désirée.

Sie fragte nach dem Befinden der Eltern und Kinder von Hanna und nach Frank, ihrem Mann.

Die Uhr sagte ihr, dass sie gehen und sich umziehen musste. Désirée bat Hanna, gut auf sie aufzupassen.

Warum Désirée das so betonte, verstand Hanna nicht.

Zu dem Geburtstagsessen waren neben ihrem Mann und den vier Schafirows auch die Schwester von Boris, Mathilda, mit ihrem Mann, der Tochter Eva und Enkel sowie Hanna mit ihrem Mann Frank eingeladen.

Hannas und Franks Söhne hatten anderes vorgehabt. Der Abend war schon verplant gewesen, als Désirées Einladung eintraf.

Das feine Essen in dem Restaurant am Gögerl, der Aussichtsplattform Weilheims mit Blick auf die Ammergauer und Allgäuer Alpen und den bekanntesten Hausberg im Pfaffenwinkel, den Hohepeißenberg, bereitete der Hausherr persönlich.

Das Geburtstagsessen wurde aus Liebe zu den Schafirows von einer russisch-deutschen Musikgruppe begleitet. Sie nannten sich „Kalinka". Sie spielten während des Essens leisere Melodien und nahmen sie dann mit Liedern der Donkosaken für sich ein.

Bei der Jubilarin wollte jedoch keine Freude aufkommen. Zwischen Hauptgericht und Nachspeise forderte Ernst seine Frau zur Mazurka auf. Er wollte ihr eine Freude machen.

Désirée tanzte mit ihrem Mann, dachte aber an Pierre und bedauerte, dass sie mit ihm nicht einmal einen weiteren Termin verabredet hatte.

„Immer ‚bella figura' machen, carissima'!", hatte sie ein italienischer Freund einmal aufgemuntert, als sie nicht gut drauf war. Er hieß Massimo und an ihn musste sie jetzt denken.

Später forderte Boris sie auf. Sie folgte ihm auf die Tanzfläche und er begann sofort, sie an sich zu drücken. Das tat er so provozierend, dass sich erahnen ließ, was in Isolde vorging.

Isolde saß unweit. Ihr standen die Zornesfalten auf die Stirn geschrieben; sie warf mit giftigen Blicken um sich.

Désirée wurde schwindlig.

Hatte ihr jemand etwas ins Getränk getan?

Hatte sie Boris zu schnell gedreht?

Eine Weile haderte sie mit sich und wusste nicht, was sie tun sollte. Dann entschloss sie sich, die Gesellschaft zu verlassen und sich im Hotel auszuruhen.

Sie ging reihum, entschuldigte sich bei den erstaunten Verwandten und Freunden für ihre Unpässlichkeit.

Désirée bat um Verständnis für ihre berufsbedingt angeschlagene Gesundheit. Zum Schluss ging sie noch einmal zu Hanna und umarmte diese wortlos.

Désirée fragte Ernst, ob er sich weiter um das Wohl der Gäste kümmern und für Bezahlung und großzügiges Trinkgeld sorgen könne. Das versprach er ihr: „Selbstverständlich – ich ruf dir ein Taxi!"

Ernst telefonierte. Dann holte er ihr Mantel und Tasche und führte sie an die frische Luft auf der Aussichtsterrasse. Von der Balustrade aus sahen sie das Taxi die Serpentinen hochfahren.

Über den Kies und die Steinstufen abwärts stützte Ernst seine Frau.

Der Fahrer übernahm die leicht Wankende.

Désirée verließ das Gögerl im Fond des Wagens.

Es ging ihr nicht gut. Sie fühlte sich schwach und zerschlagen, als hätte ihr jemand die Beine unter dem Körper weggezogen. Während der Fahrt hielt sie ihr Lapislazuli-Döschen in der Hand.

Es roch im Auto unangenehm nach Rauch. Der schweigsame Fahrer hielt in der Eisenkramergasse vor dem Hoteleingang. Er half ihr beim Aussteigen und führte sie noch die Stufen hoch. Désirée schenkte ihm ein dankbares Lächeln und ein Extratrinkgeld.

Währenddessen amüsierte sich Ernst mit Eva. Eva war 20 Jahre jünger als er. Die Musik hatte umgeschaltet. Alle tanzten jetzt ausgelassen zu Sambarhythmen. Dann kam die

Titelmusik zum Film „Dirty Dancing" und Eva und Ernst verschmolzen schier. Eva drängte sich an ihn. Er schloss die Augen und schien wie berauscht. Ernst kannte an diesem Abend keine Rücksicht. In diesem Kreis konnten sie wissen, dass er nicht der treue Gatte war. Vielleicht wollte er aber auch klarmachen, dass Désirée es mit ehelicher Treue nicht so genau nahm. Boris beobachtete die Szene aufmerksam.

Ernst wusste, dass die hübsche Eva ihren Mann vor zwei Jahren durch einen Autounfall verloren hatte und nun wieder auf der Suche nach einem Vater für den neunjährigen Torsten war.

Es war gegen 23.30 Uhr, als Désirée ihre Lapislazuli-Dose öffnete, Tabletten einnahm und sich schlafen legte.

Wieder plagten sie langanhaltende Alpträume.

Sie war mit Klement am Seil auf dem Mont Everest unterwegs. Die Eisbarrieren hatten sie hinter sich. Der Sherpa gab die Sauerstoffmasken aus und drehte ihnen die Flaschen auf. So stiegen sie entlang der Fixseile, der Sherpa voraus. Klement folgte, dann sie. Sonst war niemand zu hören. Zu hören war nur die tiefe Atmung von Klement und ihre eigene. Automatisch hieb sie mit jedem Schritt das Eisen in den Firn. Manchmal trat sie kleine Lawinen los und hoffte, dass diese nicht die Gruppe im tiefergelegenen Lager erreichten. Es wurde immer steiler. Das Atmen fiel ihr schwer. Sie bekam keine Luft. Der Hillary Step tauchte auf. Der Sherpa stieg die Leiter hoch. Désirée versuchte, Klement um Hilfe anzurufen. Es kam kein Laut aus ihrer Kehle. Wieder und immer wieder versuchte sie zu schreien. Es nützte nichts. Sie drohte zu ersticken und riss panisch am Fixseil. Jetzt erst drehte sich Klement um. Sie deutete ihm an, dass ihre Flasche leer sei und sie Sauerstoff brauche.

Aber Klement nahm seine Maske ab, bedeutete, dass es seine sei, und schüttelte bedauernd den Kopf. Er zeigte eine hämische Mine.

Er stülpte die lebensrettende Maske wieder über, drehte sich zum Berg und stieg weiter.

Désirée wachte auf. Es war kein richtiger Wachzustand. Sie bemühte sich um Konzentration, versuchte es mit autogenem Training, aber weder wurden Beine und Kopf schwer, noch konnte sie strukturiert denken. Soweit es die Schleier vor ihren Gedanken zuließen, ging sie die Phasen an der Seite von Klement durch. Ein Auf und Ab. Alles war kompliziert, zu kompliziert gewesen.

Irgendwann schlief sie mit dem Kopfkissen im Arm wieder ein.

Pierre war nahe. Seine Stimme beruhigte Désirée. Sie spürte seinen Atem, seine Wärme, seine Männlichkeit. Sie beruhigte sich.

Der pubertierende Alexander erschien und versuchte, Pierre an einem Arm von Désirée herunterzuziehen.

Pierre trat mit einem Bein gegen den pickeligen Jungen. Der fiel.

„Das wirst du mir büßen!", hörte sie ihn sagen.

Es tauchte das Gesicht seines Vaters auf. Boris drohte Pierre mit einem Schwert. Pierre blieb unbeeindruckt. Er setzte sich auf und schützend vor sie.

Alexander war verschwunden.

Nun forderte Boris Pierre wortlos zum Pistolenduell.

Er deutete auf Isolde, die plötzlich hinter ihm stand.

Sie war weiß geschminkt und gekleidet wie einer der Pollinger Totengräber.

Isolde hielt eine mit Perlmutterornamenten verzierte, riesige Waffenkiste auf dem Unterarm.

In Zeitlupe hob sie den Deckel und ließ die um Désirée buhlenden Kontrahenten je eine der reich verzierten Duellpistolen ergreifen.

Pierre musste sich ans Fenster und Boris an die Tür stellen. Désirée bekam Panik und warf sich in Pierres Arme. Isolde lachte und sagte: „Wenn du unbedingt willst!"

Sie nahm Boris die Waffe aus der Hand und drückte gegen ihre eigene Schwester ab ... Désirée wachte auf.

Es hatte geklopft und nun pochte es. Désirée hatte Angst. Eine Männerstimme rief ins Zimmer: „Gisela, Gisela, mach auf!"

Schließlich drückte Désirée den Schalter der Nachttischlampe, fischte nach ihren Hausschuhen und schlurfte nachttrunken zur Tür.

Um geringe Lautstärke bemüht flüsterte sie: „Hier gibt es keine Gisela. Sie haben sich geirrt. Hier ist das Zimmer 13!"

Es dauerte einen Blutsturz-Augenblick bis zu einer Reaktion.

„Verwechslung ... bedaure ... und auch noch Unglückszahl!", hörte Désirée ihn sagen.

Der Ton war jetzt betont leise, bierselig, peinlich berührt. Ein spät heimkehrender Hotelgast musste wohl die Zimmernummer verwechselt haben.

Oder wollte jemand erkunden, ob sie anwesend war?

Désirée griff nochmals in die Lapislazuli-Schatulle.

Der Rest der Nacht war gnädig mit ihr.

CHUPACABRA

Ernst frühstückte bereits gegen 7 Uhr.

Den Jaguar von Désirée hatte er tags zuvor schon beladen.

Binnen vierzig Minuten erreichte er die Parkgarage des Spielcasinos in Garmisch, die ihm von vielen Besuchen her gut bekannt war. Er stellte den Wagen, wie Désirée es immer wünschte, unter einer Videoüberwachungskamera ab. Dann schlüpfte er in seine neuen Skistiefel, schnallte das Tragegestell des Rucksacks fest, nahm seine Skier auf die Schulter, die Stöcke in die Gegenhand und stakste in den klobigen Schuhen zum Taxistand.

Das Taxi brachte ihn zur Zugspitzbahn. Pünktlich um Viertel nach acht startete die Zahnradbahn mit gut zweihundert Fahrgästen. Alle wollten bei der Saisoneröffnung auf dem Zugspitzplatt dabei sein. Über Monitor belehrte eine samtige Frauenstimme die Fahrgäste zum richtigen Verhalten im Brandfall und wies sie auf das ihrer Sicherheit dienende Videoüberwachungssystem hin.

Ernst hoffte auf guten Tiefschnee.

Während des Halts Kreuzeckbahn konnte er sehen, dass an der neuen Kandahar-Abfahrt immer noch gebaut wurde. Die so viel diskutierten Erdarbeiten waren noch nicht abgeschlossen.

Die Station Hammerbach erinnerte Ernst an eine ihrer Schönwettertouren: Er war mit Klement und Désirée durch die Höllentalklamm zur Riffelscharte aufgestiegen. Oben hatte er einen Enzian ausgeschenkt. Sie überquerten in ausgelassener Stimmung die Scharte und nahmen die fast senkrecht abfallende Leiter des Klettersteigs zum Riffelriß. Er schaute, dass die manchmal fahrige Désirée die Sicherungskarabiner immer am Drahtseil hatte, mit dem der Klettersteig dort ausgestattet war.

Klement verweigerte sich, für seine Eigensicherung zu sorgen und Ernst erinnerte ihn wiederholt an deren Wichtigkeit. Schließlich war er als Sicherheitschef der Firma auch für den Personenschutz des Chefs verantwortlich.

Aber Klement hatte ein überzogenes Selbstvertrauen zu seiner Trittfestigkeit. Er glaubte zudem fest an seine Schwindelfreiheit und Unfehlbarkeit. Außerdem meinte er mehr Erfahrung in den Bergen zu haben als Ernst. Letztlich verzichtete er oft auf das Anlegen des Beckengurts.

Seine Ignoranz hatte ihm das Leben gekostet.

Von dem Kreuzungspunkt, wo die Zugspitzbahn den Abstieg von der Riffelscharte quert, waren Klement und er damals, vom Gipfeltrunk beschwingt, das Kar hinuntergelaufen, ohne auf Désirée zu warten.

Désirée war schimpfend hinterhergerannt. Sie hatte Angst, auf dem Schotter zu stürzen und sich dabei zu verletzen. Mehrmals war sie bei dem hohen Tempo ins Rutschen geraten.

Während Désirée noch über Latschen klettern musste, um den Weg in die Zivilisation zurückzufinden, hatte Klement Ernst überredet, in den See zu springen. Manch Wanderer wunderte sich wohl über die zwei Nackten im glasklaren, kalten Eibsee.

Im Eibsee Pavillon waren sie wieder vereint, Désirée höchst verschnupft. Sie beschwerte sich bei Klement und warf ihm Rücksichtslosigkeit vor.

„Es hätte mir ja auch etwas passieren können", hatte sie zu ihm gesagt.

Ihre Intervention schien Klement damals nicht sonderlich beeindruckt zu haben.

Einige Zahnradbahnfreaks stiegen um 8.45 Uhr an der Station Eibsee zu.

Die Bahn hielt um 9 Uhr am Riffelriss. Eine Einheimische mit Tourenski hatte die Halt-auf-Verlangen-Taste gedrückt und war nach den jüngsten Schneefällen sicher die Erste in dieser Saison, die das Kar und die nicht markierte Piste durch die Latschen zum Eibsee abfuhr. Dasselbe Kar hinunter, das sie damals hinuntergelaufen waren.

Jetzt tauchten sie in den Tunnel ein, der sie um 9.28 Uhr mit Eintreffen am Bahnhof Zugspitzplatt wieder freigab. 4466 Meter Tunnelstrecke bei stetig fünfundzwanzig Prozent Steigung lagen hinter ihnen.

Mit dem Pulk verließ Ernst den überdachten Bereich des Sonnalpin. Eisige minus achtzehn Grad umgaben die Ski-Fans. Sonnenkar- und Brunntallift standen still. Die Abfahrten ins Weiße Tal waren gesperrt. Ernst ließ sich auf seinen Pontoon vom Schneefernerkopflift auf 2720 Meter hochschleppen, kreiste die Arme zum Aufwärmen der Hände, genoss kurz das grandiose Bergpanorama und stürzte sich in das trotz Sonnenschein beinkalte Tiefschneevergnügen.

Gegen 11 Uhr drehte er die Skier zu einem Einkehrschwung vors Sonnalpin, trank drinnen eine heiße Schokolade und wedelte kurz darauf schon wieder über den tief verschneiten Gletscher hinab, fuhr mit dem Lift hinauf, wieder hinab, hinauf, hinab …

Um kurz vor 14 Uhr schnallte er erneut seine Skier ab, holte sich im Sonnalpin eine Portion Spaghetti mit Ragout, setzte sich an einen leeren Tisch, entzippte seine Innenjacke und wärmte sich in der Blockhausatmosphäre auf zu neuen Taten.

DRAUGLUIN

Désirée nahm ihr Obstsalatmüsli im Frühstücksraum des Hotels Vollmann übermüdet und unkonzentriert ein. Aber sie wurde so zuvorkommend mit Milchkaffee, frisch gepresstem Orangensaft und Fünf-Minuten-Ei versorgt, dass sie sich im Vorbeigehen an der Rezeption für den ausgezeichneten Service bedankte und für die junge Frau, die sie so nett bedient hatte, ein Extra-Trinkgeld hinterließ.

Zurück auf ihrem Zimmer zog sie sich warm an, packte die Krönner-Pralinen für die Schafirows in eine Leinentasche, ergriff den Rosenstrauß und verließ das Hotel. Sie nahm ein Taxi. Der Fahrer von gestern Abend erkundigte sich nach ihrem Gesundheitszustand und brachte sie nach Polling. Durch die Tordurchfahrt fuhr er sie vor die Klosterkirche mit dem wuchtigen Turm. Sie ging die paar Schritte zum Friedhof und schaute nach dem Gesteck, das Susi Kraut zuverlässig hingebracht hatte. Vor dem Portal mit den vieldeutigen goldenen Lettern „Liberalitas Bavarica" begrüßte sie Bekannte und saß zeitgerecht neben ihrer Schwester Isolde auf der für die Familie von Nikolaus reservierten vorderen Holzbank. Nicht viele Leute waren gekommen. Bei der Beerdigung vor fünf Jahren war die Kirche brechend voll gewesen.

Seitdem war die Totenmesse ein wiederkehrendes Ritual wie auch Désirées Gang später zum Nikolaus-Gedenkstein zur Stunde seines Todes um 16.15 Uhr.

Vielleicht weil es der fünfte Todestag war, hatte Désirée schon im Taxi Tränen vergossen. In der Stiftskirche weinte sie in ihr schon nasses Taschentuch.

Stadtpfarrer Ruppert wusste um ihren Schmerz. Der Verlust ihres Patenonkels, der für Désirée lange Jahre die Rolle ihres früh verstorbenen Vaters übernommen hatte, hatte ihre empfindsame Seele verletzt.

Vasilia Schafirow war in sich zusammengesunken und hatte die Lider geschlossen. Die Schultern arbeiteten. Sie atmete heftig. Auch Boris und Isolde zeigten Rührung, wenngleich aus unterschiedlichen Gründen.

Alexander, der beim Vater eine Steinmetzlehre absolvierte, später noch auf die Kunstakademie in München wollte und sich früh schon entschieden hatte, seine künstlerische Neigung und die Firma des Vaters zu verbinden und diese einmal zu übernehmen, schaute relativ teilnahmslos in das Liturgieblatt. Er würde sicher ein guter Bildhauer werden, dachte sich Désirée. Doch was war mit Familie? Immer wenn sie den Siebzehnjährigen fragte, ob er einmal heiraten wollte, wich er aus und wurde rot. Wenn sie insistierte, ließ er sie wissen, dass nur sie, Désirée, dafür in Frage käme. Es war für Désirée absurd, was er sagte.

„Der Altersunterschied würde dich nicht stören?", fragte sie ihn dann, auf ein Kompliment hoffend. Doch das kam nicht. Es folgte ein klares Nein und kein weiterer Kommentar, auch kein „Du siehst doch viel jünger aus ..."

Seine Hartnäckigkeit und sture Melancholie erinnerten sie oft an seinen Vater Boris.

Alexander hatte ihr gestern Abend von einem Fußballspiel heute Nachmittag erzählt. Daran dachte er jetzt sicher und überhaupt nicht an seinen Großvater.

Die Messe dauerte nicht lang.

Danach begrüßten sich Pfarrer, Angehörige, Freunde, Nachbarn und Bekannte und schritten gemeinsam zum Friedhof. Der Pfarrer sprach ein Gebet und die ministrierenden Lausbuben bemühten sich um ernsthafte Dienstverrichtung. Désirées Gesteck mit ihrem Gruß auf rosa Schleife war obenauf platziert. Mit seinen Rosen und Gerbera krönte es die Dekoration von Nikolaus' letzter Ruhestätte. Dessen Gesicht schaute die Betenden gütig aus einem ovalen Emaille-Foto an.

Man begab sich zum traditionellen Weißwurstessen in die Klostergaststätte. Dort wurde Dax-Bräu ausgeschenkt, wie es Onkel Nikolaus gemocht hatte. Eine gelöste Unterhaltung wollte nicht aufkommen. Die meisten schienen betreten von der Erinnerung und zuzelten an ihren Weißwürsten vor sich hin.

Auch auf dem Weg zum Schafirow-Haus die Steinbruchstraße hinauf ging man schweigend, Isolde und Désirée Arm in Arm. Tante Vasilia auf Désirées linker Seite schluchzte noch ab und zu.

Boris hatte am Stammtisch Freunde getroffen und war dortgeblieben. Er wollte pünktlich um 16.30 Uhr zum Kaffeetrinken wieder daheim sein.

Im Haus „Am Steinbruch" angekommen, bat Désirée darum, sich ein wenig ausruhen zu dürfen. Isolde bereitete ihr Kissen und Decke auf der Couch vor und Tante Vasilia stellte ihr ein Glas Wasser hin. Désirée nahm eine Tablette aus ihrem Lapislazuli-Döschen.

Später, als Isolde bereits beim Kaffeekochen war, und sie zusammen in der Küche standen, sprach Désirée ihre Schwester auf ihr Verhältnis zu Boris und sein Verhalten ihr gegenüber an. Désirée wollte keinen Zwist aufkommen lassen. Aber sie konnte Boris' Verhalten nicht unkommentiert lassen: „In eurer Beziehung scheint etwas schief zu laufen?", fragte sie in ruhigem Ton.

Sie hatte wohl falsch angesetzt. Es brach aus Isolde heraus: „Unser Verhältnis geht dich einen Kehricht an, Désirée!", polterte die jüngere Schwester. Sie schien extrem ungehalten und drohte: „Halt du dich ja aus meiner Familie raus! Ich bin zu allem fähig. Du bringst uns Unglück!"

Désirée war erschrocken, aber nicht überrascht. Ihre Schwester hielt Ärger lange zurück, bis er ein Ventil fand. Das war jetzt geschehen. Es war aber gleichzeitig der beste Zeitpunkt, ihr ins Gewissen zu reden. Weil sie die Kontrolle über sich selbst verloren hatte, dachte sie länger als sonst über den Vorfall nach. Es konnte Désirée nicht gleichgültig sein, was Isolde aus ihrer Ehe machte.

„Du vergisst, dass du nicht nur heute eine leitende Rolle in der Firma spielst, sondern als Alleinerbin jederzeit die volle Verantwortung für Wallertrachten übernehmen können musst. Dein Privatleben solltest du danach gestalten und dich gegebenenfalls mit Boris arrangieren; mindestens aber müsstest du dir Mühe geben, deine Ehe zu kitten."

Isolde hatte es wohl die Sprache verschlagen. Sie stand mit halb erhobenem Arm da, als wollte sie im nächsten Moment ein Messer greifen oder mit der Hand zuschlagen.

„Lass es gut sein, Isolde, wir reden später noch mal darüber, ich muss los!"

Isolde ließ offen, ob sie damit einverstanden war. Die Zornesfalten vom Abend zuvor standen wieder steil auf ihrer Stirn. Sie wandte sich wortlos ab und ging nach nebenan. Von dort hörte man sie schimpfen; über wen und was, das konnte Désirée nicht verstehen.

Die Auseinandersetzungen mit ihrer Schwester taten ihr in doppelter Hinsicht weh. Zum einen war sie ihr einziges Geschwister und sie fühlte sich als Ältere für sie verantwortlich, seit sie denken konnte. Zum anderen hatte sie als Ältere die Leitung der Firma und musste familiäre von betrieblichen Problemen trennen wie auch bei Ernst. Die Mitarbeiter von Wallertrachten waren von Natur aus neugierig. Jede Nachricht aus der Chefetage machte die Runde. Familiäre Belange hatten aber im Unternehmen nichts verloren. Désirée war für strikte Trennung. Abschottung war die einzige Möglichkeit, Tratsch zu unterbinden. Sollten nicht sie und Isolde mit ihrem Privatleben Vorbilder für die Mitarbeiter sein?

Désirée sinnierte eine Weile über diese Hürde.

Selbst konnte sie sie nicht überwinden. Die erste Ehe war im Eimer gewesen. Der Bund mit Klement fand einen abrupten Schlusspunkt.

Ihr zweiter Mann war ein unkultivierter Macho und Spieler, den sie überstürzt unter Druck geheiratet hatte.

Der Geliebte war ein Kavalier für Stunden.

Und ihr Jugendfreund hatte nicht das Format, das ihren Ansprüchen genügen könnte. Außerdem war er mit der Schwester verheiratet.

Dessen schwärmerischer Sohn stellte ihr nach und wollte nur sie heiraten.

Ihre Männer drehten sich um sie herum, als wäre sie die sich am schnellsten drehende Säule im Zentrum eines Karussells. Sie saßen auf Pferden und Elefanten und hatten die Lanzen mittelalterlicher Minne-Ritter, mit denen sie mit jeder Drehung gegen ihren Kopf zielten. Sie stießen zu und berührten sie wie Nadelstiche.

Nachts schwebten sie in ihr als Gartenzwerge, die sich mit Pickeln und Schaufeln an ihrer Hirnmasse abarbeiteten.

Désirée bekam ihre Peiniger nicht los. Sie waren mit ihr verwachsen.

Sie musste sich von den Mannsbildern, die sie nicht frei atmen ließen, befreien. Sie musste sich ihrer ein für alle Mal entledigen. Es gab nur einen Ausweg. Den Weg wollte sie nehmen. Sie konnte sich niemandem offenbaren. Niemandem konnte sie sich mitteilen.

Désirées Körper vibrierte plötzlich vor Aufregung. Sie griff wieder in das Döschen, auch wenn die Tabletten keine Lösung brachten.

Es nahte die Todesstunde von Onkel Nikolaus. Désirée zog sich wieder an. Sie ließ ihre Handtasche in der Garderobe zurück, nahm den Rosenstrauß und ging den beidseitig eingezäunten Höhenweg am Rand des alten Schafirow-Steinbruchs entlang.

Désirée sog die frische Luft ein.

Sie steuerte den Sportplatz am Jakobsee an, auf dem Alexander sein verschneites Fußballspiel hatte und nun vermutlich mit seinen Kumpels im Vereinsheim saß.

Vielleicht war die Partie noch nicht beendet. Der Platz könnte dann noch beleuchtet sein.

Es dämmerte um diese Jahreszeit rasch. In ganz Polling gingen die Lichter an.

Der Schnee auf dem schmalen Weg dämpfte ihre Schritte. Désirée wurde schlecht wie am Vortag beim Fest. Die Tabletten wirkten. Sie spürte ihre Beine als Last. Sie waren schwer. Sie hatte Angst. Sie wollte nicht über Wurzelwerk stolpern. Plötzlich hatte sie das Gefühl, verfolgt zu werden.

Als sie sich umwandte, war auf dem Weg ein dunkler Schattenriss. Er bewegte sich nicht.

Désirée konnte nicht nach links und nicht nach rechts ausweichen. Der enge Pfad war beidseitig von Maschendrahtzaun und Stacheldraht begrenzt; dahinter Bäume und Büsche, dahinter die oberen Ränder mit den Abgründen zweier Steinbrüche.

Sie versuchte schneller zu gehen.

Boris rief sie von hinten an.

Er schloss zu ihr auf.

Eine Ohrfeige beschloss eine unschöne Szene. Sie hatte mit der ganzen Kraft zugeschlagen, zu der sie fähig war. Désirée wollte ein Fanal setzen.

Sie gelangte zum Fußballplatz.

Das Spiel war vorbei. Das schneefreie Feld war zerpflügt und zeichnete sich als rechteckige Fläche vom Weiß seiner Umgebung ab.

Eine Gruppe Jugendlicher stand im Licht der Eingangstür zu den Umkleidekabinen mit Getränken in der Hand.

Désirée hörte ihr Lachen. Vielleicht machten sich die Spieler über die Frau in Schwarz lustig, die mit einem Strauß blutroter Rosen in der Dämmerung über den Platz eilte?

Im diffusen Licht warf die Oberfläche des Jakobsees irritierende Lichtreflexe durch die Weiden. Räder lehnten an dem Geräteschuppen. Einige Autos waren vor dem Vereinsheim geparkt.

Zum Gedenkstein an der Kante zum Schafirow-Tuffsteinbruch war es nicht mehr weit.

Désirée umrundete die Sportanlage und ging oberhalb zum Ende des geteerten Areals. Sie passierte parkende Fahrzeuge, einen Lastwagen und einen Pkw.

Zwischen ein paar Birken und wildem Gehölz erreichte sie den Sicherungszaun. Der Durchlass war unverändert. So auch die Barriere, die früher den Fahrzeugverkehr vor dem Abgrund warnte. Es schien sich niemand zu kümmern, seit vor fünf Jahren der Gedenkstein dort aufgestellt worden war. Der Pfad war wieder verwachsen. Désirée musste ihre Füße heben. Der Schnee dämpfte alle Geräusche. Ein Kauz warnte wie Kinderschrei. Dann stand der Tuffstein mit der Gedenktafel dunkel vor ihr.

Désirées Herz wurde klamm.

Sie legte den Rosenstrauß ab und trat an den Rand des Steinbruchs. Von dort war Nikolaus Alexander Schafirow gesprungen.

Désirée hielt inne.

Sie beklagte den Tod ihres Onkels und ihren schicksalhaften Umgang mit Männern und betete.

ERDHENNE

Harry, Clementine und Isabelle zogen ihre Schlitten gerade wieder den zerfurchten Hang an der Römerstraße hoch. Es mögen nur zehn Meter Winterfreude gewesen sein, als sie den langen Entsetzensschrei einer Frau hörten, dessen Echo sich auf sie zu bewegte.

Sie hörten ein Geräusch, als wäre just dort, wo sie nicht hindurften, ein Körper aufgeschlagen. An jenem Ort solle sich der Geist des Nikolaus aufhalten, hatten ihnen ihre Eltern mehrmals gesagt.

Nun war Totenstille.

Harry, der Älteste, löste sich als Erster aus seiner Starre und riss die beiden anderen mit sich. Sie liefen so schnell es ging zu seinen Eltern und berichteten von dem, was sie gehört, aber nicht gesehen hatten.

„Soll ich nachschauen?", wollte Harry von seinem Vater wissen.

„Nein, das machen wir. Ihr dürft fernsehen. Wartet hier. Wir erzählen euch später, was los war."

Herr Liebherr schaute auf die Uhr.

„Wir würden lieber mitkommen", beschwerte sich Harry.

Bei der sonst restriktiven Beschränkung ihres Fernsehkonsums war diese Sonderration als Alternative zu einer Frauenleiche allerdings so verlockend, dass er nicht weiter maulte.

Herr und Frau Liebherr hatten keinen Grund, den Aussagen der Kinder keinen Glauben zu schenken. Sie zogen sich schnell Jacken und Winterschuhe über. Herrn Liebherr nahm eine Taschenlampe zur Hand. Sein Mobiltelefon steckte in der Jackentasche.

Die Kinder gingen ins Wohnzimmer und setzten sich ein wenig benommen nebeneinander auf die Couch und hielten sich an den Händen. Das erste Mal, dass es kein Gezänk um die Fernbedienung gab.

Harry trug als Ältester die Verantwortung.

Er entschied, dass die Sportschau angesehen wird.

Alle drei hörten zwar den Fußballergebnissen zu, stellten sich aber den Grusel vor, den ihre Eltern da draußen gerade erlebten.

Das Ehepaar Liebherr hatte das Haus verlassen und sich auf die Suche begeben. Sie gingen stracks zu der durch eine Kette abgesperrten Stelle des Steinbruchs, deren Zugang sie den Kindern untersagt hatten.

Es war ein blutiger Anblick im Schein der Taschenlampe. Die Frau in Schwarz war auf einen Tuffsteinquader aufgeschlagen. Den hatten die Schafirows seit dem Todessturz des Nikolaus Schafirow dort belassenen, auch auf Drängen Désirées. Sie wollte die Erinnerung vollständig mit allem, was dazugehörte. Dazu gehörte auch der todbringende Steinquader.

Aus dem Tuffstein ragten links und rechts Transporteisen hervor.

„Sie ist tot", entsetzte sich Frau Liebherr.

Auch wenn das augenscheinlich war, versuchte Herr Liebherr, den Puls der Frau am Hals zu ertasten. Er glitt ab. Alles war voller Blut.

Frau Liebherr nahm das Telefon ihres Mannes und rief die 110 an. Ihre Stimme klang zittrig. Sie nannte Name und Ort, an dem sie sich befanden, und gab der Einsatzzentrale kurz an, was sie vor sich sah und was die Kinder ihnen erzählt hatten.

Sie wurde angewiesen, alles so zu belassen, wie es war. Der Notarzt und die Polizei würden gleich zur Stelle sein.

Erst nach dem Telefonat wurde Herrn Liebherr klar, bei wem er versucht hatte, den Puls zu nehmen. Auch Frau Liebherr erkannte erst jetzt, als ihr Mann das Gesicht gezielt anleuchtete, dass die Tote Désirée v. Waller-Frey war. Es war die Schwester der in entfernter Nachbarschaft wohnenden Isolde Schafirow, geborene v. Waller, deren Mann der Steinbruch gehörte. Er war auch ihr Vermieter.

Herr Liebherr schlug seiner Frau vor, zu den Schafirows zu eilen, während er auf die Polizei warten wollte.

Frau Liebherr machte sich sogleich auf und stieg im Eiltempo von der Römerstraße den für Privat angelegten, steinig vereisten Hohlweg bergan. In dem von alten Bäumen und hohen Böschungen umgebenen Pfad entlang eines anderen Steinbruchs hatte sie sich seit ihrer Kindheit gegrault. So auch jetzt. Es war dunkel. Sie stürzte über eine Wurzel und rappelte sich wieder auf.

Das Schafirow-Haus lag noch etwa 100 Meter entfernt, da stieß sie im Halbdunkel beinahe mit Isolde Schafirow zusammen. Die erschrak ebenso. Sie schien es auf dem Weg nach Hause ebenfalls eilig zu haben.

Ohne zu sprechen, erreichten sie das Schafirow-Anwesen. Isolde glaubte an einen nachbarschaftlichen Besuch. Nur im ersten Stock bei Tante Vasilia Schafirow brannte Licht. Automatisch wurde jetzt die Eingangstür beleuchtet. Sie betraten das alte Tuffsteinhaus.

Frau Liebherr erzählte das Notwendige und sprach Frau Schafirow ihr Beileid aus.

Die Gesichtsfarbe der Hausherrin wurde aschfahl. Isolde schüttelte sich. Sie weinte stumm.

Nach einer Weile schob sie Frau Liebherr einen Küchenstuhl zu und griff eine Thermoskanne von der Konsole der Küchenzeile.

„Möchten Sie auch einen, er ist noch warm?"

„Danke, gern, und wenn Sie einen Schnaps haben, auch den!"

Isolde Schafirow hangelte nach Tassen und Untertassen im Hängeschrank. Dabei fiel der Botin der schlechten Nachrichten auf, dass Isolde schlanker und kleiner war als ihre Schwester. Höchstens 1,60 Meter, so schätzte Frau Liebherr. Die dunkel getönten Dauerwellen unterstrichen ihre Blässe. Sie sah mitgenommen aus; verständlich, bei der Tragödie, befand Frau Liebherr.

„Hier ein Wodka. Den haben die Schafirows immer im Haus!"

Isolde Schafirow versuchte zu scherzen, zitterte aber immer noch. Sie machte einen zerbrechlichen Eindruck.

Sabine Liebherr hatte in Anbetracht von Isoldes Zustand ihre Fassung zurückgewonnen. Sie wiederholte, was die Kinder berichtet hatten, und schlug vor, zusammen zum Unfallort zu gehen. Die Polizei müsse ja inzwischen eingetroffen sein.

„Trauen Sie sich das zu, Frau Schafirow?", fragte sie.

Die wirkte müde, holte aber Mantel, Mütze und Handschuhe von der Garderobe.

„Wollen Sie vorher noch andere Angehörige informieren? Désirées Mann vielleicht?"

„Ernst ist beim Skifahren. Sonst ist niemand daheim außer meiner Schwiegermutter. Ihr sag ich es später. Boris ist sicher noch in der Klosterwirtschaft, sein Handy ist sonntags nie eingeschaltet. Und unser Sohn Alexander ist vermutlich mit den Fußballern im Vereinsheim."

Aber Isolde hatte die Nummer von einem guten Freund der Familie gespeichert. Den rief sie schnell noch an, informierte stenographiehaft zum Geschehen und bat um Hilfe. Er solle doch auch versuchen, Boris und Hanna zu verständigen.

Draußen hörten sie wiederholt Sirenen.

Sie gingen los. Rotierende Blaulichter erleuchteten den Himmel über den Tuffsteinbrüchen Pollings. Die Unglücksstelle war breiträumig abgesperrt.

Wie immer bei nicht natürlichen Todesfällen wurden der Unfall aufgenommen und Spuren gesichert.

Ein Polizeibeamter fragte sie nach ihrem Begehr. Als er vernahm, dass Isolde Schafirow die Schwester der Toten war und Sabine Liebherr die Frau, die den Notruf abgesetzt hatte, gab er die Information über Funk weiter.

Eine Beamtin holte die beiden ab. Sie stellte sich als Polizeiobermeisterin Miriam Kirnmeier vor.

„Fühlen Sie sich in der Lage, die Tote zu identifizieren?"
Isolde nickte teilnahmslos.

Frau Kirnmeier führte sie zu der Stelle, wo Konrad Liebherr mit dem Leiter des Kriminaldauerdienstes stand.

„Ja, es ist meine Schwester!", bestätigte Isolde unter Schluchzen. Frau Liebherr nahm sie in den Arm.

Die als Erste eingetroffenen Streifenpolizisten hatten die Unfallstelle abgesichert. Der Kriminaldauerdienst war wenig später vor Ort. Oberkommissar Leinenweber vom KDD hatte schon mit Beppo Steinbeis, dem Leiter der Weilheimer Polizeiinspektion, telefoniert und ihn gefragt, was sie für ihn vorbereitend tun sollten.

Es war bereits dunkel. Schneespuren waren vergänglich und der Hergang des Todes dieser Frau konnte von niemandem bezeugt werden. Die Kripo musste ermitteln.

Beppo Steinbeis hatte den Anruf in seinem Haus in Murnau entgegengenommen. Er hatte noch beim Abendessen gesessen und gekaut. Es war Sonntag. Für den Anrufer überraschend sagte Beppo Steinbeis: „Ich kannte die Tote. Es ist eine bekannte Trachtenmodezarin."

Hauptkommissar Steinbeis ließ sich die Situation am Telefon erklären, überlegte kurz und gab seine Anweisungen: „Bitte bringt mir die Familie und sonstige Zeugen an einem beheizten Ort zusammen, egal ob im Haus Schafirow oder in der Wohnung der Familie Liebherr. Ich brauche zwei separate Räume für die Befragungen. Kann das jemand arrangieren?"

„Wir erledigen das, Herr Steinbeis!"

„Gibt es irgendwelche Zweifel, dass es Suizid war, Herr Leinenweber?"

„Die Gerichtsmedizinerin hält die Folgen des Sturzes für die Todesursache. Auffällig ist, dass die Frau beim Sturz geschrien haben soll."

„Geschrien hat sie – das haben die Kinder gehört?"

„So ist es!"

„Gut, ich werde die Tote gleich sehen. In zwanzig Minuten bin ich vor Ort, bis dann!"

Beppo Steinbeis gab seiner Frau einen Kuss, zog sich Winterstiefel an, eine Wollmütze auf und warf seinen gefütterten Mantel über.

Er steuerte seinen Bully auf die Bundesstraße 2 und hatte eine Viertelstunde später den Längenlaicher Abzweig nach Polling erreicht. Über die Römerstraße war er auch gleich in dem ausgeleuchteten, von Felswänden umgebenen Halbrund.

Verena hatte er nicht erreichen können. Es hätte ihn auch sehr gewundert, denn sie war in Österreich sportlich unterwegs. Ob Tatort oder Unfallort, das würde er entweder heute noch ohne sie herausfinden oder mit ihrer Hilfe und der des Teams in den nächsten Tagen.

Beppo Steinbeis vom Kriminalkommissariat Weilheim schaute sich zunächst die Leiche an.

„Servus, Gerlinde, kein schöner Anblick – ich kannte die Tote", bemerkte er in Richtung der Gerichtsmedizinerin, die ihm gerade den Rücken zudrehte, um die Blutgerinnung am Kopf mit der an anderen Körperteilen zu vergleichen.

„Ach du bist's. Servus, Beppo!"

Sie deutete auf die Leiche.

„Diese Frau schlug mit dem Körper direkt auf dem Stein auf. Sie hatte keine Chance oder sie wollte keine Chance haben. Eines der sechs Zwanzig-Zentimeter-Trageisen hat den Bauchraum durchbohrt und Zentralorgane wie Leber, Niere, Milz zerstört. Das hat zu einem lebensbedrohlichen Blutverlust geführt, war aber sicher nicht die ausschlaggebende Todesursache. Der Kopf traf zwar nicht auf Stein auf, sondern auf den Stapel Holzpaletten daneben. Ihr Gesicht wurde dadurch etwas geschont; sie muss eine schöne Frau gewesen sein. Der Aufprall war aber so stark, dass eine Schädelfraktur bereits zum Gehirntod geführt haben könnte. Doch die Wahrscheinlichkeit liegt nahe, dass ein Halswirbelbruch ihrem Leben ein Ende gesetzt hat. Sie hat zudem zahlreiche, hier nicht lokalisierbare Knochenbrüche. Die und die inneren Blutungen hat sie jedenfalls nicht mehr gespürt. Eventuelle Fremdspuren kann ich erst in der Pathologie sichern."

„Dein ermittelter Todeszeitpunkt wird identisch mit den Zeitangaben der Zeugen sein?"

„Vermutlich ist der Tod vor etwa einer Stunde eingetreten, aber ich schau mir die Leiche morgen genau an und verständige euch dann sofort. Ich kann hier nichts mehr tun."

„Danke dir, Gerlinde!"

„Wenn Frau Dr. Pfannenstil fertig ist, können wir die Leiche zur Abholung freigeben, oder wollen wir noch warten?", fragte Oberkommissar Leinenweber.

„Ihr habt ja alles fotografiert. Von mir aus. Gibt es Spuren?"

„Bislang nicht, aber die Kollegen suchen gerade nach der Absprungstelle. Da gibt es einen Gedenkstein von Interesse. Der wurde nach dem Suizid des Nikolaus Schafirow aufgestellt, der sich just an gleicher Stelle und just heute vor fünf Jahren und just zur gleichen Uhrzeit umgebracht hat. Ich hab in meinen Aufzeichnungen nachgesehen. Der alte Nikolaus meinte einen Grund zu haben; er war unheilbar krank und wollte seiner Familie sein Siechtum ersparen. Aber seine Nichte?"

„Dann könnte der Fall der Toten mit dem Suizid vor fünf Jahren im Zusammenhang stehen. Danke soweit. Wir sehen uns später noch mal. Ich höre mir jetzt die Zeugen an."

Die verfügbare Verwandtschaft und die Liebherrs waren bereits im Wohnzimmer der Schafirows versammelt. Ein Beamter nahm die Namen in eine Klemmbrettliste auf und fügte hinzu, wer Zeuge, wer direkte Verwandtschaft, wer Freund und wer nur Bekannter war.

Niemand der Anwesenden konnte sich vorstellen, warum Désirée Onkel Nikolaus an dessen fünften Gedenktag in den Tod gefolgt war.

Hanna traf mit ihrem Mann ein. Frank, selbst für eine Expertengruppe im Polizeipräsidium Oberbayern in der Münchner Knorrstraße tätig, schlug vor, dass er die Verbindung zwischen der Gruppe und den Kollegen hält. Wer es gehört hatte, nickte.

Die Sirenen hatten zahlreiche Pollinger auf den Plan gerufen. Der alte Steinbruch war nun großräumig abgesperrt. Schaulustige wurden nach Hause geschickt.

Polling hatte, nach dem Mord mittels eines Schusses durch ein Toilettenfenster vor vielen Jahren, einer erdrosselten Zeitungsausträgerin und der Selbsttötung des Nikolaus Schafirow wieder einen Skandal. Jemand war eines unnatürlichen Todes gestorben. Wie durch ein Lauffeuer wurde bekannt, dass es Désirée v. Waller-Frey war, die ihrem Leben ein Ende gesetzt hatte.

Die Trachtenmodezarin, die einen Teil ihrer Jugend in Polling und Weilheim verbracht hatte, konnte man morgens noch in der Kirche und am Grab des geschätzten Nikolaus persönlich erlebt haben.

Über all die Aufregung kam niemand auf die Idee, Ernst, Désirées Mann, über den gewaltsamen Tod seiner Frau zu informieren.

FEUERPUTZ

Ernst hatte die letzte Zugsspitzbahn, Ankunft Garmisch 17.50 Uhr, abgewartet und fuhr in Richtung Casino-Parkgarage, als er, es war 18.05 Uhr, im Taxi sitzend den Pin zu seinem Mobilfunkgerät eingab und Désirées Handynummer aufrief. Er wollte ihr mitteilen, dass er gegen 19 Uhr zurück im Hotel Vollmann sein würde.

Es klingelte in Isoldes Garderobe aus Désirées Handtasche heraus. Isolde nahm ab und bemühte sich, Ernsts Redefluss zu unterbrechen. Isolde und Ernst mochten sich nicht. Deshalb schonte sie ihn nicht und fiel mit der Tür ins Haus.

„Désirée ist tot!"

Schweigen auf der Gegenseite.

„Désirée hat sich in den Tod gestürzt, gerade wie ihr Onkel!"

„Was sagst du da?"

„Ja, so ist es – komm gleich zu uns. Die Polizei will uns alle anhören!"

„Ich verstehe zwar nichts, aber ich beeile mich!"

Ernst schien erschrocken. Er saß in einem Taxi in Garmisch-Partenkirchen, das ihn von der Haltestelle der Zugspitzbahn zu seinem Auto bringen sollte. Es war nicht weit. Trotzdem fuhr der Taxifahrer rechts ran, weil er eine Routenänderung erwartete. Er hielt kurz an und wandte sich fragend um.

„Ich habe meine Frau immer vor den Tabletten gewarnt. Nun ist sie tot. Sie ist verunglückt. Bitte beeilen Sie sich", sagte der Fahrgast Ernst Lowatzki.

Ernst fuhr über die erlaubte Höchstgeschwindigkeit. Bei Oberau staute sich der Sonntagabendrückreiseverkehr. Die Bundesstraße 2 in Richtung Murnau war stark befahren;

riskantes Überholen nützte nichts. Ernst Lowatzki brauchte seine Zeit, eine Dreiviertelstunde, bis er gegen 19 Uhr die Runde bei den Schafirows komplettierte. Er trug noch seinen verschwitzten Skipullover, der ihm jetzt zu warm zu werden drohte.

Ernst ließ sich von den Liebherrs den Hergang schildern und nahm die Kondolenzbezeugungen der ansonsten schweigsamen Versammlung entgegen.

Jeder hing seinen Gedanken nach.

Kommissar Steinbeis fand die Gruppe, die ihn interessierte, fast vollzählig vor. Er sprach Ernst und Isolde sein Bedauern aus und nickte Boris Schafirow zu, der mit leicht glasigen Augen abseits von seiner Frau Isolde saß. Der Freund der Familie hatte ihn beim Kartenspielen in der Klosterwirtschaft angetroffen und nach Hause geschickt.

Nur Alexander, Schafirow Junior, fehlte noch. Der betrat gegen 19.15 Uhr wortlos das Wohnzimmer, ohne mit irgendjemandem Blickkontakt aufzunehmen, besorgte sich einen Stuhl und nahm abseits Platz.

Die Liebherrs hatten den Kommissar um Vorrang bei den Anhörungen gebeten, da die Kinder morgens früh zur Schule mussten und noch nichts gegessen hatten.

Beppo Steinbeis sah auf die Uhr und stimmte zu.

Es war tatsächlich schon spät. Erst sollten die Kinder, dann ihre Eltern angehört werden, dann die Freunde und dann die Angehörigen. Auch Hanna und Frank sollten den Beamten zu Protokoll geben, was sie seit Samstagabend wahrgenommen hatten.

Beppo Steinbeis ließ auch die Personalien weiterer möglicher Zeugen festhalten und bat um Verständnis, dass die Tatumstände des vermutlichen Suizids nicht am gleichen Tag abschließend geklärt werden könnten. Er bat darum, sich am

Montag für weitere Befragungen verfügbar zu halten und auch die beruflichen Erreichbarkeiten zu hinterlassen.

Im Nachbarzimmer hatte die Spurensicherung Désirées Handtasche auf einem Tisch bereitgelegt und den Inhalt daneben ausgebreitet.

Ein Notizbuch war verfügbar. Der Kommissar hatte einen Einweghandschuh angezogen, ergriff das ledergebundene Buch und schlug die letzten Eintragungen auf.

Er ging zurück ins Wohnzimmer.

„Kann mir jemand von der Familie sagen, wer Pierre Lepin ist?", fragte Beppo Steinbeis in die Runde.

Nach kurzer Pause ergriff Isolde die Initiative: „Lepin ist sicher ein Geschäftskunde. Wir beliefern auch französische Firmen, auch Einzelpersonen. Unser Internetshop ist viersprachig."

Steinbeis verglich die Eintragungen und schüttelte ungläubig den Kopf.

Ein Beamter der Spurensicherung rief ihn vor die Tür.

„Am Steinbruchrand haben wir eine zum Tatort verlaufende Fußspur fotografiert. Die muss nichts zu bedeuten haben. Wir haben aber eine Skizze angefertigt und einen recht guten Abdruck im Schnee und einen weiteren im schneefreien Unterholz sicherstellen können. Die Sohlenlänge lässt auf eine deutsche Schuhgröße 46 schließen. Natürlich könnte es sich bei dem Verursacher um einen harmlosen Spaziergänger handeln, zum Beispiel jemanden, der sich den Gedenkstein anschauen wollte. Auf jeden Fall ist die Spur frisch, sie entstand nach dem letzten Schneefall."

„Gute Arbeit", murmelte Beppo Steinbeis und begab sich zurück ins Wohnzimmer.

Hauptkommissar Steinbeis bat den ihm bekannten Münchner Kollegen Frank Lindemann, gerade mit Ernst Lowatzki und Isolde Schafirow im Gespräch, nach draußen.

„Frank, kann es sein, dass jemand ein Interesse am Tod der Désirée v. Waller-Frey hatte?"

„Meine Hanna glaubt nicht an Selbstmord. Hanna hat sich am Tag zuvor noch mit Désirée v. Waller-Frey im Café Krönner getroffen. Ihr war aufgefallen, dass ihre Schulfreundin vor irgendetwas Angst hatte. Was Hanna weiß, hat sie dem Kollegen gerade zu Protokoll gegeben. Sie folgt bei ihren Zweifeln allerdings einem Bauchgefühl. Mir erzählte sie, dass Désirée bei ihrem Treffen psychisch und physisch ganz schlecht drauf war, ja einen extrem unglücklichen Eindruck hinterließ. Ihre eigene Geburtstagsfeier gestern Abend verließ sie vorzeitig. Möglicherweise hatte sie sowohl ein Problem mit Männern als auch mit Tabletten. Um ihre zweite Ehe soll es nicht gut bestellt sein, sagte mir Hanna, und ihr Schwager, die Jugendliebe, stellt ihr nach."

„Tabletten? Psychopharmaka gegen Depressionen würden einen Suizid plausibel machen."

Der Kommissar wiegte bedächtig den Kopf. Er zog ein Notizheft aus der Manteltasche. Nach dem Gespräch mit Frank wollte er ein paar Fragen festhalten, der seine Kollegin Verena am Montag nachgehen sollte.

„Dass Désirée Feinde hatte, würde ich bei einer erfolgreichen Geschäftsfrau ihres Kalibers nicht ausschließen", ergänzte Frank. „Désirée hatte einen Mann aus erster Ehe, den steinreichen Modenfrey."

Beppo unterbrach: „Ich weiß, Frank. Ich habe im Todesfall Klement Frey die Ermittlungen geführt; vor zwei Jahren, in der Ettstraße."

„Das war mir nicht bekannt. Ich dachte, es war ein Bergunfall?"

„Später einmal, Frank. Der Tod ihres ersten Mannes könnte zumindest ein Motiv für einen Suizid sein."

„Sie fühlte eine Mitschuld, meinst du?"

„Ja, oder eine Schuld."

„Verzeih mir, ich bin wieder drinnen bei Hanna zu finden."

Frank verstand Beppos Gedankengang nicht – das musste er auch nicht. Er hatte aber akzeptiert, dass jetzt nicht die Zeit war, seine Neugier zu befriedigen.

Frank hinterließ einen nachdenklichen Ermittler vor der Tür. Steinbeis stand im Selbstgespräch mit seinen Notizen. Er kramte in seinem Gedächtnis: Keiner aus der Familie Frey dürfte ein Interesse an Désirées Tod haben. Die Firma wurde damals verkauft. Sie war in eine GmbH umgewandelt worden. Kein Familienmitglied war in der GmbH mehr an der Geschäftsführung beteiligt. Eine Erbfolge in diese Familie hinein schloss sich vermutlich aus. Einen materiellen Profit an ihrem Tod konnten eigentlich eher hier Anwesende haben.

Soweit Beppo Steinbeis wusste, hatte sich die Ehe damals zwar schon vor dem Bergunfall auseinandergelebt, aber eine Feindschaft zwischen Klement Frey und Désirée v. Waller-Frey war bei seinen Ermittlungen in der Erpressungssache nicht offensichtlich geworden. Doch hatten die Umstände des Sturzes am Klettersteig Fragen hinterlassen.

Ihre zweite Ehe war angeschlagen, das wusste Hanna, wahrscheinlich auch ihre Schwester. Dazu musste er Ernst Lowatzki anhören; er erinnerte sich an den sportlichen, flotten Sicherheitschef von Modenfrey.

Die Schafirows hatten zwei Räume zur Verfügung gestellt. In dem ersten, dem Büro von Boris Schafirow – eine knallrote russische Matrjoschka wachte über dem Schreibtisch – waren die Aussagen der Kinder Liebherr und ihrer Eltern aufgenommen worden. Danach durften sie nach Hause.

Der Kommissar hatte Ernst Lowatzki ins zweite Zimmer gebeten. Es war das Arbeitszimmer der Hausherrin, die Wände voller Meister-Diplome und Urkunden, Pokale in einer Glasvitrine und eine lächelnde Schaufensterpuppe im Brokatdirndl.

Beppo Steinbeis fragte Ernst Lowatzki ohne Übergang zu den Scheidungsplänen zwischen der Toten und ihm.

„Das stimmt, ich hatte einer Scheidung zugestimmt. Ihre Tablettensucht, ihre Depressionen und ihre andere Lebensweise passten nicht mehr zusammen mit meinem Bild von einer Partnerschaft. Wir hatten uns auseinandergelebt. Ich wusste, dass Désirée einen Liebhaber hat. Ich hatte es akzeptiert und mich selbst neu orientiert. Trotz dieser Differenzen wollten wir aber in Freundschaft auseinandergehen. Désirée hatte mir eine Abfindung versprochen, mit der ich den jetzigen Lebensstandard aufrechterhalten könnte. Dass sie so enden würde, das ist eine Tragödie für die Firma und für mich", ließ er den Kommissar wissen und verabschiedete sich wieder ins Wohnzimmer.

Wo bleibt das Motiv, fragte sich Beppo Steinbeis nachdenklich. Dann fiel ihm ein, dass der Ehemann ja beim Skifahren war. Dies ließe sich leicht überprüfen.

Ernst Lowatzki steckte nochmals den Kopf durch die Tür: „Isolde Schafirow und ich müssten morgen früh dringend nach München in die Firmenzentrale, um die Belegschaft zu informieren und Organisatorisches zu veranlassen. Geht das in Ordnung?"

„Natürlich müssen Sie das. Wir haben ja Ihre Erreichbarkeit!"

Beppo dankte ihm, dass er trotz der Umstände verfügbar geblieben war.

Dann bat er Frank nochmals vor die Tür: „Bitte der Gesellschaft drinnen nichts von einem eventuellen Anfangsverdacht sagen. Frag den Lowatzki außerdem, ob er etwas dagegen hätte, wenn Beamte das Tagebuch seiner Frau am Montagvormittag in Percha, ihrem Wohnsitz, abholen und sich die Räume der Verstorbenen anschauen. Herr Lowatzki möge mich doch morgen gegen 9 Uhr kurz im Kommissariat anrufen und Bescheid geben."

Die Frauenleiche war abtransportiert worden. Es gab noch ein Abstimmungsgespräch mit Oberkommissar Leinenweber und Polizeiobermeisterin Kirnmeier. Die Zeugen wurden entlassen, die Blaulichter abgeschaltet.

Es blieben Trassierbänder zur Absperrung des Fundorts der Leiche und der Steinbruchkante zurück, dazu viele Fußstapfen, die vorher nicht da waren.

Der Nikolaus-Tuffstein stand 15 Meter oberhalb schweigend als Mahnung. Im fahlen Mondschein schimmerte die Gedenktafel aus Messing. Strahlen fielen auf die Rosen obenauf, nun zur zweifachen Erinnerung an Liebe und Blut.

GARUDA

Während des Geschehens am Pollinger Tuffsteinbruch steuerte Verena Handschuh ihren brillantroten Opel Corsa von Innsbruck über Seefeld nach Peißenberg. Sie schimpfte über die Sonntagabendstaus in Scharnitz und Oberau, freute sich aber über ihren Sieg beim Cross-Rennen und darüber, dass sie ihr „Schnuckerl" mit beheizbaren anthrazitroten Sitzen ausgestattet hatte.

Nun stand ihr Auto auf dem Dienstparkplatz der Polizeiinspektion am Meisteranger. Der „Flex Fix" war immer noch aus der Schublade gezogen und ihr über und über mit Lehm verspritztes Rad am Carbonrahmen und an den Laufrädern darauf fixiert.

Nicht nur, dass sie gestern Abend keine Lust mehr gehabt hatte, das Wettkampfgerät zu putzen und in die elterliche Garage zu räumen; die Kollegen sollten sie heute ruhig fragen, wie ihr Rennen verlaufen war.

Es war knapp vor acht und wie jeden Morgen, wenn kein Außendienst angesagt war, schlürfte die blond-burschikose Kriminalkommissarin Handschuh ihren Cappuccino am Kaffeeautomaten und tauschte ihre Wochenenderlebnisse mit dem etwas schrulligen, überkorrekt gescheitelten Polizeiobermeister Lukas Hadertauer und der brünetten Sekretärin Annette Weinzierl aus. Letztere war im Kommissariat für Terminplanung, Korrespondenz, Recherche und Ablage zuständig. Seit 13 Jahren war sie Dreh- und Angelpunkt der Abteilung und immer gut drauf.

Gegen 8.30 Uhr kam der Chef.

Beppo Steinbeis warf Mantel und Schal über den Garderobenständer in seinem Dienstzimmer und gesellte sich auf einen Espresso zu seinem Team.

Der Kriminalhauptkommissar war in Murnau wie immer rechtzeitig abgefahren, hatte aber diesmal zuerst seinen Sohn Tobi bei der Ambulanz des Weilheimer Krankenhauses abgegeben. Der Zehnjährige war mit einem verstauchten Fuß das einzige Opfer des gestrigen Kindergeburtstag-Sackhüpfens geblieben. Mama Ilona hatte es zunächst mit kalten Umschlägen versucht. Das half aber nicht. Das Fußgelenk war bis zum Frühstück weiter angeschwollen und Tobi konnte oder wollte nicht auftreten. Natürlich hätten sie ihn auch ins Murnauer Klinikum bringen können. Aber mit dem Papa nach Weilheim fahren zu dürfen, bedeutete für Tobi einen schulfreien Tag und …

„… ein zusätzliches Geburtstagsgeschenk, nicht wahr?", hatte Mama ihm zum Abschied zugerufen.

In der Notaufnahme hatte er sofort Freundschaften geschlossen. Die halbe Tafel Nussschokolade, die ihm Schwester Marianna zugesteckt hatte, schmeckte toll. Mit einem Weilheim-Puzzle vertrieb er sich die Wartezeit. Die Behandlung? Ein Indianer kennt keinen Schmerz. Auf dem Gips würde er die ganze Klasse mit Buntstiften unterschreiben lassen. Mama würde ihn öfter fahren müssen. Schade nur um die Sportstunden und um das Fußballspielen. Wenn der Gips nach zwei Wochen aufgeschnitten wurde, dann wollte er ihn aufheben, zur Erinnerung an seinen zehnten Geburtstag.

Tobis Papa war inzwischen dienstlich geworden: „Wir sehen uns um 9.15 Uhr zur Teambesprechung. Bis dahin lasst euch von Annette über den Fall ‚Désirée v. Waller-Frey' informieren. Ich studiere rasch die Protokolle vom KDD, soweit sie schon vorliegen."

„Eine Akte ist schon angelegt."

„Danke, Annette, die nehm ich gleich mit!"

Beppo verschwand in seinem Dienstzimmer, setzte sich an seinen Schreibtisch und las in der noch dünnen Ermittlungsakte.

„Annette, es fehlt das Protokoll zum Inhalt der Handtasche!", rief er in den Nebenraum.

„Die Tote hatte die Handtasche nicht bei sich. Sie ist in der Garderobe ihrer Schwester sichergestellt worden. Ich hatte ihr Notizbuch in der Hand. Die Spurensicherung hat den Inhalt gelistet. Diese Liste brauche ich. Ruf bitte den KDD an. Hausschlüssel, Bankkarten, alles interessiert!"

„Mach ich, Chef!"

Annette griff zum Telefon und sprach eindringlich mit einem Kollegen des KDD. Der hatte gestern keinen Dienst und musste sich erst schlau machen.

Um 8.56 Uhr meldete sich Ernst Lowatzki per Telefon. Annette stellte das Gespräch zum Kommissariatsleiter durch. Die Lautstärke war aufgedreht. Sie protokollierte.

Ernst Lowatzki sagte, er selbst habe keine Zeit, die Beamten zum Haus in Percha zu begleiten. Aber Ivanka Kosic, die Haushaltshilfe, werde ab neun in der Villa für die Polizei da sein. Sie sei autorisiert, die Beamten herumführen. Ivanka sei ein Kriegsflüchtling aus Bosnien-Herzegowina. Sie spräche gut Deutsch.

Beppo Steinbeis fand, dass Ernst Lowatzki nach dem Schrecken von gestern am Telefon gefasst und kooperationsbereit war.

Um 9.15 Uhr traf sich das Team.

Beppo Steinbeis wies auf die Pressenotizen zu ihrem Fall im Merkur und in der Süddeutschen Zeitung hin: „Die Medienvertreter haben den spektakulären Unfalltod ihres ersten Mannes, dem Modemillionär Klement Frey, nicht vergessen und spekulieren jetzt zum möglichen Suizid seiner wiederverheirateten Frau herum. Es lässt sich also nicht verhindern, dass wir die nächsten Tage unter verstärkter Beobachtung stehen."

Annette hatte die ausgeschnittenen Artikel und die Ausdrucke der entsprechenden Internet-Seiten unter das heutige Datum an die Korktafel gepinnt.

Der Chef gab einen Überblick über die bislang bekannten Fakten und Hintergründe.

Aus seinem Büro klingelte das Telefon.

„Entschuldigt kurz. Das ist sicher die Führung …" Er zog sich augenzwinkernd zurück.

„Guten Morgen, Herr Polizeipräsident!", hörte man aus dem Büro. „Wir stehen am Anfang der Ermittlungen … Ein Suizid scheint wahrscheinlich … Ein Gewaltverbrechen kann zum jetzigen Zeitpunkt noch nicht ausgeschlossen werden … Wir rühren uns, sobald wir sicher sein können … Ja, die Presse – wir informieren den Pressesprecher, sobald wir Genaueres wissen …"

Beppo Steinbeis verteilte Aufträge: Annette sollte die Konten der Toten, die der Schafirows und die des Ehemanns herausfinden.

Die Alibiprüfung zu Ernst Lowatzki sollte Verena vornehmen und Pierre Lepin für morgen 9 Uhr zur Zeugenanhörung einladen.

Lukas sollte die Familie Liebherr aufsuchen und deren Kinder nochmals nach der Art des Schreis und nach weiteren Beobachtungen befragen.

Der Kommissar bat Annette außerdem, die Kollegen in Starnberg um Amtshilfe zu ersuchen. Sie sollten die Sichtung der Villa vornehmen und das Tagebuch sicherstellen.

Lukas Hadertauer sollte auch das Alibi von Boris und Alexander Schafirow überprüfen.

„Ach ja – auch das von Isolde Schafirow, denn sie war zur Todeszeit von Désirée v. Waller-Frey irgendwo unterwegs und hatte nach der Aussage von Vasilia Schafirow vorher Streit mit ihr", ergänzte Beppo.

„Stellt bitte fest, wer auf wie großen Füßen lebt! Wir brauchen Schuhgrößen und Oberbekleidung zur Tatzeit. Um 14 Uhr treffen wir uns wieder hier. Bis dahin sind das Obduktionsergebnis und der erkennungsdienstliche Vorbericht eingetroffen. Danach will ich mit Verena noch mal zum Tatort."

„Ach, und Verena, wenn du sowieso über Murnau fährst, frag den Christian Haller doch, ob er nachmittags mit Gerry für eine halbe Stunde zum Pollinger Sportplatz kommen kann. Sein Rüde war kürzlich Lehrgangsbester bei der Hundeprüfung. Vielleicht erschnüffelt er unsere Spur und führt uns zu einem unbescholtenen Bürger? Oder zu einem Mörder? Noch ist alles offen und alles möglich! Übrigens: Lowatzki war Personenschützer bei Modenfrey. Damit ist er Schusswaffenträger. Aus der Waffenbesitzkarte holst du dir sein Foto; das brauchst du für Garmisch. Ich bezweifle, dass wir in der Handtasche seiner Frau eines finden werden."

Beppo Steinbeis zog sich wieder in sein Büro zurück und rief die Gerichtsmedizinerin Gerlinde Pfannenstil wegen des Todeszeitpunkts an.

Die Autopsie war noch nicht abgeschlossen, aber den bisher vermuteten Todeszeitpunkt 16.15 Uhr stufte sie als „höchst wahrscheinlich" ein.

Steinbeis sprach per Telefon mit Herrn Schwarz vom zuständigen Gemeindeamt: „Ich muss wissen, wer die Kanalisationsarbeiten Etting – Sportplatz – Polling – Längenlaicher Straße leitet und weiß, wann der Tieflader mit Planierraupe oberhalb des Fußballerheims geparkt wurde. Durfte er das?"

Der Verwaltungsbeamte lachte: „Der schon! Wenn wir den Schwerlastverkehr nicht im Ort haben wollen, dann müssen wir erlauben, dass die Lkw in Baustellennähe abgestellt werden."

Der Kommissar erhielt die Telefonnummer der Firma Kanalbau Tafertsdorfer. Dort erkundigte er sich nach dem Kraftfahrer. Das Ergebnis enttäuschte: „Sergio Ferrari, 38 Jahre alt, 1,65 Meter groß, aus Lecce, Apulien", das ließ zunächst keinen Zusammenhang mit seinem Fall erkennen. Schuhnummer 46 bei einer Körpergröße von 1,65 Meter? Ein Kleinwüchsiger auf Zyklopenfüßen? Um den unwahrscheinlichen Fall auszuschließen, mussten Alibi und Schuhgröße geprüft werden. Es erschien aber eher unwahrscheinlich, dass dieser Süditaliener Frau v. Waller-Frey in den Tod gestürzt haben könnte. Warum sollte er auch? Zusammenhang? Motiv?

Steinbeis fertigte eine Notiz an und heftete sie an die Pinnwand im Besprechungsraum.

Nun hatte er Zeit für den Montagmorgenbesuch bei seinem Vorgesetzten.

Kriminalhauptkommissar Beppo Steinbeis leitete sein Kommissariat zwar noch nicht lange, aber bislang zur Zufriedenheit von Polizeidirektor Schmidt. Beim Sommerfest hatte der Polizeidirektor den Teamgeist und die überdurchschnittliche Aufklärungsquote seiner „Luxusspürnasen" hervorgehoben.

Zu dem Leiter der Polizeidirektion Weilheim begab er sich jetzt, um einen ersten Lagebericht zum Fall „Waller-Frey" abzugeben.

Polizeidirektor Schmidt hörte sich die Sachstandschilderung ruhig an und stellte keine Fragen. Er hoffe nur, dass der Fall „Waller-Frey" ein Fall der „Selbsttötung" bliebe. Der

Polizeipräsident hatte ihn auch auf das Medieninteresse aufmerksam gemacht. Dabei ließ er durchblicken, dass er Beppo Steinbeis persönlich sehr schätze und ihm voll vertraue.

„Der Fall ist in guten Händen!", sagt Schmidt abschließend.

Kriminalhauptkommissar Steinbeis bedankte sich: „Danke für die Offenheit. Hoffentlich kann ich die Erwartungen auch erfüllen." Er fügte scherzhaft hinzu: „Wenn nicht, so habe ich ja noch hervorragende Mitarbeiter!"

Nach dem Gespräch bei seinem Boss fuhr Beppo Steinbeis mit seinem VW Campingbus California ins Krankenhaus, pickte Tobi im Gehgips auf und chauffierte ihn in die Pöltnerstraße. Er fand einen Parkplatz in der Nähe des Blumenladens am Pöltner Tor. Von dort bis zur rustikalen Traditionsgaststätte Allgäuer Hof am Marienplatz waren es rund 200 Meter, die Tobi tapfer humpelnd überstand, vom Papa gestützt. Vater und Sohn aßen dort, der Papa Leberkäs mit Spiegelei, der Junior Spinatknödel. Die schaffte Tobi nicht. Von der halben Tafel Schokolade, die Schwester Marianna ihm geschenkt hatte, verriet er nichts.

Anschließend gingen sie noch ins schräg gegenüberliegende Hotel Vollmann. In dem Hotel mit der freundlichen Atmosphäre wurde auch die Polizei zuvorkommend behandelt. Steinbeis ließ sich Désirées Zimmer zeigen. Es war noch versiegelt. Er schaute sich auch das Zimmer von Ernst Lowatzki an – der hatte morgens ausgecheckt –, es gab aber nichts von Interesse. Désirées Zimmer war zunächst durch die Spurensicherung gesperrt worden. Er gab den Raum zur Nutzung frei und fuhr mit Tobi zur Dienststelle am Meisteranger.

Eine Kommissaranwärterin der Schutzpolizei, Hildegard Folkert, nahm sich seines Sprösslings an.

Tobi durfte die Einsatzzentrale besuchen.

Es war die letzte Gelegenheit, denn durch die Zusammenlegung zweier Führungsebenen sollten schon eine Woche später die Einsatzzentrale Weilheim aufgelöst und alle 110-Rufe durch die Zentrale in Rosenheim aufgenommen werden.

Dieses „Abspecken" war Polizeidirektor Schmidt und den Seinen nicht geheuer. Einige Beamte, so auch Beppo Steinbeis, mussten mit einer Versetzung nach Rosenheim zum neuen Präsidium Oberbayern Süd rechnen. Für Beppo Steinbeis käme dies einer familiären Katastrophe gleich; war er doch gerade erst aus persönlichen Gründen aus München her versetzt worden. In Rosenheim wäre er entfernungsmäßig noch weiter weg von daheim als von München aus. Die Personalabteilung hatte ihm versprochen, seine Belange bei der Umstrukturierung der Bezirke zu berücksichtigen.

Verena kam etwas später als beabsichtigt.

Gegen 14.20 Uhr konnten sie die Fakten sichten. Verena hatte die Videoaufzeichnung in der Casino-Parkgarage überprüft: „Der Jaguar S-Type hat von 7.42 bis 18.13 Uhr in der Parkgarage des Casinos gestanden und ist nicht bewegt worden. Eine Manipulation schließe ich aus. Die Bandaufzeichnung ist unterbrechungsfrei und auch im Schnelllauf von guter Qualität."

Verena hatte Ernst Lowatzki auf der Videoaufzeichnung mit Skischuhen und Skiern zu den von ihm angegebenen Zeiten weggehen und wieder ankommen gesehen.

„Er hatte einen Rucksack auf dem Rücken und war mit seiner Skiausrüstung deutlich erkennbar. Alle Ergebnisse sind unauffällig. Die Videoaufzeichnungen der Zugspitzbahn AG vom 23. November habe ich mitgebracht. Die Auswertung dauert aber noch. Am Kartenschalter des Zugspitzbahnhofs habe ich den Diensthabenden befragt, denselben, der am

Sonntag Dienst hatte. Vinzenz Huber, so heißt er, will Lowatzki gestern sowohl vor der Abfahrt gegen 8.15 Uhr als auch nach Eintreffen der letzten Bahn gegen 17.50 Uhr gesehen haben. Er erinnerte sich zweifelsfrei an den Mann auf dem Foto, weil er eine auffallend bunte Skimütze getragen hat."

„Okay, Verena, was ist mit Pierre Lepin?"

Der Hauptkommissar deutete auf seine Uhr.

„Den habe ich erreicht. Eine sympathische Telefonstimme mit französischem Akzent. Er schien bestürzt und wird morgen um neun hier sein. Der Spürhund steht um 15 Uhr bei Fuß. Gerry erwartet aber einen Hundekuchen", forderte Verena in Richtung Annette.

„Haben wir noch etwas im Kühlschrank, Annette?"

„Ich schau gleich nach."

Und schon hatte Annette ein Leckerli zwischen den Vorräten hervorgezaubert.

„Lukas, Neues aus Polling?", wollte Beppo wissen.

„Die Liebherr-Kinder glaubten, der Schrei hätte aus ‚Nein – Hilfe!' bestanden. Die Kinder waren sich aber uneinig und nicht sicher."

„Der Schrei scheint mir aber ein Indiz zu sein. Selbstmörder springen doch nicht schreiend, oder? Sie haben vorher mit ihrem Leben abgeschlossen, oder nicht?"

Lukas Hadertauer schaute fragend in die Runde. Als eine Antwort ausblieb, fuhr er fort: „Die Handtasche war in der Garderobe im Schafirow-Haus gehangen, bis die Spurensicherung sie gestern Abend sicherstellte. Vasilia Schafirow hatte sie einem Kollegen des KDD ausgehändigt. Die Tasche war eine Weile im Büro der Isolde Schafirow unbeaufsichtigt. Es könnte etwas fehlen. Ich hab sie nach Freigabe aus der KTU geholt und noch mal eine Inventarliste angefertigt.

Sollte etwas fehlen, dann werden wir das im Vergleich der Listen vom KDD und meiner feststellen."

Lukas übergab ein DIN-A4-Blatt an Beppo.

Der reichte es an Annette weiter.

„Wertet das Handy aus! Annette, schau du dir die Handtasche und die Listen noch einmal an und sag uns bitte, ob etwas daraus fehlt. Was sonst noch, Lukas?"

„Isolde Schafirow verließ ihr Haus zehn Minuten nach Désirée, also gegen 15.55 Uhr. Sie sagte zu ihrer Schwiegermutter, sie wolle ihren Mann aus der Klosterwirtschaft abholen, und spazierte über die Römerstraße und die Längenlaicher Straße in den Ort. Sie wollte sich die Beine vertreten. Der kürzere Weg verläuft über die Steinbruchstraße. Diesen ging sie zurück, nachdem sie Boris Schafirow gegen 16.05 Uhr nicht mehr in der Gaststätte angetroffen hatte. Gegen 16.25 Uhr stieß sie beinahe mit der Nachbarin Liebherr zusammen. Für 16.30 Uhr war ihr Kaffeetrinken geplant gewesen. Die Bedienung der Klosterwirtschaft, Sonja, bestätigt die von Isolde angegebene Uhrzeit. Sie bezeugt auch, dass Boris Schafirow gegen 15.45 Uhr bezahlt hatte, um beim Familienkaffee im Schafirow-Anwesen dabei zu sein. Allerdings verstand die Bedienung nicht, warum er gegen 16.45 Uhr noch einmal in der Wirtschaft auftauchte. Das Ehepaar Schafirow hat somit bislang kein Alibi für den Zeitraum einer möglichen Tat. Habt ihr bislang Fragen?

Nein, dann zu Alexander Schafirow, 17 Jahre: Er spielte von 13.30 bis 15.15 Uhr auf dem Platz des SV Polling Fußball. Es war ein Freundschaftsspiel gegen Peiting. Alexander nutzte wie seine Mitspieler nach dem Spiel die Sanitäranlagen vor Ort zum Duschen und setzte sich gegen 16 Uhr mit einem Hefeweizen zu den Kollegen seiner Mannschaft. Einem Pollinger Fußballkameraden fiel auf, dass er nicht redete und vor sich hinbrütete. Sepp Lechner, 24 Jahre, von der Obermühlstraße erinnert sich, dass Alexander bald nach dem Duschen auf die Toilette ging. Er glaubt, dass er sein Bier mitgenommen hat. Das kann um 16.10 Uhr oder einige Minuten später gewesen sein. Alexander soll erst nach etwa zwanzig Minuten wieder an den Tisch zurückgekommen sein. Aus ihm selbst kriege ich, warum auch immer, kein Wort heraus. Kann mir jemand sagen, warum der junge Spund so störrisch ist? Hat das etwas mit seinen Pickeln zu tun?"

Verena schmunzelte, aber ersparte sich den Kommentar, den sie schon auf den Lippen hatte.

Lukas fuhr fort: „Dann habe ich noch die Aussage von Franz Pfannzelter, neunzehn, der mit zwei Mitspielern auf dem Fahrrad zum Ortsteil Etting aufbrach. Gegen 16.10 Uhr fiel ihnen ein dunkelgrüner Skoda Roomster auf, der in Nähe des Sportplatzes geparkt war. Die Nummer B-MK 2xx hat er sich nur gemerkt, weil es nicht so oft vorkommt, dass ein Berliner sich hierher verirrt und dessen vorderes Nummernschild mit Draht befestigt ist. Merkwürdig, nicht wahr?

Den Standort des Roomsters habe ich mir aufzeichnen lassen. Der Platz lag etwas versteckt hinter dem dort auch abgestellten Tieflader. Das Kennzeichen könnte als gestohlen gemeldet sein. Die Prüfung läuft. Der Skoda Roomster ist übrigens ein beliebtes Modell in Mietwagenflotten."

„Was hat dein Zeuge da gesucht?", hakte Beppo nach.

„Der wollte sich vor Heimfahrt mit dem Fahrrad noch seiner Biere entledigen."

„Plausibel, vielen Dank, Lukas! Das ist doch schon was. Bevor wir zu Annette kommen, machen wir eine kurze Kaffeepause."

Die Gruppe verlegte sich zum Kaffeeautomaten und Beppo Steinbeis kramte Kleingeld aus der Tasche für eine Runde

Cappuccino. Der war der gemeinsame Nenner – allein drückte er auch gern mal auf die Espressotaste.

Verena hatte am frühen Morgen begonnen, von ihrem gestrigen Rennen zu erzählen. Nun wollte sie fortfahren. Sie machte es in Anbetracht des noch ausstehenden Ortstermins kurz, ihr dreckiges Rennrad war noch immer auf den Opel geschnallt.

„Eigentlich nicht gerade ein Aushängeschild für ein Kommissariat, was meint ihr?", nörgelte Lukas.

Lukas beendete seine Aussagen oft mit einer Frage oder beantwortete Fragen mit einer Gegenfrage. Sein Team hatte sich schon lange an seine Merkwürdigkeiten gewöhnt und ignorierte sie. Auch jetzt bekam er keine Antwort, aber ihn beschäftigte das schmutzige Rad weiter: „Fährst du eigentlich mit Auto und Rad durch die Waschanlage? Wenn ja, würde es das das Rad überleben?"

„Du unsensibler Ignorant. Niemals würde ich mein teures Carbonradl durch eine Waschanlage fahren. Wo kämen wir da hin? Du wirst deine vierundsechzig Gartenzwerge ja auch handwaschen und nicht dampfstrahlen, oder?"

Alle wussten es. Lukas hatte einen Schrebergarten und sammelte dort Gartenzwerge aus aller Welt. Keine Reise, von der er nicht einen Zwerg mitbrachte. Von seiner Tour zum Nordkap waren es drei Trolle, die es ihm angetan hatten. Die hatten aber nach Verenas Ansicht mit der Tradition der Gnome in heimischen Gärten so viel zu tun wie Hägar der Schreckliche mit Donald Duck.

Verena hatte sich erkundigt: In Deutschland sollen zur Ausstattung von Gärten und Wohnstuben mindestens 25 Millionen solcher Gartenzwerge aus Marmor, Sandstein, gebranntem Ton und Kunststoff herumstehen. Von vielen werden diese Gartenzwerge belächelt, von anderen aber bestaunt:

Die klassischen, die sie bei Lukas im Garten gesehen hatte, sind mittelalterlichen Bergleuten nachempfunden. Diese trugen eine rote Zipfelmütze, Lederschürze, Spitzhacke, Schaufel, Laterne und schoben Schubkarren vor sich hin.

„Was verbindet deine Zwerge mit den norwegischen Trollen?", hatte Verena damals gewagt zu fragen.

„Die Mythologie ist es, die verbindet!", hatte Lukas schlagfertig geantwortet und weiter ausgeführt: „Im Gegensatz zu den braven deutschen Gartenzwergen ist der Troll ein dämonenhaftes Fabelwesen in menschenähnlicher Gestalt, das die Kräfte der Natur verkörpert. Ihm möchten die Skandinavier nicht begegnen. Dargestellt werden die Trolle deshalb oft als bucklige, vierschrötige, fellbedeckte Zwerge mit großer Nase und nur vier Fingern an jeder Hand. In Holz geschnitzt sind sie bei Nordlandfahrern als Souvenir beliebt. Meine drei Trolle waren nach unserer Rückkehr der Renner bei der Grillparty des Schrebergartenvereins!"

Damit hatte er Verena neugierig gemacht und schon hatte Lukas die drei Holzgeschöpfe auch zur Dienststelle mitgebracht. Sie standen drei Tage auf dem Fensterbrett gegenüber dem Kaffeeautomaten, bis er das „Mei, san die hässlich!" der Kollegen vom Verkehr nicht mehr hören konnte.

Das Team hatte seine Cappuccino-Pause beendet. Die Dienstbesprechung wurde fortgesetzt.

„Was hast du, Annette?", fragte Beppo Steinbeis.

„Wenn ihr mich ausreden lassen wollt, dann müsst ihr euren Ortstermin verschieben, bei mir dauert es ein bisserl länger, was meint der Chef?"

Steinbeis blickte auf die Uhr und sah Verena dabei fragend an: „Ich habe einige Überraschungen und kann euch garantieren, dass meine Informationen unserem Fall einen neuen Drive geben werden."

Annette Weinzierl war blitzgescheit und ultraschnell im Recherchieren. Aber sie verstand es auch jedes Mal, die von ihr ermittelten Fakten und Hintergründe zu einem Spannungsbogen aufzubauen, ihr Team zur Neugierde zu treiben und mit neuen Sachverhalten zu überraschen.

Die Hoffnung von Polizeidirektor Schmidt jedenfalls, dass es beim Fall „Waller-Frey" bei Selbstmord bliebe, musste nach dem Faktencheck der erfahrenen Sekretärin des Kommissariats dem Verdacht weichen, dass jemand vorsätzlich Einfluss auf das Geschehen um den Todessturz im Tuffsteinbruch genommen hatte.

HYPOKAMP

Oberkommissarin Verena Handschuh hatte den Termin mit dem Murnauer Hundeführer Christian Haller etwas nach hinten verschoben.

Annette, der es auch diesmal Freude bereitete, die Kollegen mit ihren persönlichen Einschätzungen zu verblüffen, setzte an: „Die Starnberger Kollegen waren schnell. Sie haben das Tagebuch der Désirée v. Waller-Frey aus dem Haus in Percha geholt und sofort hergebracht. Aus dem Tagebuch ergeben sich für uns mehrere Anhaltspunkte. Meine Bemerkungen fehlen noch an der Pinnwand. So wird zum Beispiel aus den Eintragungen ziemlich klar, dass das Verhältnis mit dem zweiten Ehemann zerworfen war. Hier könnte ein Motiv liegen. Die Tote litt eindeutig unter Depressionen. Sie war in fachärztlicher Behandlung und bekam amerikanische Antidepressiva namens Zoloft. Auch wurden ihr Dalmadorm-Schlaftabletten verschrieben. Es sind aber keine dieser Tabletten bei ihr gefunden worden. Wo sind sie also?"

Annette erwartete keine Antwort.

„Désirée v. Waller-Frey traf sich viermal mit einem Pierre Lepin, den sie so mochte, dass sie ihn bei der letzten Testamentsänderung vom 2.10.2008 mit einer nicht genannten Summe bedachte. Lepin könnte Heiratsschwindler sein."

Verena schnaufte hörbar.

„Boris Schafirow war ihr erster Geliebter und klagte über die Jahre immer wieder ‚alte Rechte' ein. Mit anderen Worten: Er wurde regelmäßig zudringlich. Er scheint etwas zur Gewalt zu neigen und hat Angst vor Entdeckung. Soweit hätte auch er ein Motiv für eine Gewalttat."

Lukas Hadertauer nickte. Scheinbar teilte er Annettes Eindruck.

„Eine Lebensversicherung in nicht genannter Höhe sollte baldigst umgeschrieben werden. Wer über diesen Eintrag weiß, kann ein Todesurteil gesprochen haben!", sagte Annette, als wäre sie der Lösung des Falls ganz nah. Man müsse den Mörder nur noch verhaften.

„Für den 7. Januar ist ein Termin mit dem Scheidungsanwalt der Toten festgesetzt. Ihr Wille, diese Beziehung offiziell zu beenden, stand fest. Wir müssen davon ausgehen, dass die Beziehung tot war. Die Auswirkungen auf die Frau sind uns bekannt. Die auf den Mann müssen uns interessieren."

Annette ließ eine Denkpause und schaute in die drei neugierigen Gesichter. Sie genoss die Überraschung.

„Die Obduktion der Leiche ergibt im Wesentlichen drei für uns wichtige Ansatzpunkte: Der Todeszeitpunkt liegt unverändert bei 16.15 Uhr. Er stimmt mit dem Todeszeitpunkt ihres Patenonkels, dem Suizid fünf Jahre zuvor, überein. Da die Tote ein wiederkehrendes Ritual pflegte, wussten mehr Leute als die Familienangehörigen, wo Désirée v. Waller-Frey sich am 23. November 2008 gegen 16.15 Uhr aufhalten würde."

Wieder ließ sie eine kurze Pause für Zwischenfragen.

„Im Mageninhalt der Verstorbenen hat die Gerichtsmedizin nur die Psychopharmaka und Schlaftabletten feststellen können, die auch verschrieben waren. Bei der Menge, die sie genommen hat, stellt sich allerdings die Frage, wie sie ihre Rosen noch persönlich ablegen konnte. Die Dosis hätte fürs Schlafen gereicht. Wahrscheinlich hat sich ihr Organismus an die Tabletten gewöhnt. Aber oben am Steinbruch war sie sicher so schwach, dass sie sich am Stein festhalten musste, um ihren Rosenstrauß abzulegen. Doch wo sind die Tabletten hingekommen, die sie noch nicht eingenommen hatte?"

Wieder entstand eine kurze Pause.

„Der Tod ist durch Genickbruch beim Aufschlag des Kopfes verursacht worden und sicher nicht durch einen vorher versetzten Schlag. Der Schrei unterstreicht das Ergebnis der Autopsie.

Zu den Tatortspuren: Der vorläufige Bericht ist uns vor einer Stunde aus München zugefaxt worden. Es liegen Fotos der Toten, der Aufschlagstelle, der Absprungstelle, der Kleider und Gegenstände, die sie bei sich hatte, vor sowie des Hotelzimmers. Die Starnberger Kollegen haben heute zusätzlich ihr Haus und ihre Zimmer abgelichtet. Das interessanteste: Die von der Toten bei dem Sturz getragenen Lederhandschuhe weisen unterschiedliche Mikrofaserspuren in Schwarz auf, die nicht von der Toten stammen, dazu Pflanzenfasern und Spuren von Dornen, die den Rosen zuzuordnen sind, die sie am Gedenkstein abgelegt hat.

Der sichergestellte Stiefelabdruck ist inzwischen trassologisch untersucht worden und der dazugehörige Schuh bereits identifiziert. Es handelt sich um einen italienischen Stulpenstiefel, wie er beim Jagdsport getragen wird, deutsche Größe 46, hergestellt bei Calzone Italiane, Via per Busto Arsizio in Solbiate Olona. Die Untersuchung, wo der Stiefel in Deutschland vertrieben wird, steht aus. Die jpg-Datei eines Stiefelbeispiels liegt vor. Ich druck sie nachher gleich aus.

Die Überprüfung der finanziellen Verhältnisse, soweit sie in der Kürze der Zeit möglich waren, ergibt folgendes Bild: Isolde Schafirow lebt in Gütertrennung, unauffällig. Boris Schafirow, analog in Gütertrennung, verschuldet. Die Steinbruchgeschäfte gehen schleppend bei unverändert hohen Personalkosten. Alexander Schafirow ist noch nicht volljährig, hat einen Lehrvertrag und eine eigene Handynummer sowie einen eigenen Internetanschluss. Es gibt Abbuchungen durch Firmen wie Orion, Beate Uhse et cetera sowie von

‚Spezialservicenummern'. Dem werden wir wohl aus anderen Gründen nachgehen müssen.

Und jetzt haltet euch fest: Ernst Lowatzki hatte Ersparnisse von 75.000 Euro in Lehman-Brothers-Bankzertifikate gesteckt und mit dem Crash der Bank verloren. Seine Kontobewegungen enthalten Überweisungen an Pfandleihhäuser et cetera. Das deckt sich mit den Aussagen der Freundin der Toten, Hanna, und dem, was im Tagebuch nachzulesen ist."

Verena und Lukas deuteten einen Applaus an.

„Danke, Annette. Da war tatsächlich Überraschendes dabei. Deine Zusammenfassung war sehr hilfreich", lobte Beppo Steinbeis.

„Wir müssen jetzt nur die richtigen Lehren aus all dem ziehen. Es sind zu viele Verdächtige mit möglichen Motiven im Visier. Und es fehlen Alibis. Wir haben noch eine Menge zu tun.

Ich brauche für den Ortstermin die Tatortskizze. Lukas, trage mir bitte den Platz des Skoda Roomster ein.

Annette, versuche bitte herauszufinden, zu wessen Gunsten die Lebensversicherung abgeschlossen ist und ob der Begünstigte Kenntnis davon hat. Wir brauchen zudem den Inhalt des neuesten Vermächtnisses. Der Notar sollte bekannt sein. Die Summen, die zum Beispiel Isolde Schafirow, Ernst Lowatzki, Pierre Lepin, die Freundin Hanna, die Kirche, Friedhofsverwaltung et cetera erhalten sollen, könnten weitere Aufschlüsse geben.

Lukas, lass den Boris Schafirow noch einmal erzählen, was er nach 15.50 Uhr gemacht hat und warum er nicht zum Kaffeetrinken gegangen ist, wie er es vorhatte. Und frage in der Familie Schafirow herum, wer die vermissten Tabletten in Besitz hat.

Verena, komm, wir sind spät dran!"

„Halt", rief Annette ihrem Chef nach, „ich habe vergessen zu erwähnen, dass auf dem Visakonto von Désirée v. Waller-Frey heute Vormittag, 9.05 Uhr, ein Betrag von 350 Euro von einer Firma Orion-Versand für Geschenkartikel abgebucht wurde."

„Dann bestell bitte Alexander Schafirow heute noch zur Vernehmung. Lass ihn ruhig ein wenig zappeln.

Annette, ich muss noch wissen, wo das Berliner Kennzeichen gestohlen wurde, und ich brauche die Liste der Verdächtigen mit ihren Schuhgrößen."

Schon auf dem Korridor ergänzte Beppo noch: „Ach ja, und dann gebt bitte noch eine polizeiliche Suchmeldung raus: Lasst die Bevölkerung in Oberbayern mithelfen, nach dem Kfz, der Nummer und den Stiefeln zu suchen. Wenn diese Dinge mit einem Mord zu tun haben, muss der Mörder sie umgehend loswerden wollen oder sich ihrer schon entledigt haben."

Beppo, Verena, der Hundeführer Christian und sein Spürhund Gerry konnten die Stiefelspur auch noch nach 24 Stunden bis zu dem Punkt in der Karte, den Lukas eingezeichnet hatte, verfolgen. Damit erhärtete sich der Verdacht einer Gewalttat.

Sie gingen auf und ab und beurteilten das Gelände aus Sicht eines Täters, den das Opfer kannte und dem es besonders vertraute.

Beppo fachsimpelte mit Verena auf dem Rückweg zur Dienststelle über den komplizierten rechtlichen Rahmen bei Suizid: „Die Anstiftung einer Schuldunfähigen anhand einer Täuschung ist strafbar. Genauso die Tötung in mittelbarer Täterschaft durch einen Einfluss nehmenden Hintermann. So oder ähnlich heißt es im Strafgesetzbuch. Das deutsche Strafrecht ist in Bewegung. Das Schweizer Modell ist liberaler. Die

Hilfe zur Selbsttötung ist in beiden Ländern wie der Suizid selbst straffrei. Die Hilfestellung beim Suizid wird strafbar, wenn die Selbsttötung aus niederen Beweggründen beeinflusst wird. Die Auslegung wird zunehmend schwammiger; die Behandlung von solchen Fällen durch die Polizei zunehmend schwieriger. In England war Selbsttötung noch bis 1961 strafbar. Bis 1823 hatte man dem Leichnam eines Selbstmörders dank eines altgermanischen Brauchs einen Pfahl durch das Herz getrieben. Denjenigen, deren Versuch fehlgeschlagen war, hat man die Tathand abgehackt. Rüde Methoden damals!"

Beppo hatte ein profundes kriminalhistorisches Wissen.

Seine Ausführungen hatten Verena unvorbereitet getroffen. Ein flauer Magen war die Folge.

Sie hatten das Kommissariat erreicht.

Alexander wartete bereits im Vernehmungsraum.

Kriminalhauptkommissar Beppo Steinbeis betrat den Raum betont laut. Verena folgte grußlos. Sie setzten sich Alexander Schafirow gegenüber und schalteten das Mikrofon ein. Beppo belehrte Alexander zu seinen Rechten und Pflichten und zählte ihm auf, was sie ihm aufgrund der Kontenüberprüfung an Verdächtigungen zur Last legen konnten.

Da Alexander zudem in der Nähe der Stelle war, wo seine Tante zu Tode kam, gehörte er zum engeren Kreis der Verdächtigen.

Alexander öffnete nur die Lippen, um zu fragen, ob er mit dem Hauptkommissar allein sprechen könnte.

Beppo gab Verena zu verstehen, die Vernehmung von nebenan mitzuverfolgen. Sie verstand und verließ den Raum. Der sonst so grobschlächtig wirkende Steinmetzlehrling war verletzlich und zeigte Reue.

Alexander vertraute Beppo Steinbeis an, dass er seit dem Tod seines Großvaters „von der Rolle" wäre und an dem Zwist der Eltern mehr litt, als er nach außen zeigte. Seine Bezugsperson bis zu seinem dreizehnten Lebensjahr war für ihn der Opa gewesen; mit ihm konnte er reden. Nach dessen Tod war er in ein Loch gefallen.

Bewundert und geliebt hätte er immer Tante Désirée. Er konnte mit ihr jedoch nicht offen sprechen – er hatte Hemmungen. Sie war sein Frauenidol, als seine Tante für ihn aber nicht erreichbar. Doch sie wusste von seiner Schwärmerei.

Er beobachtete den Vater, der Tante Désirée nachstellte und, obwohl er verheiratet war, sie immer wieder anfasste. Dadurch wurden seine Fantasien angestachelt und er fing an, Geld für Telefonsex und Interneterotik auszugeben. Er schämte sich. Sein Gewissen plagte ihn. Dem Pfarrer Ruppert hätte er seine krummen Gedanken gebeichtet. Aber an „Rosenkränze beten" glaubte er genauso wenig wie an den Osterhasen.

„Welche Schuhgröße haben Sie denn, Herr Schafirow?", wollte der Hauptkommissar wissen.

„43, Herr Kommissar, warum?"

Ohne auf die Gegenfrage einzugehen, fragte Beppo Steinbeis, wie er zu der Visakarte seiner Tante gekommen sei.

Es folgte Schweigen.

„Sie können jetzt gehen, halten Sie sich aber zu unserer Verfügung!"

Alexander Schafirow verließ Vernehmungsraum und Gebäude wortlos. Wie am Abend zuvor hatte er den Blick die ganze Zeit auf den Boden gerichtet.

Der Hauptkommissar sah ihm nachdenklich nach.

Es fiel ihm sein Sohn Tobias ein, der wahrscheinlich schon mit allen Polizeidirektionen Bayerns Funksprüche austauschen durfte.

„Schluss mit den Ferien und ab nach Hause", beendigte der Vater den Traumjob seines Zöglings.

Die Mannschaft der Einsatzzentrale bedauerte, dass Tobias ihnen in ihrer schweren Woche nicht weiter zur Seite stehen könne, weil der strenge Papa das nicht zulasse. Alle gaben sie Tobi die Hand und wünschten ihm gute Besserung für den Fuß.

Er bedankte sich vor allem bei den jüngeren Kollegen der Verkehrspolizei und humpelte mit seinem Gips zum Parkplatz.

Auf dem Heimweg wurde er nicht müde, von der tollen Hildegard in ihrer grünen Uniform zu erzählen.

ILLUYANKA

„Ich heiße Pierre Lepin, bin 46 Jahre alt, geboren in Straßburg und wohnhaft in München, Mauerkircher Straße. Von Beruf bin ich ‚Kavalier‘ – nicht wie Sie vielleicht denken, kein ‚Gigolo‘, sondern ein seriöser Begleiter alleinstehender Damen gegen Bezahlung.“

Verena Handschuh, die am Vernehmungstisch wieder links neben Beppo Steinbeis saß, musste ein Schlucken unterdrücken. Sie war neugierig und tief zufrieden, als ihr Chef nachhakte: „Herr Lepin, bitte erzählen Sie uns ein wenig mehr über sich und Ihren Beruf. Uns interessiert besonders, wie Sie Frau v. Waller-Frey kennenlernten, wann Sie die Dame das letzte Mal gesehen haben und wo Sie am vergangenen Sonntag gegen 16.15 Uhr ihre Zeit verbracht haben.“

Pierre Lepin war kooperativ und gab mehr preis, als er musste: „Meine Eltern waren Diplomaten. Ich ging in Paris, Berlin, Rom, Athen und in München zur Schule. Es gefiel vor allem meinem Vater in Bayern so gut, dass er in München hängengeblieben ist. So wurde ich Bayer. Nach dem Abitur am Maxgymnasium sollte ich in Frankreich zum Militär eingezogen werden. Das wollte ich nicht. Ich konnte letztlich ein Gesundheitszeugnis vorweisen, das mich für untauglich erklärte. Ich studierte meine Neigungsfächer wie Theaterwissenschaften, Deutsche Literatur und Kunstgeschichte. Keines der Studien schloss ich formal ab. Ich unternahm viel kunstgeschichtliche Reisen und verdiente Geld nur, um meine Hobbys fortführen zu können. Karrieredrang war mir fremd. Ich war genügsam. Eines Tages nahm mich ein Freund mit zu einem Begleitservice. Das war für mich leicht verdientes Geld. Ich durfte sogar Tanzkurse besuchen; die Kurse wurden mir bezahlt. Diese Arbeit machte mir Spaß und ich hatte so viel Erfolg, dass ich mich vor zehn Jahren selbstständig gemacht habe. Désirée v. Waller-Frey hatte meine Mobiltelefonnummer von einer gemeinsamen Bekannten aus der Modeindustrie erhalten. Wir trafen uns Ende August das erste Mal; danach zwei weitere Male und vergangenen Freitagabend."

Pierre Lepin erzählte von dem Abend und ihren Bemerkungen zu ihren Ehemännern, zur Schwester und deren Mann. Sie schien seelisch angegriffen gewesen zu sein und sehnte sich nach Ruhe und Harmonie. Er hatte sie mit ihrem Wagen noch bis in die Nähe ihres Hauses gebracht und war mit einem Taxi nach München zurückgefahren.

„Sie war sehr großzügig gewesen", ergänzte Pierre Lepin. Dass er testamentarisch bedacht worden sein soll, überraschte ihn; er schien nicht zu wissen, um welche Summe es sich handelte. Mit treuherzigem Blick fragte Pierre, wie hoch der Betrag denn wäre.

Oberkommissarin Verena Handschuh sagte wahrheitsgemäß: „Das können wir Ihnen noch nicht sagen."

Lepin fuhr fort: „Am Sonntagnachmittag war ich in einer Kandinsky-Sonderausstellung im Lenbachhaus von etwa 15 bis 17 Uhr. Die Eintrittskarte sollte ich noch finden; ich sammle Eintrittskarten, wenn sie schöne Motive haben. Aber ich war allein. Allerdings traf ich einen Studienfreund gegen 16 Uhr und wir tranken im Museumscafé einen Espresso zusammen. Auch die Bedienung mag sich daran erinnern. Ich werde seine Telefonnummer herausfinden und sie Ihnen durchgeben. Das war ja etwa zu der Zeit, die Sie interessiert."

Es entstand eine Pause. Die Ermittler sahen sich an und gaben sich ein Zeichen. Für den Augenblick hatten sie keine Fragen mehr.

„Könnte ich dann vielleicht gehen? Eine Dame wartet auf mich und ich bin ungern unpünktlich. Ich muss noch zum Bahnhof."

„Sind Sie denn nicht mit Ihrem Auto da?"

„Ich besitze kein Auto, Herr Hauptkommissar!"

„Vielen Dank, Herr Lepin, dass Sie sofort zu uns geeilt sind. Sie können gehen. Halten Sie sich aber bitte für Nachfragen verfügbar und verlassen Sie das Land nicht, ohne uns vorher Bescheid zu geben."

Beppo Steinbeis beendigte damit die Anhörung des Zeugen Lepin. Er stand auf, Verena folgte und beide gaben sie dem charmanten Franzosen mit der angenehmen Stimme und dem perfekten Auftreten die Hand zum Abschied.

Verena fühlte ihre Knie weich werden.

Jabberwocky

Am weiteren Dienstagvormittag überschlugen sich die Ereignisse. Isolde Schafirow rief im Kommissariat an und berichtete, dass ihr Sohn Alexander versucht hätte, sich mit Tabletten das Leben zu nehmen.

Beppo Steinbeis eilte mit Polizeiobermeister Lukas Hadertauer ins Krankenhaus Weilheim.

Die Stationsärztin meinte, Alexander Schafirow habe großes Glück gehabt. Er habe nach der Einnahme einer Überdosis Psychopharmaka und Schlaftabletten diese nachts erbrochen und war dabei gestürzt. Von den Geräuschen aufgewacht, habe seine Mutter ihn ohne Bewusstsein aufgefunden und den Notarzt verständigt.

Nun lag der Siebzehnjährige wie ein Haufen Elend in einem Zweibettzimmer und dachte über sein verpfuschtes Leben und den von ihm so erstrebten zweiten Bildungsweg als Künstler nach.

Lukas Hadertauer organisierte, dass sie mit Alexander allein waren. Der Zimmernachbar musste ohnehin zum Röntgen. Er habe ein Weinglas „gegessen" und nun müsse geprüft werden, was das Glas auf seiner Wanderung durch Magen und Darm angerichtet haben könne, erzählte er Lukas. Er habe das schon oft gemacht. Das Glas könne man fein zerkauen. Man brauche dazu nur gute Mahlzähne. Diesmal wäre aber der Stil für ihn zu dick gewesen; unverdaulich. Er habe den „Römer" einfach unterschätzt, schloss er seine Schilderung und empfahl im Hinausgehen fröhlich: „Nicht nachmachen!"

Sie waren mit Alexander Schafirow allein.

Mit schwacher Stimme gestand der junge Mann, er habe die Kreditkarte seiner verstorbenen Tante in einem unbeobachteten Augenblick aus dem Büro seiner Mutter entwendet. Später habe ihm der Diebstahl leidgetan und ihm klargemacht, dass sein Verhalten kriminell war.

Dazu komme, dass er seine Tante Désirée kurz vor ihrem Tod am Sportplatz in den Armen des Vaters gesehen hatte. Seitdem glaubte er, dass sein Vater sie umgebracht hatte. Auch zur Mutter wäre sein Vertrauen angeknackst. Sie hatte das Lapislazuli-Döschen mit den Tabletten von Tante Désirée aus deren Handtasche genommen. Es stand im Bad und er brauchte nur hinzulangen.

Die beiden Polizisten verließen das Krankenhaus. Lukas Hadertauer fuhr zu Dienststelle zurück.

Da es zum Meisteranger nicht weit war, ging Hautkommissar Steinbeis zu Fuß. Er musste nachdenken.

Isolde Schafirow hatte die Tabletten wohl aus der Handtasche ihrer Schwester genommen, um diese vor sich selbst zu schützen. Vielleicht wollte sie mit Désirée über ihre vermeintliche Tablettensucht reden, schlussfolgerte Steinbeis. Er blieb am blumengeschmückten Geländer des Brückchens über den Angerbach kurz stehen und schaute dem eingebetteten Wasserlauf entgegen, links und rechts die alten Häuser der Oberstadt vor sich. Im Vergleich mit den vielen Baudenkmälern und Häuserensembles im Kern Weilheims waren diese eigentlich eher jung, fiel dem Kommissar ein, denn 1810 waren nach einem Blitzeinschlag die Häuser der Oberstadt fast völlig abgebrannt. Das Viertel musste neu aufgebaut werden. Hinter ihm die Wasserkraftanlage der alten Stadtmühle mit ihrem betriebsamen Schaufelrad hatte den Zahn der Zeit auch nicht unbeschadet überdauert. Sie wurde aber liebevoll restauriert und gilt heute als gutes Beispiel für umweltfreundliche Energiegewinnung.

Beim schmiedeeisernen Hinweis „Radl Bimbo" bog Steinbeis ab. Er wollte noch schnell in den Radladen schauen und einen Termin für sein Rad verabreden. Da er es in München täglich in Betrieb gehabt hatte, zeigte es nun starke Abnutzungserscheinungen. Die hintere Felgenbremse tat kaum noch ihren Dienst. Die Schaltung sprang ohne sein Zutun hin und her. Das Tretlager ächzte unter seinen 80 Kilo und die Reifen waren abgefahren. Das Vorderrad ließ sich nicht mehr aufpumpen. Den undichten Schlauch könnte Beppo Steinbeis natürlich auch selbst flicken, aber er traute dem alten Material keine weiteren fünf Jahre zu. Da gehörten mit den neuen Mänteln auch neue Schläuche montiert. Das wolle Steinbeis gern dem Sachverstand des umtriebigen „zeitlosmobil" - Beraters überlassen. Das Entgegenkommen war groß, denn der Kommissar bekam noch in der gleichen Woche einen Termin. Die Reparatur werde aber etwas dauern, wenn Ersatzteile nötig seien. Auch erhalte er nach der Sichtung einen Kostenvoranschlag.

Beppo Steinbeis war immer froh über guten Fachservice, der ihn entlastete. Das ersparte ihm zusätzliche Arbeit daheim, wenn er eigentlich im Garten oder auf der Couch im Wohnzimmer die Beine ausstrecken wollte. Im Sommer verdonnerte ihn Ilona zudem zum Rasenmähen und im Herbst zum Bäume schneiden. Für Reparaturen im Haus war nur er zuständig und mit dem Camper wollte sie auch nichts zu tun haben. Aber er beklagte sich nicht, denn Ilona war mit Hausarbeit und Kindererziehung ausgelastet. Sie hielt ihm den Rücken frei und schaffte sich noch bewundernswerte Freiräume für kulturelle Dinge und ihre Sprachstudien.

Während Beppo Steinbeis durch die Petelgasse stracks zu seiner Dienststelle am Meisteranger schritt, hatte er einen Einfall. Wahrscheinlich war es die enge Gasse, die ihn darauf brachte, aber wenn er dieser Idee nachginge, wäre er vielleicht nahe an der Lösung des Falls „Désirée v. Waller-Frey". Die Rosen, die die Verstorbene oder vielleicht das Mordopfer in ihren letzten Minuten in der Hand hatte, führte seine Gedanken zur philosophischen Frage nach der Vergänglichkeit des Lebens. Beppo Steinbeis beschleunigte den Schritt, bog beim Eingang zur Gärtnerei Ferchl ab, stürmte die wenigen Meter zur Verkaufstheke hinab, bezahlte und nahm eine lange, rote Rose für Ilona mit. Sie würde sich freuen.

Beschwingt erreichte er sein Büro.

Er setzte sich an seinen Schreibtisch und begann auf ein Blatt Papier Orte zu zeichnen, sie durch Pfeile zu verbinden und eine Zeittabelle zu erstellen. Der Leiter des Weilheimer Kommissariats glaubte neuerdings fest daran, dass Désirée Annabel v. Waller-Frey nicht eines natürlichen Todes gestorben war, sondern ermordet wurde. Und er ahnte, wie der Tathergang sich abgespielt haben könnte. Nun brauchte er Beweise.

Gegen 11 Uhr kam ein Fax aus Murnau von der Firma Tengelmann. Ein aufmerksamer Mitarbeiter hatte am Montag im Restmüllcontainer ein zerkratztes Autokennzeichen gefunden. Die Ziffern waren noch lesbar und passten zu denen des polizeilichen Aufrufs. Den hatte der Angestellte erst heute in der Zeitung gelesen und den Vorfall sofort seinem Chef gemeldet.

Beppo Steinbeis las mit zufriedener Miene. Es kam noch besser. Im Fax hieß es weiter: „Ein Paar Stiefel der Größe 46 waren im Nachbarcontainer entsorgt worden, obwohl neuwertig und nur wenig verschmutzt."

Derjenige, der die polizeilich gesuchten Gegenstände wegwarf, musste in großer Eile gehandelt haben.

Beppo vervollständigte seine Skizze und seine Zeittabelle. Dann trommelte er seine Leute zusammen.

„Verena, dein Schützling auf der Zugspitze hat um 11 Uhr eine Aufwärmpause im Sonnalpin gemacht und sich um 14 Uhr Spaghetti Ragout bestellt. Stell bitte eilig fest, wann er frühestens zurückgefahren sein konnte, und vergleiche das mit deinen Videoaufzeichnungen. Vergiss dabei den Jaguar. Wir haben möglicherweise etwas übersehen.

Annette, frag Isolde Schafirow mit aller gebotenen Vorsicht, wo sich Ernst Lowatzki am Freitag befunden hat, lückenlos. Die Firma Waller sollte dazu Kenntnis haben.

Lukas, bestell mir Boris Schafirow ein. Informiert mich bitte, sobald ihr was habt.“

Beppo Steinbeis zog sich zum Nachdenken an seinen Schreibtisch zurück und legte die Beine hoch, so wie bei der persiflierten Fielmann-Werbung aus dem Film „Casablanca“. Er belächelte die Werbung stets, imitierte die Szene aber. Die Mitarbeiter kannten den Hintergrund und feixten: „Was können wir tun, Humphrey?“ oder: „Schau mir in die Augen, Kleiner!“

Boris und Isolde Schafirow kündigten sich an. Sie wollten gemeinsam angehört werden.

Beppo war einverstanden und bat das Ehepaar in den Vernehmungsraum. Verena und Lukas hörten mit.

Isolde gab zu, dass sie das Tablettendöschen aus Désirées Handtasche genommen hatte. Sie wollte Désirée klarmachen, dass sie die Firma nicht als Tablettenabhängige weiterführen könne. Zu der dazugehörigen Aussprache war es leider nicht mehr gekommen. Sie gab zu Protokoll, dass Ernst Lowatzki am Freitag, den 21. November, ab Mittag auf der Rückreise von Wiesbaden nach München gewesen sein musste.

Boris Schafirow klärte die Kommissare auf, dass er, als er Désirée in Richtung Sportplatz gehen sah, gehofft hatte, mit ihr noch einmal ein unbeobachtetes Gespräch führen zu können.

„Das Gespräch fand zwar statt, aber anders, als ich es mir vorgestellt habe. Wir standen am westlichen Sportplatzeck und stritten. Plötzlich versetzte mir Désirée eine kräftige Ohrfeige. Um ein für alle Mal Klarheit zu schaffen, hatte sie gesagt. Mein Sohn muss uns in diesem Moment gesehen haben. Ich war so beschämt, dass ich an dem Familienkaffee nicht teilnehmen wollte. So ging ich über den Höhenweg am Auslieferungslager Wallertrachten vorbei, passierte das Autohaus Günl und kehrte über die Obermühl- und Hofmarkstraße in Richtung Ortsmitte zurück. Gegen 16.35 Uhr betrat ich wieder die Klosterwirtschaft."

Annette winkte ihren Chef vor die Tür. Nach kurzer Besprechung entließ der Hauptkommissar das Ehepaar Schafirow und übertrug Verena die Aufgabe, das Protokoll anzufertigen. Wie es den Anschein hatte, vertrugen sich die Schafirows derzeit wieder, ganz wie Désirée v. Waller-Frey es für ihre Schwester gewollt hatte.

Verena war flink mit den Tasten. Sie benötigte für die Protokollschrift eine Viertelstunde. Dann suchte sie das Dienstzimmer des Chefs auf.

„Verena, wir kommen der Sache näher. Ich habe von der Bahn die Bestätigung zu den Zugverbindungen am 21. November. Wir werden Ernst Lowatzki dazu befragen."

Beppo Steinbeis teilte seine Verdachtsmomente und bisherigen Erkenntnisse mit Polizeioberkommissarin Verena Handschuh. Sie war zwar bei der Alibiüberprüfung erfolglos gewesen, hatte aber ein komisches Bauchgefühl, wie sie gestand.

Nun wies der Chef das Team in seine geplante Vorgehensweise ein und verteilte eilige Aufträge.

Es waren geschäftige zwei Stunden. Etliche Telefonate wurden geführt und Annettes PC lief bei ihrer Schnellrecherche heiß.

Verena Handschuh erreichte Ernst Lowatzki und konnte ihn überzeugen, nachmittags um 15 Uhr im Weilheimer Kommissariat zu sein.

Pünktlich saß Lowatzki auf dem gleichen Platz, den vor ihm Vater und Sohn Schafirow eingenommen hatten.

Die beiden Kommissare hatten Platz genommen. Lukas Hadertauer hatte sich an die Tür gestellt.

„Herr Lowatzki", sagte Beppo Steinbeis ausgesucht höflich, „wir müssen unsere Routineuntersuchungen auf die letzten Tage Ihrer Frau ausdehnen. Es geht um den 21. November. Sie sollen, so ließ uns Frau Schafirow andeutungsweise wissen, geschäftlich unterwegs gewesen sein. Würden Sie die Freundlichkeit besitzen, uns diesen letzten Freitag im Leben Ihrer Frau aufzuhellen?"

Ernst berichtete von der Akademie in Wiesbaden und seinem Anteil an dem Seminar für zukünftige Sicherheitsbeauftragte. Er erklärte, dass der Seminarleiter ihn persönlich zum Hauptbahnhof gebracht habe. Er sei dann mit dem Intercity, dem Mittagszug, nach München zurückgefahren. Nach Fahrplan? Ja, alles nach Fahrplan. Herr Lowatzki zog eine Fahrkarte aus der Sakkotasche und zeigte sie den Ermittlern flüchtig. Ernst Lowatzki berichtete weiter, dass er in München noch ein Geburtstagsgeschenk für seine Frau gesucht hatte und durch die Läden gebummelt sei. Er habe jedoch über ein in Wiesbaden erstandenes Buch hinaus nichts Passendes gefunden.

„Bitte erklären Sie uns, wie es kommt, dass wir eine Liste von Zügen vorliegen haben, die am 21. November zwischen Wiesbaden und München nicht eingesetzt werden konnten, weil kurz hinter Wiesbaden eine Schafherde einen fünf Stunden andauernden Stau verursachte hatte."

Ernst Lowatzki schien für einen Moment irritiert. Dann antwortete er mit fester Stimme: „Am vergangenen Freitag fuhren alle Intercitys zwischen 12 und 19 Uhr nach Plan. Es muss sich um eine Verwechslung handeln."

Beppo Steinbeis setzte nach: „Ich werde Ihnen jetzt sagen, was wirklich geschehen ist: Sie bestiegen um 12.35 Uhr am Wiesbadener Hauptbahnhof einen Regionalzug mit der Absicht, diesen am Wiesbadener Ostbahnhof wieder zu verlassen. Sie gingen mit Ihrem Koffer zur Kasseler Straße 42 nur unweit vom Bahnhof entfernt. Dort holten Sie den bei Europcar telefonisch vorbestellten dunkelgrünen Skoda Roomster zum Weekend-Smile-Tarif ab und fuhren mit ihm nach Garmisch-Partenkirchen und von dort zum Eibsee. Sie stellten ihn unterhalb der Haltestelle der Zugspitzbahn ab und fuhren mit der Zugspitzbahn nach Garmisch. Die Videoanlage hat Sie kurz erfasst. Dass wir auch diese Aufnahmen auswerten, damit konnten Sie zugegebenermaßen nicht rechnen. Sie hatten Ihren Plan vor Ort vorbereitet und fuhren mit dem Zug anschließend nach München. Von dort ging es mit dem Taxi spät abends nach Percha."

Beppo ließ sich und seinem Gast eine Denkpause.

„Verena, hol Herrn Lowatzki doch bitte ein Glas Wasser." Verena brachte das Wasser und der Hauptkommissar fuhr fort: „Am Sonntag änderten Sie im Sonnalpin Ihr Aussehen, die bunte Mütze wurde gegen eine dunkle ausgetauscht, der Anorak verschwand im Rucksack. Sie bestiegen um 14.30 Uhr den ersten Waggon der ins Tal rollenden Bahn. Sie wussten, dass das erste Abteil das einzige Ort ist, der nicht mit einer Videoüberwachungsanlage ausgestattet ist, da der Fahrer direkten Kontakt zu den Passagieren hat. Tatsächlich sah der Zugbegleiter sich die wenigen ‚Verrückten', die um diese Jahreszeit zum Eibsee abfuhren, im Spiegel genauer an. An Ihren K2-Pontoon konnte er sich genau erinnern. Um 14.50 Uhr carvten Sie durch Tiefschnee zum Eibsee ab und, eine Reserve von fünfzehn Minuten eingerechnet, starteten spätestens 15.30 Uhr mit Ihrem Mietwagen nach Polling. Sie befestigten auf einem Parkplatz die in Wiesbaden entwendeten Kennzeichen provisorisch am Skoda, um den Mietwagen zu tarnen. Sie parkten ihn im Schatten eines in der Nähe des Nikolaus-Gedenksteins abgestellten Tiefladers und waren exakt 16.15 Uhr am Gedenkstein. Ihre Frau fragte wahrscheinlich nur ‚Was, du bist schon zurück – war es zu kalt?' oder Ähnliches. Dann stießen Sie Ihre Frau mitleidslos in den Abgrund. Danach starteten Sie sofort wieder Richtung Garmisch. Sie warfen die Schilder und die im Karstadt Wiesbaden vorsätzlich zu groß gekauften Stiefel beim Tengelmann in Murnau in einen Müllcontainer. Dann gaben Sie den Leihwagen um 17.30 Uhr bei Europcar in der St.-Martin-Straße 6, Bahnhofsnähe, ab. Sie zogen die Skistiefel, Ihren Anorak und die bunte Mütze wieder an und reihten sich in die mit der letzten Bahn von der Zugspitze angekommen Skifahrer ein."

Ernst Lowatzki bemühte sich ganz offensichtlich, Ruhe ruhig zu bleiben. Bei der Staatssicherheit hatte er Stressresistenz erlernt. Er wäre allerdings nicht im Ministerium für Staatssicherheit beschäftigt worden, wenn er nicht professionelle Arbeit geleistet hätte. Dass er die Bahnverbindungen vom Freitag nicht überprüft haben sollte, ging gegen seine alte Berufsehre: „Sie haben gut recherchiert, Herr Kommissar, gratuliere! Sie können aber mit Gewissheit davon ausgehen, dass ich alle Intercity-Abweichungen an jenem Tag sauber nachgeprüft habe. Die Auskunft, die Sie von der Deutschen Bahn erhalten haben, ist falsch!"

„Das glaube ich Ihnen. Ich habe nicht gesagt, dass ich die Auskunft von der Bahn erhalten habe. Zur Wahrheitsfindung habe ich Sie gefragt."

Ernst Lowatzki schwante, dass er einem Bluff aufgesessen und in eine Falle getappt war.

„Ich möchte mit meinem Anwalt sprechen. Ohne den sage ich nichts mehr."

Beppo Steinbeis hatte nicht erwartet, ein Vollgeständnis zu bekommen. Darauf kam es ihm nicht an.

„Ein Geständnis an dieser Stelle wäre zu Ihrem Vorteil, Herr Lowatzki. Für uns ist es aber unerheblich. Die DNA-Analysen werden meine Beweiskette ausreichend gerichtsrelevant machen. Ihr Tatmotiv konnten wir ebenso klar herausarbeiten. Dass Sie spielsüchtig waren oder es noch immer sind, erweckte unseren Verdacht. Die Tatsache, dass Sie Ihr erspartes Geld in riskante Lehman-Brothers-Bankzertifikate anlegten und mit der Pleite der Bank keine Rücklagen mehr besitzen, hat Sie noch mehr in die Abhängigkeit von Ihrer Frau getrieben. Die Ressource ‚reiche Ehefrau' ging zur Neige. Die Scheidung war beschlossene Sache. Der Zufall wollte es, dass Sie mit dem Agenten der Lebensversicherung Ihrer Frau zum Joggen gingen. Oder war es kein Zufall? Jedenfalls teilte er Ihnen mit, dass Sie im Falle des Todes ihrer Frau der Begünstigte einer Lebensversicherung in Höhe von 100.000 Euro sein würden. Es fiel Ihnen nicht schwer herauszufinden, wo Ihre Frau ihr Tagebuch aufbewahrte. Sie haben es gelesen. Dabei haben Sie Fingerabdrücke hinterlassen. Ihre Frau wollte den Namen des Begünstigten ändern. Auf wen, werden wir nie erfahren. Sie werden das Geld jedenfalls nicht erhalten. Wir geben Ihnen Gelegenheit, viele Jahre über all das nachzudenken."

Kriminalhauptkommissar Steinbeis schloss mit den Worten: „Herr Lowatzki, ich nehme Sie wegen des Verdachts fest, Ihre Frau aus niederen Beweggründen ermordet zu haben. Polizeiobermeister Hadertauer, führen Sie Herrn Lowatzki ab!"

KLABAUTERMANN

Verena, Annette und Lukas lehnten Mittwochfrüh am Kaffeeautomaten und unterhielten sich: „Es war ein höllischer Plan, der zu einem perfekten Mord hätte führen können. Unser Beppo hat seine Garmisch-München-Weilheimer Luxusspürnase wieder einmal unter Beweis gestellt. Die Presse wird es freuen", meinte Annette.

Verena pflichtete bei: „Ja, der Fall ist spektakulär und wird Schlagzeilen machen."

Lukas rieb sich die Hände: „Da überführt ein exzellentes Ermittlerteam einen ausgebufft kaltschnäuzigen Killer nach nur zwei Tagen. Ist das keine Story auf den Titelseiten wert?"

Wieder einmal wurde die Frage überhört und ohne sie zu beantworten von Verena ergänzt: „Unser Beppo holte mit einem psychologischen Trick sogar noch ein Teilgeständnis ein. Wenn das keine reife Leistung ist!"

Annette freute sich besonders über den raschen Erfolg: „Ich werde der Abteilung Controlling noch heute das Update für die Statistik liefern."

Lukas hatte Ernst Lowatzki in die Zelle gebracht: „Mir hat der Lowatzki erzählt, dass er vor 1990 einen guten Job bei der Staatssicherheit in Ostberlin hatte. Dort sei er für Codewörter, ich sage Codewörter, zuständig gewesen. Habt ihr das gewusst?"

Kriminalhauptkommissar Steinbeis war dazugetreten.

Annette hatte noch eine interessante Information für ihn vom Notariat: „Übrigens war dem geänderten Testament von Désirée Annabel v. Waller-Frey ein versiegelter Umschlag beigelegt. Der Notar sagte, dass Frau v. Waller-Frey mit ihrer Unterschrift bekräftigt hat, den Absturz ihres Mannes Klement auch nicht im Affekt herbeigeführt zu haben, aber

Autorin des Erpresserbriefes gewesen sei. Sie habe damit dafür gesorgt, dass Klements Tochter wenigstens 250.000 Euro als Start für Ausbildung und Beruf erhält."

„Verdammt", entfuhr es Beppo Steinbeis, „ich habe mir damals schon so etwas gedacht, bin dem Bauchgefühl aber nicht weiter nachgegangen, weil sich der Erpressungsgrund erledigt hatte. Da wird sich die Presse aber darauf stürzen, wenn sie es erfährt. Ich werde mit dem Polizeipräsidenten sprechen. Was noch, Annette?"

„Wir sollten erst prüfen, wie der Vermerk einzuschätzen ist. Ist ihr Vermächtnis eine ‚Beichte' und sie bereut? Ich frag beim Bischofsamt nach, ob das unter das Beichtgeheimnis fällt. Hätte der Notar es dann aber nicht direkt an die Kirche adressiert?" Sie fragte wie Polizeihauptmeister Hadertauer eher, um etwas zu fragen, als von jemandem in der Runde eine Antwort zu erwarten.

Der sagte: „Schmarrn!"

Einen wichtigen Punkt hatte Annette noch für ihren Chef: „Beim gleichen Notar liegt auch aus einem französischen Labor ein DNA-Abgleich zwischen Klement Frey und einer Léonie Delacroix. Ob wir etwas damit anfangen können, fragt das Notariat an."

„Oh ja", warf der Chef ein. Davon hängt für das Mädchen das Anrecht auf einen Erbanteil ab. Das ist aber Sache der Familie. Sie muss tätig werden, wenn das nicht schon geschehen ist."

Das Gespräch wurde durch Boris und Alexander Schafirow unterbrochen. Boris Schafirow fragte durch die halb offene Tür, wo sie denn ein „kleines Dankesgeschenk" abstellen könnten.

„Dankesgeschenk wofür?", wollte Verena wissen.

„Wir haben mit großer Genugtuung vernommen, dass Ernst Lowatzki festgenommen wurde. Er war ein Fremdkörper in unserer Familie. Wir haben ihn nicht gemocht und er uns nicht. Wir wussten, dass er schlecht für Désirée war. Dass er seine Frau aber so heimtückisch umbringen würde, das haben wir ihm nicht zugetraut. Das alles ist eine große Tragödie, aber für unsere Familie zählt jetzt die Zukunft. Der hat die rasche Aufklärung des Falls die Weichen gestellt. Wir stehen wieder zusammen, wie die Familie Schafirow es immer getan hat, seit sie Zar Peter der Große in den Adelstand erhoben hat. Nach Verlust aller Güter 1917, Aberkennung des Titels Baron, Vertreibung von den Bolschewiki aus Russland und Flucht während des Dritten Reichs nach Amerika hatte sich meine Familie in den Fünfzigern in Deutschland wiedergefunden. Mein Großvater Oleg Michail Nikolaj und mein Vater Nikolaus Alexander haben sich in Deutschland etwas aufgebaut, das es zu vermehren gilt. Das gilt auch für das Unternehmen meiner Frau, Wallertrachten. Mein Sohn hier ist begabt. Von ihm wird die Kunstwelt noch hören. Er hat den Brunnen entworfen und so kunstvoll gestaltet. Wir wollen mit unseren Mitteln Dank sagen!"

Die drei am Kaffeeautomaten folgten Vater und Sohn auf den Flur.

Kriminalhauptkommissar Steinbeis und das Team besahen sich die Gabe der Schafirows: Da stand eine kunstvolle, mit Weinranken verzierte Blumensäule in Naturpatina, im Becken obenauf eine Schale roter Rosen.

„Zur Erinnerung! Vielleicht findet sich ein schöner Platz und alle Angehörigen Ihrer Dienststelle haben Freude daran", sagte Boris Nikolaj Schafirow.

Die Rosen in der Schale waren dieselbe Sorte, die Verena auf dem Gedenkstein des alten Tuffsteinbruchbesitzers gesehen hatte, dort inzwischen erfroren und verwelkt.

Die oben am Steinbruch ließ man liegen. Sie sollten die Menschen im Umkreis und die Kripo Weilheim noch lange an das mörderische Geschehen des 23. Novembers 2008 erinnern.

„Nur eine Frage hätte ich noch", intervenierte Beppo Steinbeis: „Wissen Sie eigentlich, dass Klement Frey, der erste Mann Ihrer verstorbenen Schwägerin und Tante, eine leibliche Tochter hatte, Léonie Delacroix? Diese hat Anspruch auf das Erbe von Modenfrey, besser auf das Erbe auf den Verkaufserlös, der zu großen Teilen an Désirée v. Waller-Frey gegangen und in die Firma Wallertrachten investiert ist. Auch auf die nicht unbeträchtlichen Einlagen auf Klement Freys Konto bei der Schweizer Rütli-Bank."

Hauptkommissar Beppo Steinbeis war nicht sonderlich verwundert, dass die beiden Männer völlig überrascht zu sein schienen.

„Wir wissen von keinem Kind. Désirée hatte ein Konto in der Schweiz, das hat sie einmal erwähnt. Meine Frau hat den Notar kurz verständigt. Wir haben morgen den Gesprächstermin, bei dem es auch um die Beerdigungsform geht."

Hauptkommissar Steinbeis sagte nichts von den ermittlungsseitigen Erkenntnissen, nur: „Der ehemalige Mitarbeiter des Ministeriums für Staatssicherheit der Deutschen Demokratischen Republik Ernst Lowatzki kommt für die Zeit der Untersuchungshaft nach München Stadelheim, für den Fall, dass ihn jemand besuchen will. Bitte schicken Sie uns für den Brunnen eine Rechnung. Er muss ja auf die Inventarliste der Polizeiinspektion."

III

Boris Nikolaj Schafirow und der Goldschatz

PROLOG

Am Wochenende wollten sie Tobis Zwanzigsten feiern. Mit Freundin Margarete wollte er vom Studienort Dresden mit ihrem Renault Zoe nach Murnau fahren, um den überfüllten Zügen zu entgehen.

Das Elektroauto, das sie sonst nur für Ausflüge ins Erzgebirge oder mal für einen Trip nach Berlin nutzten, sollte bei der Anfahrt das erste Mal eine längere Strecke bewältigen. Sie setzten auf eine solide Ladeinfrastruktur unterwegs.

Das Auto hatte Tobias Steinbeis gebraucht gekauft. Nun hatte es vier Lenze auf dem hellblauen Blechbuckel. Kürzlich hatten sie festgestellt, dass sein Akku schwächer geworden war. Mit dem geschmälerten Aktionsradius mussten sie seither öfter an eine Ladestation.

Den Ladezustand zu managen, erforderte Achtsamkeit und eine gute Planung. Desto mehr ärgerten sich die beiden über Staus an den Ladestationen und über nicht vorhandene Möglichkeiten auf Nebenstrecken. Die mussten sie aber nehmen, da erst bei Bayreuth und später bei Ingolstadt nichts mehr ging. Unfälle und Baustellen verleideten ihnen die Hinfahrt nach Bayern.

Es war Margaretes erster Besuch bei Tobis Eltern und Großeltern. Ein kurzer, mit ein wenig Sightseeing und eine Sonntagsfamilienfeier im kleinen Kreis.

Am Montag starteten die beiden wieder nach Dresden; der unter dem neuen Carport abgestellte Zoe frisch geladen. In seinem Kofferraum hatten sie einige Mitbringsel für Margaretes Familie und die Kommilitonen verstaut, die in den Montagsvorlesungen für sie mitschreiben wollten. Mit dabei lag, noch nicht getestet, ein Karton mit einer Flugdrohne, die Tobias mit Luftaufnahmen bei der Verbesserung von Verkehrskonzepten helfen sollte. Im Rahmen seines Architekturstudiums war er eingeladen worden, an einer Untersuchung zur städtischen Verkehrsinfrastruktur mitzuwirken.

Die Drohne war ein Gemeinschaftsgeschenk der Eltern und Großeltern. Vater Beppo hatte ihm Sonntagabend noch eine Standpauke zum Gebrauch und versehentlichen Missbrauch gehalten. Er würde schon aufpassen, versprach er seinem Vater.

Der saß nun gut gelaunt an seinem Schreibtisch im Büro am Meisteranger und studierte einen Bericht ihres Controllings zu der Umstrukturierung, die vor zehn Jahren ihren Anfang genommen hatte. Er war damals auf eigenen Wunsch aus München in Heimatnähe versetzt worden, obwohl die Strukturentscheidung zu seiner Planstelle noch nicht gefallen war. Er hatte Glück und konnte bleiben. Der Zuständigkeitsbereich der Polizeiinspektion schloss die Gemeinden um Weilheim und Peißenberg ein; dabei auch das Klosterdorf Polling. Dort wurde gerade eine Säulenhalle geplant, die der Maler Bernd Planegg zusammen mit Künstlern aus aller Welt an romantischer Stelle in einer Ammerschleife schaffen wollte. Planegg war als einer der „Jungen Wilden" in Künstlerkreisen bekannt geworden. Mit dem Plan zu solch einer weltumspannenden Säulenhalle hatte er sich Jahrzehnte schon beschäftigt. Nicht ohne Widerstand sollte die Planung verlaufen. Umweltschützer opponierten jetzt und später gegen das

Genehmigungsverfahren. Leserbriefe wurden geschrieben. Plakate und Karikaturen wurden entlang der Ammer aufgestellt.

Die meisten Bürger waren von der Idee jedoch begeistert. Auch die Bürgermeisterin und die Landrätin hatten einen Draht zur Kunst und setzten sich für das Projekt ein; ebenfalls Dr. Adalwolf Niebach.

Beppo Steinbeis war, als er darüber las, von der Idee eingenommen. „Stoa 169" hieß das Projekt. Die 169 als heilige Zahl. Es sollte binnen zweier Jahre umgesetzt sein.

Durch die verglaste Tür sah Beppo Steinbeis Oberkommissarin Verena Handschuh auf sich zu stürmen. Verena wartete nicht, bis er „herein" sagte. Sie setzte sich unaufgefordert hin. Die lange Zeit der Zusammenarbeit hatte ihr Arbeitsverhältnis freundschaftlich geprägt.

„Beppo, wir haben eine Wasserleiche. Sie wurde an der Ammer in der Nähe der Säulenhallenwiese aufgefunden, vermutlich erschlagen. Die Spurensicherung und der ganze Tross sind alarmiert – fährst du bei mir mit?"

„Wenn du dich mit dem Gaspedal zurückhältst; wir können ja wohl kein Leben mehr retten!"

Das Ermittlungsduo rauschte ab.

Hauptkommissar Steinbeis hatte Verenas brillantroten Opel Corsa auf der Beifahrerseite bestiegen. Es war immer noch der mit dem ausziehbaren Fahrradständer, jetzt aber um einige Beulen reicher. Auch der Lack war an einigen Stellen ausgebessert. Verena Handschuh hielt ihrem „Schnuckerl" die Treue, obwohl seine Altersmacken zunahmen. Dass sie ihrem Opel Corsa unverändert hundertprozentige Einsatzbereitschaft zutraute, das bewies sie ihrem Chef schnell einmal mit einem Kavaliersstart. Der Motor jaulte und Qualm stieg auf. Sie ließen am Meisteranger Gummigestank und mehrfaches Kopfschütteln zurück.

„Mit Schonung der Bereifung und Umweltschutz hat das aber nichts zu tun", brummte Beppo Steinbeis.

ARSAMAS

Die Tuareg waren an das harte Leben in der Wüste gewöhnt. Ihre Stämme verteilten sich über Nordafrika. Sie waren in Mali, Marokko, Tunesien, Libyen wie auch in Algerien zu Hause. Jahrhundertelang ernährte sie der Karawanenhandel quer durch die Sahara. Noch bevor Kolonialstaaten mit dem Lineal Grenzen gezogen hatten, kämpften die Stämme Nordafrikas schon um ihre Freiheit und um Autonomie. Jahrzehntelang dauerte der Unabhängigkeitskrieg gegen die malische Regierung an. Die Terrororganisation Ansar Dine rief im eroberten Norden sogar den Tuaregstaat Azawad aus.

Vor einem Jahr hatte Neven Boudia Kaminholz gehackt, als seine Freundin Léonie Delacroix ihn aus dem Nachbarhaus herüberwinkte. Im Fernsehen wurde gerade von einem Selbstmordattentäter berichtet, der seinen Lkw in einer Kaserne in Gao zur Explosion gebracht hatte, zwei Kilometer vom Camp der Deutschen. Sechzig Tote waren zu beklagen. Zahlreiche Soldaten des MOC-Bataillons, in dem auch er gedient hatte, waren unter den Opfern.

Nevens Vorfahren waren Kabylen. Das war ein Berberstamm, der weder von den Phöniziern noch von den Römern oder Arabern je unterworfen worden war. Auch spanische und osmanische Eroberungsversuche wurden abgewehrt. Ihre Aufstände gegen die Franzosen wurden blutig niedergeschlagen. Sein Zweig, die Zuaua, hatten aber auch hochgeschätzte Dienste als Söldner an der Hohen Pforte und bei den Franzosen geleistet. Manche durften als Dank bleiben. So war sein Urgroßvater nach Lyon gekommen.

Nun hatte er seine junge Verlobte nach Deutschland chauffiert.

Sie waren im Gästehaus am Englischen Garten abgestiegen und hatten ihren Wagen vis-à-vis in der Parkgarage abgestellt. Das junge Paar war gleich alt; sie schwanger. Es musste der vierte Monat sein und sie ahnten, es wird ein Junge.

Sie spazierten über die Osterwaldstraße, Genter Straße und Schenkendorfstraße, durch den Südeingang des Nordfriedhofs und durch die langläufigen Gräberreihen auf der Suche nach einer bestimmten Nummer.

Als sie das Urnengrab erreichten, verharrten sie einen Augenblick. Neven fotografierte mit dem Smartphone seine Verlobte in Gedenken vor dem Grab. Mit verdrückten Tränen nahm die junge Frau ein silbernes Medaillon an einer feingliedrigen Kette von ihrem Hals und hängte es über das schmiedeeiserne Kreuz.

Das Andenken hatte einen Verschluss. Wenn man ihn öffnete, dann offenbarte das Medaillon das Porträt eines Mädchens.

Beim Rückweg suchten sie in der Osterwaldstraße eine Hausnummer und klingelten. Sie wurden erwartet.

Hannelore bewirtete das Paar, die Haare weiß, der Gang schwer, das Gesicht grau in tiefem Gram. Vor zwölf Jahren war Klement gegangen. Und nun waren es schon vier Jahre her, dass Egmont entschlafen war, dement zum Schluss.

Die junge Frau berichtete mit einem wohlklingenden französischen Akzent von den letzten sechs Jahren, seitdem sie das erste Mal miteinander telefoniert hatten. Von ihrem Studium auf einer privaten Universität und dass sie gerade ihren Facharzt mache. Viel verdanke sie ihren Großeltern, viel aber ihrem Vater, der ihr das finanzielle Polster geschaffen habe. Sie hätte ihn damals so gern noch kennengelernt.

Hannelore holte das Testament, das der in Geschäftsdingen penible Klement Frey hinterlassen hatte. Sie erklärte es der

Besucherin: „Klement war 2006 im Einvernehmen mit der Polizei auf den Erpresserbrief eingegangen; sie vermuteten, er kam von Babette Delacroix ...“

Jurastudent Neven Boudia verstand scheinbar doch etwas Deutsch, denn er korrigierte in Englisch: „No, this was never done by Babette!“

„You are right – it was not Babette ... Erst nach dem Tod von meiner Schwiegertochter Désirée wussten wir, dass sie es war, die das Schreiben verfasst hatte. Sie hatte Léonie Gutes tun wollen. Désirée hatte von Babette Kenntnis über Klements damals zwölfjährige Tochter erhalten und Klement in ihren Plan nicht eingebunden. Sie dachte wohl, weil er 13 Jahre zuvor die Vaterschaft geleugnet hatte, würde er es weiterhin tun. Die Idee für das Schweizer Konto, für die Höhe des Betrags und das Autorisierungsverfahren zum Kontozugang mit dem achtzehnten Geburtstag kam ganz allein von Désirée, eine intelligente Operation, die selbst die Polizei nicht durchschaut hatte. Klements Anteil war, als er über die Polizei – nicht über die Mutter – von der Existenz einer Tochter erfuhr, das Geld von einem Schweizer Konto bei der Rütli-Bank auf Léonies Konto zu überweisen und die Nachforschungen zum Verursacher der Erpressung einstellen zu lassen. Zudem hat er nach Beratung mit Dr. Feinhaber, unserem Rechtsbeistand, testamentarisch einen Erbanteil für Léonie verfügt.“

Neven griff nach der Urkunde. Hannelore ließ es zu.

„In Deutschland sind erst seit dem 1. April 1998 nicht eheliche Kinder den ehelichen gleichgestellt. Das wusste wohl Babette. Der Europäische Gerichtshof hatte aber am 28. Mai 2009 generell festgestellt, dass nicht eheliche Kinder gegenüber den ehelichen nicht diskriminiert werden dürfen. Klement hielt es für seine moralische Pflicht, im Falle seines

Todes Léonie den Wert des gesetzlichen Erbteils zukommen zu lassen. Er wollte aber nicht, dass Öffentlichkeit und Familie davon erfuhren. So sollte Léonie nicht Mitglied der Erbengemeinschaft werden. Sie musste dafür förmlich ‚enterbt' werden."

Neven lief rot an, schwieg aber. Seine Verlobte erklärte ihm den Hintergrund in der eigenen Sprache, so, wie sie das komplizierte Juristendeutsch verstanden hatte.

Die Erbengemeinschaft war dadurch klein: Désirée 70 Prozent, seine Adoptiveltern, die das Unternehmen aufgebaut hatten, 30 Prozent. Léonies Anteil war vorher errechnet und auf ihr Schweizer Konto überwiesen worden.

„Why did he never pay ‚pension alimentaire pour enfants' for Léonie, as a good father should be obliged? Céline and Pascal Delacroix took over all expenses over the years!"

Seine Verlobte legte ihre Hand beruhigend auf seinen Arm.

„Er hat es nicht gewusst!"

Das schien Neven als Grund nicht auszureichen: „What has been made with his Rütli-Bank money?"

„Das ist in die Erbmasse eingeflossen."

„From Commissaire Alain Blanc we have heard, that there was a struggle with the finance department about this money? "

„Alle Steuerschulden wurden beglichen. Klement hatte ein Bußgeld entrichten müssen."

„We also heard, that there was gold in a depot – where has this gone? It's not listed here in his last will? "

„Das entzieht sich meiner Kenntnis. Désirées Schwester, die Alleinerbin von Désirées Nachlass, inklusive Klements, müsste dazu Auskunft geben können. Bei Klements Erbe war von Gold nicht die Rede; vielleicht hat er es seiner Frau vorher als Schenkung vermacht? Ich weiß es nicht und Klement, Egmont und Désirée können wir nicht mehr fragen. Désirée hatte in ihrem ‚last will‘ als eine Art Beichte hinterlassen: Sie hatte die Erpressung von damals eingestanden und vermerkt, dass sie den DNA-Abgleich zwischen Klement und Léonie zurückgehalten hatte, um Erbstreitigkeiten zu vermeiden. Beides tat ihr leid. Wahrscheinlich wollte sie im Tod von einer Sünde entlastet sein. Sie war gläubig und die christliche Kirche glaubt an die Vergebung der Sünden. Dazu ist Jesus am Kreuz gestorben und dazu ist die Ohrenbeichte da. Wenn jemand zu Lebzeiten seine Taten bereut, dann ist ihm vergeben“, beschloss Hannelore. Mehr wusste sie tatsächlich nicht.

Sie bemerkte, dass Neven genervt war. Er war gläubiger Moslem und dachte jetzt wohl, sie wolle missionieren oder schlimmer, sie mache sich über seine Religion lustig.

Und wirklich stand er mit rotem Kopf auf und schickte sich an, grußlos zu gehen.

Das war nun wieder Léonie Delacroix sehr peinlich. Schließlich war Hannelore ihre Großmutter und die Uroma ihres ungeborenen Sohnes.

Auch sie erhob sich, entschuldigte sich für Neven und verabschiedete sich mit einer Umarmung.

Das machte es in Nevens Augen noch schlimmer. Er stürmte hinaus.

Léonie folgte ihm auf die Osterwaldstraße.

Ein paar Schritte nur und sie waren wieder im Gästehaus am Englischen Garten.

Verärgert fragte Léonie ihren Verlobten auf Französisch: „Warum kannst du meine Großmutter nicht so akzeptieren, wie sie ist? Sie hat sich Mühe gegeben. Sie hat alles erklärt.“

„Sie hat einen Moslem und eine zukünftige Muslima zu missionieren versucht. Das ist nicht akzeptabel. Und sie will nicht zugeben, dass man dich um Unterhalt und Erbe betrogen hat. Ich, ich werde herausfinden, was mit dem Gold deines Vaters geschehen ist!"

Sie gingen auf Empfehlung ihrer freundlichen Gastgeberin schräg gegenüber in den Osterwaldgarten, wo man bayerisch deftig aß. Neven und Léonie bestellten sich eine vegetarische Portion, weil sie kein Schweinefleisch aßen.

Borodino

Als die Feinunze, das sind 31,10 Gramm, bei 45,26 Schweizer Franken lag, hatte Klement Frey begonnen, in Gold zu investieren. Seitdem war der Goldpreis ständig gestiegen und lag danach bei 54,85 CHF. Er hatte erst SUISSE-Barren gekauft, ein Kilo Fine Gold, 999,9, mit Stempel und Seriennummer, dann Degussa-Barren, Maße 90 x 40 x 17 Millimeter, später geprägte UMICORE, ein Kilogramm, dieselben Maße mit einer Seriennummer von einem Buchstaben und vier oder fünf Zahlen.

Zwanzig dieser Barren hatte er in einem Schließfach bei der Schweizer Rütli-Bank gestapelt, sonst nichts. Nur Hauptkommissar Steinbeis gegenüber erwähnte er einmal, dass es ein Schließfach mit etwas Gold gäbe.

Dr. Feinhaber hatte mitgehört.

Den Schlüssel trug Klement gewöhnlich um den Hals. Nach seinem tödlichen Absturz in den Berner Alpen war dieser Schlüssel mit seinen sonstigen Habseligkeiten, Hose, Strümpfen, Bergschuhen, Anorak, Ausweisen, Geld, Kletterset und Helm in zwei Tüten an Désirée übergeben worden.

Als sich Désirée das nächste Mal, das war nach der Trauerzeit, mit Ernst Lowatzki während ihrer Flitterwochen in der Schweiz aufhielt, stattete sie auch der Rütli-Bank einen Besuch ab. Ihr Ehemann Nummer zwei vergnügte sich im Thermalbad.

Sie zahlte einen fünfstelligen Barbetrag auf ihr Konto ein und erinnerte sich des Schließfachs ihres verstorbenen ersten Mannes.

Der neue Name sorgte für etwas Verwirrung, aber sie hatte Pass, Heiratsurkunde, Erbschein und den Schlüssel dabei.

Ihre Betreuerin bei der Bank, Frau Heidi Töfli, aktualisierte Kundendaten und Zugangsberechtigung und begleitete sie in den Tresorraum. Désirée wollte nur nachsehen, was das Schließfach verbarg. Zwanzig Barren zählte sie rasch. Sie spiegelten sich noch in ihren Augen und schienen in ihrem Gehör nachzurauschen, als sie sich verabschiedete und wie in Trance das Bankgebäude verließ.

Désirée machte sich Klements Gewohnheit zu eigen, den Schließfachschlüssel um den Hals zu tragen. Sie teilte ihr Geheimnis nicht mit ihrem zweiten Gatten.

Nachdem die Protagonisten dieser Ehe bald getrennte Wege gingen und auch die Schlafzimmer separiert waren, gab es auch keine Fragen zu diesem Schlüssel.

Als Désirées blutgetränktes Trauerdirndl und die zerrissene Goldkette mit Kreuz in einer Plastiktüte durch Polizeiobermeisterin Miriam Kirnmeier von Weilheims Meisteranger an Désirées Schwester Isolde Schafirow, geborene v. Waller, übergeben wurde, bestätigte die Erbin auch den Erhalt eines Schließfachschlüssels, der wohl im Einvernehmen mit dem Goldkreuz an der Massivkette gehangen haben musste. Das vermutete die Polizistin.

Nicht übergeben wurde der schwarze Mantel der Ermordeten, der als Beweismittel in einer Asservatenkammer auf den Prozess gegen Ernst Lowatzki wartete.

Es gab aber nicht nur die eine Erbin, Désirées Schwester. Auch ihr Sohn, Alexander Michail Schafirow, war Teil der Erbengemeinschaft. 20 Prozent der Erbmasse hatte Désirée in dem kurz vor ihrem Tod geänderten Testament für ihn verfügt, dazu kleinere Beträge für ihre Freundin Hanna, für Pierre Lepin und andere.

Ernst Lowatzki hatte seinen Pflichtanteil verspielt. Nicht in der Spielbank. Er hatte gemordet.

Alexander war siebzehn. Seine Erziehungsberechtigten sollten sein Erbe bis zu seiner Volljährigkeit verwalten.

Désirée hatte ein Konto für ihn eingerichtet, auf dem schon eine beträchtliche Summe aufgelaufen war.

Alle hatten sich über den diesbezüglichen Vermerk im Testament gewundert, denn er regelte etwas im laufenden Geschäftsjahr, so als ob Désirée beim Verfassen ihres letzten Willens die Inventur und die Jahresabschlüsse nicht mehr mitzuerleben glaubte. Als hätte sie ihren nahen Tod geahnt.

Isolde hatte mit dem Schließfachschlüssel nichts anzufangen gewusst.

Selbst als sie Désirées Konto in der Schweiz auf sich übertragen ließ, kam sie nicht auf die Idee, im dortigen Bankhaus nachzufragen. Das Personal hatte gewechselt und Isolde war bei den Bankabrechnungen der Kostenpunkt „Schließfach" nie aufgefallen.

Die Buchhaltung von Wallertrachten hätte sicher nachgefragt, doch handelte es sich hier um ein Privatkonto.

Isolde Schafirow trug den Schlüssel wie ein Amulett an einer Kette, sodass Ehemann Boris neugierig wurde.

Nachts lag der Schlüssel mit Kette auf Isoldes Nachtkästchen.

Boris Nikolaj Schafirow wandte sich bei einem Treffen des Deutsch-Russischen Vereins in Augsburg an einen befreundeten Banker, Walter Kirilow. Boris zeichnete ihm die Form des Schlüssels auf und schrieb die Nummer dazu. Ein Bankschließfach, meinte Walter.

Wie man herausfinden könne, zu welcher Bank er gehöre.

Die eingestanzte Nummer sollte Aufschluss geben.

Ob er die Bank anhand der Zahlen ausfindig machen könne.

Walter glaubte, dass er dies schaffen würde.

Boris telefonierte mit Walter.

Weil Alexander seine Tante Désirée so verehrt hatte, bekam dieser zur Volljährigkeit von seiner Mutter den Schließfachschlüssel mit der Goldkette geschenkt. Er solle ihn, wie Désirée es zu tun pflegte, als Talisman um den Hals tragen. Er werde ihm sicher Glück bringen und vor Schaden bewahren.

Einige Tage nach Alexanders achtzehntem Geburtstag hatte Boris die Antwort. Im Schließfach der Rütli-Bank lag Gold.

Nicht er war Erbe, aber Sohn Alexander.

Sie weihten Isolde nicht ein, als sie die Erbscheine zusammentrugen und Alexander immer wieder einen Freund in Zürich zu besuchen vorgab und bei seiner Rückkehr geheimnisvoll tat.

Er sperrte sich in seiner Garage ein.

Dort verband er den Schmelzofen mit dem Stromnetz. Er holte je zwei Goldbarren unter der Abdeckung der Ersatzreifen seines Autos hervor. Die legte er auf ein sauberes, weiches Tuch. Er bereitete einen Propanbrenner vor, mit dem man normalerweise Dachpappe bearbeitet, und eine Schmelzpfanne. Dann hängte er sich eine schwere Schürze um, setzte Gesichtsschutz und Brille auf und zog klobige Handschuhe an.

Eine Digitalanzeige zeigte ihm an, wann der Schmelzofen tausend Grad Celsius erreicht hatte. Etwas wartete er noch, dann nahm er mit einer Zange den ersten Ein-Kilo-Barren, lupfte mit einer zweiten den Deckel an und gab das Gold in den Schmelzprozess. Der Deckel verschloss den Ofen wieder. Zusätzlicher Sauerstoff würde zu Verunreinigungen führen.

Alexander war froh, dass ihm eine Firma einen Graphittiegel mit einem Inhalt für 20 Kilogramm angefertigt hatte, ohne Verdacht zu schöpfen. Er hatte vorgegeben, größere

Mengen von Messing für ein Kunstwerk schmelzen zu wollen.

Die digitale Anzeige sagte ihm, dass das Gold flüssig sei. Er schüttete es in den Graphittiegel und ließ es auskühlen.

Wochen später hatte er den Kern seines Kirchturmmodells in Gold.

Den Schmelzofen benutzte er jetzt für die Fertigung der Messingkuppel.

Um den Kern des Kirchturms wurden nun in endloser Feinarbeit mit Gips und Kunststoffen Säulen, Figuren, Stuckaturen, Simse und Mauerwerk imitiert, bis kein Gold mehr sichtbar war. Nur am Fundament schimmerte es noch durch, 999,9 Feingold, 50.000 Euro das Kilo.

CHARABALI

Dr. Adalwolf Niebach war überzeugter Kunstlobbyist. Viel hatte der ehemalige Minister dazu beigetragen, dass Spitzenkunst wie auch die Kunst in der Breite in Bayern nachhaltig gefördert wurde. Nachdem Haushaltsmittel immer knapp waren, bedurfte es früher und bedarf es auch heute noch immenser Kraftanstrengungen, Klinkenputzen und Betteln, um bei den Finanzresorts Gelder für Kunst den stets überlasteten Haushalten zu entringen.

Ja, ein Entringen war und ist es. Aber ist nicht die gesamte Politik ein Ringen um rechtsverbindliche Entscheidungen?

Der Abgeordnete saß im Intercity nach Berlin. Er saß in einem Abteil erster Klasse und hatte sich einen Kaffee bringen lassen. Da er allein war, hatte er die Schuhe ausgezogen und die Beine gegenüber hochgelegt. Es war ein sonniger Tag, den er gern auch mit seiner Frau Ute verbracht hätte, am See beim Segeln.

Doch wollte er in Berlin ein paar Pflöcke einschlagen und das ging nun mal nicht per E-Mail, SMS oder am Telefon. Kontakte musste man pflegen, am besten bei einem Glas Wein, bei einem Bier und nicht mit hungrigem Magen.

Netzwerke zu spinnen und sie zu unterhalten war das wichtigste Fundament in der Politik, das wusste jeder Berufspolitiker. Man konnte ein brillanter Redner sein mit fundamentalem Wissen. Ohne durch charismatische Ausstrahlung für sich einzunehmen ist alles nichts. Das Wichtigste waren die Menschen, denen man vertrauen konnte. Wenn der Büroleiter nicht vorausdachte und Tag und Nacht verfügbar war, war man aufgeschmissen. Wenn das Team, das dahinterstand, nicht an ihn glaubte und alles für ihn gab, nützte der beste Büroleiter nichts. Wenn man nicht die Parteibasis und ihre Spitzen hinter sich wusste, führte man als Hinterbänkler ein verlorenes Dasein. Hatte man keinen guten Draht zu den Medien, war man gesichts- und sprachlos.

Ging man den Parlamentariern anderer Parteien aus dem Weg, hatte man keine Aussicht auf Mehrheiten. Folgte man nicht den Einladungen zu Abend- und Wochenendveranstaltungen von Bildungseinrichtungen, Vereinen, Kirchen und anderen Organisationen der pluralistischen Gesellschaft, dann fehlten einem wichtige Multiplikatoren und Wählerstimmen.

Kulturpolitik machte Dr. Adalwolf Niebach am meisten Freude. Nicht viele Politiker ließen sich auf dieses eher undankbare Feld ein. Ohne Geld können selbstständige Kulturschaffende nichts ausrichten. Sie müssen bei ihren Projekten immer in Vorkasse treten, dabei aber von dem Verkauf leben und ihre Familien unterhalten. Das Ergebnis ist für sie nicht kalkulierbar, weil Kunst der Mode obliegt, vom persönlichen Empfinden beurteilt wird und vom Portemonnaie der Kundschaft abhängig ist. Und darin liegt der Hund begraben. Es ist dem Wellengang des Zeitgeists unterworfen und macht in der Regel nicht reich. Aber Kunst und Kultur haben unsere Gesellschaften geprägt und gerade in Bayern ist Kunst über Kirchen, Baudenkmäler, Schlösser und Museen überall fassbar und in den Traditionen fest verankert.

Rechts zogen die Höhen des Fichtelgebirges an ihm vorüber. Mit der Saale und ihrer Domstadt begann die Landschaft abzuflachen. Später überquerte er die Überschwemmungsbereiche der Elbe und den großen Fluss. Extrem niedrigen Wasserstand registrierte er.

Hinter Dessau standen Rauchwolken über Brandenburgs Wäldern. Wieder einmal fraß sich eine Feuerwalze durch die trockenen Nadelhölzer. Neben dem Ausbleiben von Regen auch Folge der menschgemachten Monokulturen, der Aufforstung mit schnell wachsenden Fichten, dachte sich Dr. Niebach. Dort lagere auch Munition aus dem Zweiten Weltkrieg, sagten seine Onlinekurznachrichten. Es habe schon Explosionen gegeben und der Bahnverkehr sei eingeschränkt.

Eine Dame hatte ihn wohl vom Gang aus am Smartphone gesehen. Sie schob die Tür einen Spalt auf. Er nahm die Beine runter und schlüpfte in seine schnürlosen Slipper. Sie fragte ihn zur Ausbreitung der Brände aus und ob er wisse, welche Anschlusszüge im Raum südwestlich von Potsdam ausfielen. Er versuchte ihre Fragen konkret zu beantworten und zeigte ihr die noch grün markierten Bahnverbindungen in den Landkreisen Mittelmark und Teltow-Fläming.

Während Dr. Niebach auf seinem Smartphone scrollte, hatte sich die Fragerin in Ocker-Kostüm und Designerbrille gesetzt, ihre Handtasche auf den Nachbarsitz gelegt und die schlanken Beine übereinandergeschlagen. Sie war froh, zwei unerzogenen Kindern im Abteil nebenan entronnen zu sein.

Frau Professor Dr. Angelika Seibert war als Virologin eher in der Mikrobiologie Frankfurts zu Hause, aber an Kunst und Kultur trotzdem sehr interessiert. An den Schliersee fuhr sie öfters zum Ausspannen und als sie erfuhr, dass Dr. Niebach bayerischer Kulturpolitiker war und der gleichen Partei angehörte, entrang sie ihm eine Zusammenfassung des Spezifischen aus dem Freistaat.

Nichts Leichteres als das, dachte er, und erklärte, dass Bayern massiv in Bildung und Wissenschaft investiere, für Qualität und Gerechtigkeit in der Zukunft. Bayerische Hochschulen stellten Eliteunis, Excellenzcluster und Graduiertenschulen. Das Investitionsvolumen in Kunst und Kultur betrage jährlich 800 Millionen Euro.

„Was sind heute 800 Millionen Euro? Milliarden gehen an die Pharmaindustrie zur Entwicklung von Wirkstoffen gegen Krebs, Ebola, SARS-CoV-1, Schweinegrippe und so weiter. Dagegen ist das Kulturbudget ein Almosen", warf die Professorin ein.

Dr. Niebach hatte den Eindruck, als wollte die frei denkende Kollegin ihn nicht so recht ernst nehmen.

„Mit Ihrer Nähe zur Weltgesundheitsorganisation haben Sie sicher bessere Einblicke in die finanziellen Transaktionen zwischen Gesundheitspolitik und Pharmawirtschaft als ich, aber auch das weltweite Gesundheitswesen lebt zu einem großen Teil von Zuwendungen der WHO-Mitgliedstaaten und Spenden, nicht wahr?"

„Da haben Sie recht. Ich wollte nur die Dimensionen auseinanderhalten; das eine dient dem Erhalt von Leben, das andere tut Geist und Seele gut, ist aber nicht existenziell."

„Da bin ich anderer Meinung. Für uns Demokraten sind Kunst und Kultur ein Existenzrecht, ohne das Menschen nicht gedeihen können."

Frau Professor Dr. Angelika Seibert war bei solchen Diskussionen immer hin und her gerissen. Als Naturwissenschaftlerin war sie in der Forschung den Fakten verschrieben und nicht der Philosophie. Andererseits war sie in der Lehre, als Mutter, als Mitglied in Partei und Verbänden aktiver Teil des Sozialwesens und wusste um die Notwendigkeit kulturellen Selbstbewusstseins und der Heimatverbundenheit als Voraussetzung für Weltoffenheit und den Dialog der Kulturen.

So kamen die beiden zusammen und sie erfuhr von Dr. Niebachs emsiger Lobbyarbeit für Spitzen- und Breitenkultur in Bayern. Zum Beispiel, warum er gerade nach Berlin unterwegs war.

Sie hatten den Hauptbahnhof der Spreemetropole erreicht und tauschten Kärtchen aus. Dr. Niebach wünschte seiner Zugbekanntschaft eine brandlose Weiterfahrt und sie ihm viel Glück für seine Projekte.

DALMATOWO

Im romantischen Riverside City Hotel herrschte entspannte
Betriebsamkeit, wenn auch nicht für das Personal. Das politi-
sche Berlin war ins Wochenende unterwegs und die Touristen auf Besichtigungs- und Shoppingtour kamen an. Das
Hotel lag günstig für Dr. Adalwolf Niebach, nur 200 Meter
vom Bahnhof Friedrichstraße entfernt und einen Fußweg
zum Kultlokal der Diplomatie in der Spree-Metropole, der
Ständigen Vertretung, wo der Abgeordnete seine erste Verabredung hatte. Er wollte den Parteikollegen Graf Herzburg
dort überzeugen, für ein deutsches Spitzenkunstprojekt
Fördergelder aus den Töpfen der Europäischen Union zu
generieren.

Am Samstag hatte er vor, sich in der Landesvertretung Bayern in der Behrenstraße mit einem Mitarbeiter von General-
sekretär Guterres zu treffen. Dr. Niebach würde diesem die
Tragweite einer internationalen Bildungseinrichtung zur
Völkerverständigung, an der Künstler aus aller Welt beteiligt
waren, nahezubringen versuchen. Über hundert Kunstsäulen
aus allen Erdteilen sollten das durchbrochene Dach einer
Wandelhalle im Herzen Europas tragen, in freier Natur,
jedem zugänglich, ohne Trennendes. Es ginge bei der Idee
nicht mehr allein um das Interesse des Initiators, des in
internationalen Kunstkreisen renommierten Malers. Nein,
dieses Projekt trage durch seine Sinngebung zum weltweiten
Friedensdiskurs bei, zu mehr Respekt gegenüber Mensch und
Natur und zum besseren Demokratieverständnis.

Ohne Unterstützung durch die öffentliche Hand war ein
solches Mammutprojekt nicht zu stemmen. Der bayerische
Staat plante bereits Fördergelder ein. Die konnten geringer
ausfallen, wenn es nicht gelänge, aus dem Bundeshaushalt,

dem EU-Etat und vielleicht sogar aus der Schatulle der Vereinten Nationen beziehungsweise einer ihrer Unterorganisationen weitere Zuschüsse zu erhalten.

Mit einem ihm bekannten Vertreter der russischen Botschaft hatte Dr. Niebach noch ein informelles Gespräch im erweiterten Zusammenhang mit der Säulenhalle in der Hotellobby verabredet. Da ging es um die Anfrage von Exilrussen, auf einem Grundstück unweit dieser Säulenhalle in Erinnerung an Gewalt und Vertreibung eine Miniatur des Eingangsturms der Sankt Petersburger Erlöserkirche aufzustellen, komplementär zu der geplanten Säulenhalle, so der Initiator. Damit würde nicht nur wegen des Bombenattentats gegen Zar Alexander II. symbolisch ein Mahnmal gegen Gewalt gesetzt, sondern am Beispiel der in Bayern gestrandeten Nachfahren des Barons Peter Pawlowitsch Schafirow, Sohn eines jüdischen Kommissärs aus Polen, später Vizekanzler am Hofe von Zar Peter dem Großen, auch ein Fanal gegen Verbannung und Vertreibung. Der sechssprachige Direktor der russischen Post, Verfasser des Hochzeitsvertrags von Peter dem Großen, Geheimrat und Träger des Sankt-Andreas-Ordens, war jahrelang vom Kriegsgegner, dem Sultan, in Geisel- und Kerkerhaft gehalten, nach Rückkehr erst gefeiert, dann unrechtmäßig zum Tode verurteilt, scheinhingerichtet und nach Sibirien verbannt worden.

Die Nachfahren des Barons Peter Pawlowitsch Schafirow wurden 1918 in Nowgorod durch die Bolschewiki enteignet und verjagt. Sie flohen über das Baltikum nach Ostpreußen. 1936 mussten sie wieder fliehen, dieses Mal vor den Nationalsozialisten, nach Amerika. Ein Zweig versuchte 1955 in Europa, in Bayern, Fuß zu fassen. In zweiter Generation betrieben sie Handel mit Steinen für Baukunst und Skulpturen.

Dr. Niebach wollte das Vorhaben ausloten. Er war nicht vollends überzeugt von dem Projekt, da der einzeln stehende orthodoxe Kirchturm sich zwar dem Säulenmaß von 3,90 Meter anpassen sollte, der in Messing vorgestellte Zwiebelturm aber Landschaft und Säulenhalle dominieren würde. Was also würden die Russen sagen? Im Generalkonsulat der Russischen Föderation in München hielt sich die Begeisterung für Erinnerungen an die dunklen Seiten der russischen Geschichte in Grenzen. Lieber hätte man dort die modernen technischen Errungenschaften der Föderation gesehen, die Wirtschaftsbeziehungen, die Friedens- und Sicherheitspolitik unterstützt; Geld gäben sie nur für Kulturprojekte, die im Einvernehmen mit den Basiszielen russischer Außenpolitik stünden. Nun, das Gespräch mit dem russischen Freund würde die Sache erhellen.

Auch der Münchner Verein der Freunde der Pinakothek der Moderne mit ihren karitativen For Art Parties und die Freie Münchner und Deutsche Künstlerschaft mit ihren etwa einhundert Mitgliedern, die jährlich im Haus der Kunst oder als Sondershow im Museum Fünf Kontinente ausstellten, bedurften eines nachhaltigen Sponsorings und hatten sein Bemühen um Zuschüsse verdient wie viele andere. Da musste er bei dem Kollegen im Finanzausschuss des Bundestags noch einmal nachfassen.

Dr. Niebach machte sich noch einige Notizen, er recherchierte kurz zur Virologin aus dem IC und dann telefonierte er eine halbe Stunde, vierzehn Gespräche, bei einem alkoholfreien Weißbier, einem aus Erding in Bayern, das er sich nach dem Kaffee noch auf sein Zimmer hatte bringen lassen.

ELEKTROSTAL

Vasilia Schafirows Pflegedienst war gerade abgefahren, als ihr Sohn Boris noch einmal nach ihr sah. Die alte Dame war bettlägerig. Sie litt an offenen Beinen und musste täglich gewaschen, neu verbunden und dreimal am Tag von Essen auf Rädern versorgt werden. Schwiegertochter Isolde war tagsüber in der Firmenzentrale in München-Solln, unterwegs bei den Filialen oder auf Messereisen. Sie hatte nur abends Zeit für Vasilia, vorausgesetzt sie war zu Hause. Besuch bekam Oma Vasilek, wie andere Russlanddeutsche sie nannten, sporadisch von denen, die noch lebten. Lange Jahre hatte sie in der Volkstanzgruppe Omsk mitgewirkt und oft an Treffen in der alten Heimat teilgenommen. Nun waren es nur noch wenige, die kamen und mit denen sie ein paar Stunden Erinnerungen austauschen konnte.

Enkel Alexander vertrat die Mutter bei Wallertrachten, wenn Not am Mann beziehungsweise an der Frau war. Und er sprang bei seinem Vater bei der Steinproduktion und Verarbeitung ein. Aber er führte seit zwei Jahren auch eine Galerie mit angeschlossenem Onlinehandel für Kunst, eigenen Kreationen und die von Künstlerkreisen aus der Region. Sein Hauptaugenmerk richtete er derzeit auf die Fertigung des 5,20 Meter hohen Eingangsturms der Sankt Petersburger Erlöserkirche im Maßstab 1:12,5 mit einem Zwiebelturm aus Messing. Vater Boris hatte sich mit der Bitte um Unterstützung an den Abgeordneten Dr. Niebach gewandt, an den Deutsch-Russischen Verein und an das Generalkonsulat der Russischen Föderation in München und natürlich mit Verantwortlichen in der Region gesprochen. Der Wunschstandort von Vater und Sohn war immer noch an der Ammer, deren Gewässer sich im Schwarzen Meer mit denen der Heimat der Vorväter vermischen, eine Symbolik, welche die völkerverständigenden Ziele der Säulenhalle ergänzte. Vater Boris wollte das Wasserwirtschaftsamt um den erforderlichen Grund ersuchen, auch wenn ein Kauf sicherlich mit teuren Auflagen für ökologischen Ausgleich und Hochwasservorkehrungen verbunden wäre.

Das 52 Zentimeter hohe Modell seines Turmbaus hütete Alexander wie seinen Augapfel. Er hatte es dort stehen, wo sich vormals eine Madonna im Haus befand. Zu diesem ehemaligen Herrgottswinkel verhinderte nun ein schweres schmiedeeisernes Gitter den Zugriff. Es war mit einem professionellen Alarmsystem verbunden und auf Vaters und sein Smartphone eingerichtet. Der Schlüssel hing an Désirées Kette, die er selbst beim Schlafen trug. Den alten Schließfachschlüssel aus der Schweiz, den er ja nicht mehr benötigte, hatte er seiner Cousine Léonie Delacroix im wattierten Umschlag nach Lyon geschickt, damit ihr Mann Neven, der ihnen wegen des Schließfaches die Hölle heiß gemacht hatte, Ruhe gab. Die Schafirows wussten, dass das Schließfach bei der Rütli-Bank seit einiger Zeit leer war, doch nicht Neven Boudia. Oder doch? Er war jedenfalls ohne Léonie aufgetaucht und hatte mit „heftigen" Konsequenzen gedroht, wenn Léonie nicht an dem Gold aus der Erbschaft ihres Vaters beteiligt werden würde. Das war erst kürzlich geschehen.

Alexander war in München unterwegs. Er wollte auf dem Olympiagelände etwas anschauen und Museum und Kirche von Väterchen Timofej einen Besuch abstatten. Die Nacht wollte er bei seinem Modeschulfreund Steffen verbringen und am nächsten Tag mit seiner Mutter heimfahren, die auch in München zu tun hatte. Was, das hatte sie ihm nicht gesagt, auch nicht ihrem Mann Boris. Nur scherzhaft hatte sie kürzlich einmal den Franzosen Pierre Lepin erwähnt. Das musste an dem Tag gewesen sein, als sie aus der Zeitung erfuhren, dass Ernst Lowatzki im Gefängnis gestorben war. Mit Pralinen sei er vergiftet worden. Schnell hatte man den Absender ausgemacht und den Hergang rekonstruiert. Eine Verflossene aus der Stasizeit, die, weil er sie 1990 an die BRD-Organe verpfiffen hatte, sich die Rache aufgehoben hatte. Sie hatte kaum Rente, keine Perspektiven und wollte ihrem Leben ein Ende setzen. Vorher aber beförderte sie den Genossen Lowatzki noch ins Jenseits.

Als die Polizei anrückte, um sie abzuholen, war sie bereits tot. Nach dem Lesen der Zeitungsmeldung hatte sie sich mit einer halben Flasche Wodka betäubt und dann auf eine Zyankali-Kapsel gebissen; für die Polizistin, die sie in ihrem Bad fand, kein erbaulicher Anblick. Sie musste noch versucht haben, das Feuer im Rachen mit Wasser zu löschen.

Boris Nikolaj Schafirow hatte noch mal bei seiner Mutter vorbeigeschaut. Er holte sich ein Maßband und das Fernglas, mit dem man Entfernungen schätzen konnte, schwang sich in seinen Jeep und fuhr nach Peißenberg zum gut sortierten Gartenausstatter. Dort kaufte er Pflöcke und Schnur zum Abstecken von Beeten.

Auf dem Rückweg über die 472 stellte er den Geländewagen am Parkplatz an der Ammer ab und begab sich über die Roßlaichbrücke und die Stufen hinab auf den Wasserwirtschaftsweg. Dieser Fuß- und Radweg würde mit Fertigstellung der Säulenhalle ihr westlicher Zugang sein.

Als er sein Haus in Polling verlassen hatte, brannte noch die Augustsonne auf ihn nieder. Nun zogen dunkle Wolken auf.

Boris Schafirow schritt etwas rascher aus, die Schleife des Ammerflusses entlang, bis er die Schranke passierte und das etwas höher gelegene Areal erreichte, auf der die Säulenhalle entstehen sollte. An dem Zugang von der Pollinger Seite wollte er einem Bauern ein Wiesenstück abkaufen, auf dem das Kunstwerk seines Sohnes, der Westturm der Petersburger Erlöserkirche, einmal stehen sollte. Nicht nur seine Familie, auch der Deutsch-Russische Verein Südbayern hatte sich für das Projekt stark gemacht. War nicht diese historistische Kirche auf dem Blut von Zar Alexander II. errichtet worden, dem Platz des schnöden Attentats? War sie nicht nach den Plänen eines deutsch-baltischen Architekten nach dem Vorbild der Moskauer Basilius-Kathedrale gebaut worden? Hatte der Bau nicht 29 Jahre gedauert? War sie nicht 1912 anlässlich des 100. Jahrestags der Klatsche für Napoleon und zum 300. Jubiläum der Romanows eingeweiht worden?

Die Wolken verdichteten sich.

Er wollte mit dem Landwirt in Verhandlung treten, der sich gegen die Planungen einer Säulenhalle ausgesprochen hatte. Die Familien kannten sich und der Bauer war als umgänglich und entgegenkommend bekannt.

Es gab ja ein paar gute Gründe, gegen Beton und Kunst an der Ammer zu sein. Befand man sich nicht in einem sich durch Naturgewalt ständig verändernden, bisher nicht bebauten Lebensraum von schützenswerter heimischer Fauna und Flora, auf den der Mensch bereits durch die Begradigung der Ammer stark eingegriffen hatte?

Andererseits gäbe es ja diese schönen Ammerwiesen ohne Begradigung nicht, dachte sich Boris. Dies alles hier war einmal Überschwemmungsgebiet, das urbar gemacht und seit über einem Jahrhundert landwirtschaftlich genutzt wurde.

Mit ihm also würde Boris vielleicht handelseinig und wenn für eine Säulenhalle eine Genehmigung erteilt werden sollte, dann könne man ihm und seinem Sohn Alexander diese ja schließlich nicht verweigern. Dr. Niebach würde unterstützen, dass die bayerische Staatsregierung, der Regierungsbezirk und der Landkreis ihre Zustimmung erteilten. Bei der historisch gewachsenen Kunst- und Kulturorientierung des Kloster- und Künstlerdorfs hatte er keine großen Zweifel, dass die Genehmigung erteilt werden würde. Das Erbe des einstigen Malerdorfs hat sich gehalten. Viele Kultur- und Kunstschaffende fanden sich im Einwohnerregister. Neben dem berühmten Bernd Planegg auch der mit den Fingern abstrakt malende Michael Kreuter und andere. Der Ort ist an Museums-, Konzert- und Kulturtagen immer noch ein Magnet für Kunstliebhaber. Sie kommen von weit her.

Eine schwarze Wolkendecke hatte sich über Boris zusammengebraut. Hinter dem Hohenpeißenberg erhellten erste Blitze den Horizont. Sturm kam auf.

An bewusster Wiese vor einem Maisfeld angekommen, maß er die benötigten 100 Quadratmeter aus und spannte Schnüre zwischen den Pflöcken.

Dann schätzte er die Entfernungen zur Säulenhallenwiese, zu den Wegen, zum Fluss und die Abstände zum Baumbestand mittels der Skala seines Fernglases und trug diese Daten in den Auszug eines Flurplanes ein.

Fast hätte ihm der Sturm den Plan aus den Händen gerissen.

Es war Zeit zu gehen.

Der Himmel öffnete seine Schleusen. Die Nässe machte Boris nichts aus; es waren ja nur etwa fünf Minuten zum Auto.

Er schlug den Kragen seiner Lederjacke hoch, zog den Kopf ein und ging beschleunigten Schrittes auf dem Wasserwirtschaftsweg in Richtung Roßlaichbrücke zurück.

Er sah niemanden. Das war auch nicht möglich, denn Blitz und Donner luden nicht mehr zum Spaziergang ein, der

Sturm verwehte den Regen zu Vorhängen und Blätter, Blüten, Zapfen kamen ihm entgegen. Er kämpfte gegen Windstärken. Der Sturm entfaltete die Geschwindigkeit eines Orkans. Ein Heulen und Krachen dröhnte durchs Ammertal. Es schien Boris, als würden Windmühlen ihm den Weg versperren. Ein Schlag, als hätte ihn einer der Flügel am Hinterkopf getroffen; oder war es ein Knüppel?

Boris ging zu Boden. Er blieb benommen in der Hocke, fiel, rappelte sich auf, spürte Blut, eine Wunde; die Blutkirche tauchte schemenhaft vor ihm auf. Er wollte sich reinigen, waschen.

Boris kroch an den Rand des Dammes. Mit letzter Kraftanstrengung ließ er sich die Böschung hinabfallen, hoffend, dass der Angreifer so von ihm ablassen würde.

Die unsinnige Angst um das Grundstück verschaffte sich Raum. Das Projekt „Petersburger Blutkirche", für das sich Sohn Alexander so ins Zeug gelegt hatte, war ohne ihn chancenlos. Um Boris herum wurde es schwarz. Das Stechen im Kopf war fürchterlich. Der Kopf barst. Boris lag tot auf Steinen.

Der Wasserspiegel stieg nach Sommergewittern an der Ammer rasch.

Boris Nikolaj Schafirow, Nachkomme des berühmten Vizekanzlers am Zarenhof, Baron Peter Pawlowitsch Schafirow, hatte nicht in einer blutigen Schlacht, sondern auf einer Kiesbank sein Leben gelassen. Die Fluten rollten ihn sanft weiter, bis seine Lederjacke sich im ausgewaschenen Wurzelwerk eines Überhangs verfing. Dort blieb er die nächsten Stunden, ohne dass die an ihm zerrenden steigenden und fallenden Wasser der Ammer ihn losgelöst hätten.

Es verging die Nacht und ein halber Tag. Die Position des Pollinger Unternehmers war nicht einsehbar. Erst als der

Paddler eines Kajaks schrie und ein Spaziergänger der Polizei eine Wasserleiche meldete und als Position die „Säulenhallenwiese" angab, wurden die Rettungsdienste zu Wasser, zu Land und die aus der Luft aktiviert.

FROLOWO

Ab dem ausrangierten Pollinger Bahnhof mit seiner vergilbten Fassade wiesen ihnen Blaulichter den Weg. Polizeioberkommissarin Handschuh deutete auf eine Wiese links: „Die zukünftige Säulenhalle?" Ihr Chef nickte.

Wollten sie den Weg nicht versperren, blieb zum Parken nur die etwas morastige Wiese vor der Schranke zum tiefer gelegenen Ammerbett, auf der schon ein halbes Dutzend Fahrzeuge der Einsatzrettung tiefe Spuren hinterlassen hatten.

„Bist du sicher, dass du mit deinem Corsa da wieder rauskommst?", fragte Hauptkommissar Beppo Steinbeis seine Kollegin Verena. „Wenn nicht, fahr ich mit Lukas Hadertauer zurück!"

„Keine Sorge, Beppo, wir schaffen das."

Noch vor der Schranke empfing sie Lukas Hadertauer: „Der Kajakfahrer, der sich auf der Bank in der Sonne trocknet, hat die Leiche dort unter der Uferböschung entdeckt. Die Gerichtsmedizinerin ist dran. Sie hat der Spurensicherung eine Bankkarte übergeben. Was glaubt ihr, wem sie gehört? Haltet euch fest; die männliche Wasserleiche ist derjenige, der uns vor Jahren nach dem Mord an einer Frau einen Tuffbrunnen geschenkt hat, erinnert ihr euch?"

„Ein Schafirow, willst du sagen und – fehlt etwas? Wenn eine Bankkarte bei der Leiche war, schaut es ja nicht nach einem Raubüberfall aus. Was wollte der Täter dann, wenn es einen gab? Ist eigentlich klar, dass er erschlagen wurde?"

Polizeihauptmeister Hadertauer wusste es nicht. Er führte die Kommissare über einen vom Wasserwirtschaftsamt abgeschrägten Zugang zur Leiche, an der sich die Gerichtsmedizinerin zu schaffen machte.

Die schmale Sandbank an der Fundstelle bot Platz für mehrere Personen.

„Servus, Gerlinde, er heißt Boris Schafirow. Kannst du schon was sagen?"

„Grüß dich, Beppo, Servus Verena! Ich gehe davon aus, dass der Mann bereits seit gestern von den abgerissenen Wurzeln festgehalten wird. Überall am Körper hängt Schwemmmaterial. Gestern gab es hier ein Unwetter und der Fluss hatte einen höheren Wasserstand mit stärkerer Fließgeschwindigkeit. Es kann also sein, dass er sich die Kopfwunde an Land – zum Beispiel oben auf dem Weg – zugezogen hat, ihn jemand die Böschung hinabstieß oder er sich selbst noch zum Bachbett hinunterbegeben hat. Wenn das vor oder während dem Gewitter war, lag er vielleicht ohnmächtig auf dem Kies, der Wasserstand stieg. Das Wasser hat ihn ertränkt und mitgenommen, zumindest ein Stück. Wahrscheinlicher ist, dass er schon vorher tot war. Er muss stark geblutet haben. Schaut doch mal flussaufwärts nach. Auf dem Kies werdet ihr nichts finden, aber vielleicht oben am Weg. Näheres erst nach der Obduktion. Ach, er ist vermutlich von einem hölzernen Gegenstand erschlagen worden; erkennbare Holzreste an der Kopfwunde. Keine Abwehrspuren. Tatwaffe negativ. Gefunden wurde bisher nichts Relevantes."

„Danke, Gerlinde!"

„Gern. Viel Spaß beim Suchen!"

„Verena, kannst du mal schauen, ob du uns einen Spürhund besorgen kannst? Mit deinen Beziehungen nach Murnau? Vielleicht kann man das Team herfliegen? Und Lukas, lass die Spurensucher flussaufwärts nachforschen."

Sein Klingelton. „Kann ich schon was tun, Chef?", fragte Annette Weinzierl.

„Ja, Annette, erinnerst du dich noch an den Fall ‚Waller-Frey‘?

„Ja, natürlich!"

„Der holt uns gerade ein. Boris Schafirow, der Schwager der damals ermordeten Désirée v. Waller-Frey, ist die Wasserleiche. Er hatte Frau und Sohn. Ich erinnere mich auch an die Mutter. Wir bräuchten jemand, der es ihnen schonend beibringt, und wir bräuchten jemand von der Familie hier."

„Was noch?"

„Alles, was wir zum Fall ‚Désirée v. Waller-Frey‘ haben, leg mir bitte ins Büro und lass dir die Akte ‚Klement Frey‘ vom Präsidium in München schicken."

„Mach ich, Chef!"

„Danke, wir melden uns!"

Verena war verschwunden.

Beppo Steinbeis ging die oberflächlich abgetrockneten Sand- und Kiesbänke ab. Siebzig Schritte flussauf stieg er die Uferböschung hoch; an dieser Stelle war er wohl nicht der Erste gewesen. Der Waldsaum rückte mit einer hohen Fichte und einem Maulbeerbusch an dieser Stelle dicht an den Weg heran. Ein Trampelpfad führte zu einem Jägerstand.

Der etwa drei Meter breite, gekieste und mit Sand verdichtete Wasserwirtschaftsweg mit seinem Umfeld bot zunächst keine Anhaltspunkte. Überall lagen Baumreste, Laub vom letzten Jahr und Zweige herum; auch Totholz, geeignete Schlagwaffen. Noch frische Spuren im aufgeweichten Untergrund gaben Hinweise auf Radfahrer und Fußgänger, die etwas gesehen oder gehört haben könnten.

Der Kommissar griff nochmals zum Telefon: „Annette, rufe doch bitte Radio Oberland und das Tagblatt an und bitte um einen Aufruf, auch über die Social Media. Wir suchen Zeugen, die gestern Nachmittag bis heute Mittag am West- und

Ostufer der Ammer zwischen Roßlaichbrücke und Pollinger Bahnhof spazieren waren oder geradelt sind und Auffälliges gesehen haben. Danke! Und den Pressesprecher nicht vergessen! Informier ihn zum neuen Fall: Noch keine Tatwaffe, noch kein Obduktionsergebnis, Untersuchung ergebnisoffen. Verstanden?"

„Hab's kapiert, Chef!"

Wenig später rief sie erneut an.

„Bei den Schafirows ist nur die bettlägerige Oma im Haus zugegen. Ich hatte Glück. Der Pflegedienst war gerade dort. Frau Jahnke wählte sich für uns die Finger wund. Schließlich hat sie den Sohn Alexander Schafirow in München erreicht. Der war wohl sowieso mit seiner Mutter verabredet und wird so schnell wie möglich bei euch an der Ammer sein. Die Oma merkt nicht, wenn ihr Sohn Boris eintrifft, da sie schwer hört und das Hörgerät nur anlegt, wenn der Pflegedienst kommt. Frau und Sohn haben in München übernachtet und den Ehemann beziehungsweise den Vater deshalb gar nicht vermisst. Alexander, der noch zu Hause wohnt, äußerte sofort den Verdacht, dass ein Neven Boudia, der Mann von Léonie Boudia, wohnhaft in Lyon, dahintersteckt könnte."

„Léonie? Hieß nicht die uneheliche Tochter von Klement Frey Léonie? Die wuchs in Lyon auf."

„Das weiß ich nicht, Chef. War das vielleicht in deiner Münchner Zeit?"

„Ja, natürlich. Da scheint sich der Kreis um eine Erbschaft zu schließen. Bis später!"

Der Kommissar rief Polizeihauptmeister Lukas Hadertauer zu sich: „Der Schafirow war doch zu Fuß unterwegs. Aber nicht von Polling aus, oder?"

„Ich weiß, was du meinst, Chef, ich schau nach seinem Auto. Nachdem wir aus Richtung Polling kein Fahrzeug gesehen haben, kann es ja nur an der Roßlaichbrücke stehen, oder?"

Sein „oder" war überflüssig.

Beppo Steinbeis hörte Hubschraubergeräusche. Ein Helikopter der Polizeieinsatzstaffel landete am Rand der Säulenhallenwiese. Die Rotoren liefen weiter. Die rechte Tür wurde aufgeschoben. Ein Hundeführer mit angeleintem Vierbeiner sprang heraus.

Verena hatte den Hubschrauber eingewunken. Nun gab sie dem Hundeführer Zeichen. Dem Piloten signalisierte sie ein „alles klar". Der hob wieder ab und war rasch außer Sichtweite zum nächsten Eisatzort entschwunden.

Der Rüde Gerry war älter geworden wie auch sein Herrchen. Aber er war auch erfahrener als damals, als er in Polling eine Täterspur erschnüffelte. Hundeführer Christian Haller war immer noch sein Herr und Meister.

Sie liefen stracks zur Leiche. Gerry bekam seine Geruchsproben.

Nun suchten sie Verenas Chef. Sie fanden ihn flussaufwärts. Gerry schien etwas verunsichert, da er im ersten Anlauf keine Spur von dem Toten zum Weg hinauf fand.

Also war klar, dass die Leiche angeschwemmt worden war. Sie mussten die Stelle an der Uferböschung suchen, wo Boris Schafirow den Weg verlassen hatte.

Nun schien der Hund trotz des Starkregens am Tag zuvor etwas gewittert zu haben. Er zog in die entgegengesetzte Richtung. Christian Haller ließ seinen Rüden mehrere Hundert Meter laufen, bis der an dem von Schafirow abgesteckten Quadrat ankam und die Pflöcke verbellte. Das verdiente ein Haller-Leckerli.

Die Weilheimer Ermittler waren gefolgt und blickten sich fragend an.

Verena machte Fotos.

Lukas Hadertauer hatte mittels Kennzeichenabgleich den auf Boris Schafirow zugelassenen Jeep identifiziert. Der stand wie vermutet auf dem Parkplatz an der etwa 700 Meter entfernten Brücke.

Bei dem regen Durchgangsverkehr zwischen Peißenberg und Murnau war der Jeep wohl niemandem, auch nicht nachts, aufgefallen. Er könnte ja einem Jäger gehört haben.

Sie versuchten es mit Gerry in die andere Richtung. Der Rüde hatte verstanden. Wer so gekommen ist, wird so auch wieder gegangen sein.

Etwa an der Stelle, an der Beppo Steinbeis die Uferböschung hochgeklettert war, riss Gerry nach rechts und die Böschung hinab. Nun standen sie erneut auf der Kiesbank. Es war für Beppo Steinbeis fast unvorstellbar, dass ein Hund nach dem Gewitterabfluss noch Spuren fand. Gerry jedenfalls führte sie, die Schnauze immer am Kies und am seitlichen Bewuchs, bis zur Leiche. Damit war klar, dass Boris auf dem Weg zum Auto einen Schlag auf den Kopf erhalten haben musste, über die Uferböschung gestürzt und vom Wasser abgetrieben worden war. Das reichte. Den Rest würde die Spurensicherung übernehmen. Lukas sollte Christian und Gerry nach Murnau zurückbringen.

Beppo Steinbeis ging auf Isolde Schafirow zu. Ihren Sohn, jetzt siebenundzwanzig, hätte er nicht ohne Weiteres wiedererkannt. Aus dem spätpubertierenden Jungen von vor zehn Jahren war ein selbstbewusster, gut aussehender junger Mann geworden in modisch schickem Anzug mit Weste und Einstecktuch. Nun war er die einzige Stütze von Isolde. Er führte seine Mutter am Arm dem Kommissar entgegen.

Beppo Steinbeis sprach den beiden sein Beileid aus und fragte, ob sie die Kraft hätten, den Toten zu identifizieren und ein paar Fragen zu beantworten. Verena war dazugetreten.

Beide wirkten sie gefasst, folgten dem Kommissar auf die Kiesbank, warfen einen kurzen Blick auf den Toten und stiegen vorsichtig die Schräge wieder hoch. Auf die Schranke gestützt schaute Isolde den Kommissar fragend an.

„Was kann Ihr Mann hier gewollt haben? Man hat ein Fernglas, ein Maßband, einen Autoschlüssel zum Jeep an der Roßlaichbrücke, einen durchweichten Lageplan, ein Notizbuch und eine Bankkarte gefunden, aber keinen Führerschein und keinen Kfz-Schein."

„Mein Vater ist im Nahbereich öfters ohne Führerschein unterwegs gewesen. Und der Kfz-Schein liegt sicher in seinem Büro", klärte Alexander.

„Was könnte Ihr Vater mit dem Abstecken eines Areals von 100 Quadratmetern gewollt haben? Dort hinten!"

Kommissar Steinbeis zeigte in Richtung der Pflöcke.

Alexander berichtete über sein Kunstprojekt und die Absicht, dafür ein Stück Wiese zu kaufen.

„Könnte jemand Ihrem Vater, Ihrem Mann dieses Projekt oder ein anderes missgönnt und ihm hier aufgelauert haben?"

„Als Unternehmer hatte mein Vater Freunde und Feinde. Er war in der Deutsch-Russischen Gesellschaft vernetzt und hatte dort sicher auch Neider. Schließlich gab es in der Familie, genauer in der Familie des ersten Mannes von Tante Désirée, Klement, eine uneheliche Tochter. Sie ist heute vierundzwanzig, frisch verheiratet und schwanger. Sie lebt in Lyon und heißt Léonie Boudia, geborene Delacroix. Die Schwiegermutter meiner verstorbenen Tante, Hannelore

Frey, hatte kürzlich Besuch von ihr und ihrem Mann, einem unangenehmen Zeitgenossen ohne Benimm. Bei der honorigen alten Dame lief er aufgebracht ohne Abschied, ohne Léonie einfach davon. Er rief zwar nicht ‚Allahu Akbar‘, aber fühlte sich scheinbar beleidigt. Hannelore hatte lediglich über das Beichtgeheimnis der Katholiken im Zusammenhang mit dem Testament von Tante Désirée gesprochen. Sie erinnern sich an die beiden Fälle, Herr Kommissar?"

„Natürlich, sprechen Sie weiter!"

Alexander berichtete von den Briefen der letzten Jahre, in denen sich dieser Neven Boudia, in Nachbarschaft zu ihr aufgewachsen, zum Advokaten für seine jetzige Frau Léonie gemacht hatte. Er glaubte, sie sei beim Erbe von ihrem Vater Klement Frey übervorteilt worden und forderte Zugang zu einem Schließfach in einer Schweizer Bank. Schließlich hab ich Léonie kürzlich den Schlüssel per Post zugesandt."

„Und was war in dem Schließfach? Ich suche ein Motiv für den Fall, dass Ihr Vater getötet wurde."

„Nichts!"

„Nichts, sagen Sie? Was sagen Sie dazu, Frau Schafirow?"

„Ich hatte den Schlüssel, den Désirée immer an ihrer Kette trug, lange selbst um den Hals gehabt zur Erinnerung an meine Schwester. Ich wusste nicht, wozu er gehört. Ich dachte, es wäre ihr Talisman gewesen, der letztlich den Dienst verweigert hat. Ich glaubte, er würde vielleicht mir, später Alexander, Glück bringen. Mein Sohn bekam die Kette vor neun Jahren zu seinem Achtzehnten. Alexander muss die Geschichte weitererzählen."

Zur Überraschung von Verena Handschuh intervenierte Kommissar Steinbeis: „Herr Klement Frey hatte in einer Erpressergeschichte mir gegenüber einmal ein Schließfach erwähnt, in dem er Gold lagerte. Geht es um dieses?"

„Ach, auch Sie wussten davon? Es ist eigentlich ein Geheimnis der Schafirows. Dennoch hatte auch ein Banker des Deutsch-Russischen Vereins Südbayern vom Inhalt erfahren und Sie auch? Haben Sie mit jemandem darüber gesprochen? Das Schließfach ist leer, aber Neven Boudia sucht das Gold. Er muss eine der Quellen kennen."

„Nun, ich weiß, dass Léonie nach deutscher Rechtsprechung eigentlich keinen Anspruch auf den Inhalt des Banksafes hatte, wäre da nicht das Testament von Klement Frey gewesen. Der wollte ihr eine Abfindung entsprechend dem Pflichtteil zusprechen, sie aber nicht in der Erbengemeinschaft haben. Sie wurde enterbt. Ich erinnere mich daran, weil ich Désirée in Verdacht hatte, den Erpresserbrief geschrieben zu haben und die Ermittlungen nur auf Bitte ihres Mannes, sagen wir, ‚zurückgestellt' hatte. Im Testament tauchte das Schließfach mit dem Gold nicht auf. Hätte aber nicht der Wille des möglicherweise gar nicht zufällig verunglückten Klement Frey – wir werden es nie erfahren – respektiert werden sollen und das Gold mit einbezogen werden müssen? Vor dem Auszahlen von Léonie? Auch Hannelore Frey ist so von Ihrer Schwester übervorteilt worden, Frau Schafirow. Es tut mir leid, das sagen zu müssen, aber Sie kennen ja ihr posthumes Bekenntnis. Ich habe während der Ermittlungen mit einem französischen Kollegen und einem Vorgesetzten darüber gesprochen. Der französische Kollege war es, der Léonie ausfindig gemacht hat."

Die Schafirows blickten den Kommissar erstaunt an.

Alexander fasste sich: „Auch ich wusste nicht, wohin der Schlüssel gehört. Bis mein Vater seinen Bekannten Walter, einen Banker, gefragt hat, der bei der größten Schweizer Bank zur Ausbildung war. Er konnte mit der Schlüsselnummer etwas anfangen. Es war reiner Zufall, dass er die Bankbetreuerin von Désirée privat kannte. Sie konnte helfen und den Schlüssel genau zuordnen. Sie steckte ihm auch, dass in dem Fach Gold lag; wie viel, das wusste sie nicht. Nun hatte also auch Walter Kenntnis und wir wissen nicht, wem er oder seine indiskrete Bekannte es weitergetratscht hat. Ich bin mit meinem und Mamas Erbschein, den Pässen und dem Schlüssel zur Rütli-Bank gefahren, bekam die Umschreibung geregelt und habe das Gold Zug um Zug nach Deutschland gebracht. Nachdem uns Schließfächer zu unsicher erschienen, beschlossen wir, die Barren einzuschmelzen und das Gold in Kunst aufzubewahren. Wir hoffen, dass es da niemand vermutet."

„Darf ich fragen, von welcher Größenordnung wir hier reden?"

„Das Gold hat einen heutigen Wert von ungefähr einer Million Euro."

„Da hätten wir natürlich ein massives Motiv für eine Gewalttat. Ich muss Sie das fragen: Wo waren Sie gestern zwischen 15 und 20 Uhr?"

Meinen Sie, dass es ein angemessener Zeitpunkt und Ort für eine solche Frage ist?" Frau Schafirow schien ungehalten.

„Lass nur, Mama, die Kommissare sammeln jetzt Alibis. Wir haben nichts zu verbergen. Ich war mit einem Freund, hier sein Kärtchen, mittags auf dem Olympiaberg. Wir aßen am Fernsehturm. Nachmittags hatte ich noch ein Treffen an der Kunstakademie. Mein Freund begleitete mich die ganze Zeit. Wir saßen bei ihm unter der Adresse, die Sie in der Hand halten, zu Abend und ich übernachtete bei ihm. Das wird er Ihnen bestätigen. Und du, Mama?"

„Ich war bis 17 Uhr etwa in der Firma und dann mit einer Freundin beim Essen im Käfer, dann im Herkulessaal in einem Konzert. Da es spät war, hatte ich mir ein Hotelzim-

238

mer genommen, im Bayerischen Hof. An der Rezeption wird man Ihnen das bestätigen."

„Und die Begleitung, wie können wir sie erreichen?"

„Ich schreibe Ihnen Namen und Telefonnummer auf, wenn Sie mir etwas zu schreiben geben?"

Verena reichte ihr Notizbuch mit Stift. Scheinbar sollte der Sohn nicht sehen, was sie da schrieb, denn sie stellte sich zum Schreiben etwas abseits.

Verena glaubte ihren Augen nicht zu trauen. Pierre Lepin stand da und eine Telefonnummer. Nun war klar, warum Sohn Alexander nichts davon wissen sollte.

„Dann wollen wir Sie nicht mehr aufhalten. Wir danken Ihnen für Ihre Offenheit. Gehen Sie jetzt bitte nach Hause. Der Tote wird gleich abgeholt. Morgen wissen wir Näheres. Ich rufe Sie an oder Sie versuchen es bei mir am späten Vormittag."

Die Schafirows hatten weiter vorn geparkt. Die Rücklichter wurden kleiner.

Auch Verena gelang es, ihr Auto aus der verschlammten Wiese auf den befestigten Weg zu steuern. Sie wollte den „Dreckkarren" noch am gleichen Tag durch die Waschanlage fahren.

GORBATOW

Dr. Niebach und seine Frau Ute saßen in ihrem Haus in Altschwabing beim Frühstück. Adalwolf Niebach berichtete von den Ergebnissen seiner Gespräche in Berlin und von den weiteren Plänen. Er schien zufrieden: „Das Säulenhallenprojekt kommt gut an. Die Idee, in den Zeiten politischer Unsicherheit, der Flüchtlingsbewegungen und Migrationsströme eine internationale Säulenhalle als Zeichen für Solidarität und Völkerverständigung zu bauen und sie mit ökologischen Prämissen zu verschmelzen, begeistert nicht nur uns. Bekannte Künstler aller Erdteile, die bei Biennalen, der Documenta und so weiter ausgestellt haben, zum Teilnehmen zu überzeugen, ist ein verdammt ambitioniertes Unterfangen. Dazu gehört einige Überzeugungskraft. Und Mut natürlich, denn es wird einen Haufen Geld kosten, den eine Stiftung keinesfalls allein stemmen kann. Spenden werden anfangs schwer zu generieren sein. Paten werden sich auch erst später finden lassen. Unser Kulturfonds wird wohl zuschießen."

„Wer koordiniert den eigentlich? Er ist doch aus der Privatisierung der Versicherungskammer entstanden, nicht?"

„Ja, sechsundneunzig war das. Das Ministerium für Bildung, Kultur, Wissenschaft und Kunst verfügt über die Erlöse aus dem Verkauf."

„Hat nicht Bernd Planegg im Zusammenhang mit der Malerei von Steinbrocken und seiner ‚Cosmos'-Serie gesagt, ‚ich möchte Schweres zum Schweben bringen'? Ich erinnere mich auch an ein Gespräch zwischen Reinhold Messner und ihm über die Gemeinsamkeiten von Kunst und Bergsteigen im Buchheim Museum. Planegg war dem Expressionisten Kirchner in die Berge gefolgt und hatte mit seinen Gemälden vom

Tinzenhorn auch eine Verbindung zu Thomas Manns ‚Zauberberg' geschaffen. Der spielt ja in Davos."

„Waren wir da zusammen? Ich erinnere mich nicht."

„Du hattest Termine – wie immer. Ich war mit Alma dort, sie wohnt ja in Bernried. Wir waren anschließend noch oberhalb des Klosters am Friedhof und haben das Grab der kultivierten Generalswitwe Wachenberg gesucht, die in Almas Nachbarschaft wohnte, als sie Kind war. Sie konnte den ‚Faust' nahezu komplett zitieren und erzählte den Kindern Märchen. Alma meinte, Frau Wachenberg kannte alle Hauff-, Grimm- und Anderson-Geschichten und vieles mehr. Sie muss ein phänomenales Gedächtnis gehabt haben. Bernd Planegg hatte im Buchheim Museum etwas gesagt, das ich mir aufschreiben musste, so kurz und passend war es: ‚Durch Reisen in die Ferne verschwindet das Ich ...' Damit hat er unterstreichen wollen, wie sehr Reisen bildet und wie es die Sinne schärft."

„Bemerkenswert – ich muss los, Ute. Ich habe einen Termin in der Staatskanzlei, einen im Maximilianeum, ein Essen mit der Fraktion und noch ein informelles Gespräch mit einem Stadtrat: 50 Jahre Olympische Spiele in München sollen 2022 festlich begangen werden. Projektvorschläge werden gesammelt. Ich möchte die andere Idee aus Polling einbringen, die Miniatur des Westturms der Sankt Petersburger Erlöserkirche, auch Blutkirche genannt – du kennst sie ja. Sie könnte auf dem Olympiaberg zu stehen kommen. Da gibt es nur ein schlichtes Holzkreuz unterhalb der gepflasterten Aussichtsplattform auf Höhe 55. Unweit von dem Kreuz erinnert das Mahnmal ‚Schuttblume' an die zivilen Luftkriegsopfer und an die Kriegstrümmer, auf denen man steht – ausgenommen der Abraum der Linie U3. Dazwischen wäre Platz für ein völkerverbindendes Mahnmal, gleichzeitig ein neohistoristisches

Kunstobjekt mit einer Kuppel, die weithin leuchten würde. Der Blick nach Südosten könnte aufgehübscht werden. Wenn das durch die Stadt nicht gewünscht ist, dann könnte man es auch als Pendant zum Ost-West-Kirchenmuseum des legendären Väterchen Timofej aufstellen. Der Schwarzbau wird von der Stadt geduldet und hätte seine kirchenhierarchisch höherwertige Ergänzung; vielleicht ein neuer Publikumsliebling? Leider war man in Berlin nicht so angetan von der geplanten Nähe zu einer Welt-Säulenhalle. Was meinst du?"

„Blut zu Blut! Versuch es mit der Option Olympiaberg!"

Iwanowo

Das Blaue Land ist ein Touristenmagnet. Wegen der Künstlerbewegung „Der Blaue Reiter" heißt es so. Viele sprechen auch von der „Wiege des Expressionismus". Das Münter-Haus – der Volksmund sagt „Russenhaus" – erinnert noch heute an die wechselvolle Beziehung zwischen Malerin Gabriele Münter und Wassily Kandinsky. Es war ein Treffpunkt der Avantgarde. Franz Marc, Alexej von Jawlensky, Marianne von Werefkin und August Macke kamen zu Besuch, bis Kandinsky im Ersten Weltkrieg zum feindlichen Lager gehörte, floh und nach Moskau zurückkehrte. Schätze an Bildern hatte die durch die Kriege in die Welt zerstreute Malergruppe hinterlassen.

Aber auch ein ungarischer Diplomatensohn hatte die Murnauer Künstlerszene geprägt. Das war der Dramatiker und Alpinist Ödön von Horváth, dessen Murnauer Lebenstage Beppo Steinbeis am Samstag noch mit Ilona, als sie ihre Sprachbücher einmal zur Seite gelegt hatte, auf einem Rundweg mit zwölf Tafeln nachverfolgen konnte. Gestorben ist Horváth bekanntlich in Paris. Am 1. Juni 1938 hat ihn ein herabstürzender Ast auf den Champs-Élysées erschlagen.

Erschlagen war Beppo Steinbeis von einer gefühlt schlaflosen Nacht. Diese Erbschaftsgeschichte mit einem Goldschatz im Wert von einer Million Euro wollte ihn nicht loslassen.

Als er am Weilheimer Meisteranger eintraf und das Team am Kaffeeautomaten antraf, verteilte er gleich dort seine Aufträge. An normalen Tagen geschah das im Rahmen einer Dienstbesprechung. Aber an diesem Fall war nichts normal.

„Annette, finde bitte heraus, wer in dem Russisch-Deutschen Verein Südbayern Walter mit Vornamen heißt und bei einer Bank arbeitet; Alexander Schafirow hat ihn erwähnt. Ich brauche zunächst nur sein Alibi, vorgestern 12 bis sagen wir 21 Uhr.

Da wir uns an Herrn Pierre Lepin noch gut erinnern können, nicht wahr, Verena, geht das vielleicht telefonisch. Er wird das Alibi von Frau Schafirow bestätigen. Wir bräuchten aber auch seines und verlässliche Zeugen. Die Firmenzentrale von Modenfrey nicht zu vergessen.

Lukas überprüft das Alibi von Alexander Schafirow und das seines Freundes in München. Hör dich in der Firma Schafirow um, ob es dort Feinde, Neider, kürzlich Entlassene gibt. Verena, gib Lukas noch mehr Hintergrund. Fragen?"

„Nein, Chef!", hallte es im Chor.

„Gut. Ich bin in meinem Büro und werde mich mit meinem Freund Commissaire Alain Blanc einmal über Léonie Delacroix, wahrscheinlich verheiratete Boudia, und ihren Mann Neven unterhalten. Vielleicht geht mindestens die Alibiüberprüfung schnell.

Da fällt mir noch ein: Annette, wenn du diesen Walter hast, dann lass dir Namen und Erreichbarkeit von seiner Schweizer Bankfreundin geben und überprüfe auch bei ihr, wo sie vorgestern war. Wenn sie Probleme mit dem Bankgeheimnis hat, könnte bei ihr ja auch der Blick auf das Gold im Schließfach Begehrlichkeiten geweckt haben. Noch was?"

„Nein, Chef!"

Dennoch tranken alle erst einmal in Ruhe ihren Kaffee aus. So früh am Morgen erreichten sie sowieso niemanden.

Aber der Kommissar hatte Glück; zumindest war sein Counterpart in Paris bereits am Arbeitsplatz und nahm auf seiner Brioche kauend den Hörer ab.

Alain Blanc hörte interessiert den Schilderungen seines Freundes zu. Ja, Neven Boudia hatte sich an ihn gewandt. Von einem Mitarbeiter des Polizeipräsidiums in Lyon wusste

Boudia, das aus der Pariser Zentrale die Identität von Léonie nachgefragt worden war. Er bat darum, ihn dem Pariser Commissaire zu vermitteln. Da es sich um Erbinteressen von französischen Staatsbürgern handelte, hatte Alain Blanc keine Skrupel, seine Kenntnisse zum Sachverhalt weiterzugeben. Ja, auch das Schließfach mit dem Gold musste er wohl erwähnt haben, beiläufig.

Alain versprach, sofort eine Alibiüberprüfung einzuleiten und zurückzurufen.

Beppo holte sich einen Cappuccino und schlug das Weilheimer Tagblatt auf. Schnell entdeckte er den Aufruf und die Telefonnummer des Kommissariats.

Annette hatte den gleichen Gedanken schon gehabt. Sie führte ihre Gespräche vom Zweitapparat aus, sodass Informationen aus Kreisen der Bevölkerung auch auflaufen konnten.

Der Merkur beschäftigte sich mit der bevorstehenden Landtagswahl. Kritiker sagten ein „Beben" voraus. Steinbeis hielt große Stücke auf den Ministerpräsidenten. Er hatte mit seiner Sicht auf die Migrationsbewegungen recht behalten, glaubte er, und er hatte Rückgrat. Beppo Steinbeis fürchtete eher um den Fortbestand anderer Volksparteien.

Verena kam. Der damals von ihr angehimmelte Frauenversteher und Berufskavalier Pierre Lepin und Isolde Schafirow, geborene v. Waller, hatten Alibis. Mitarbeiter des Hotels, der Firma und des Restaurants konnten das bezeugten.

Verena, die seit Jahren in einer festen Beziehung lebte, in der nur ab und zu die Funken sprühten, war wieder Feuer und Flamme für den Franzosen.

„Seine Stimme!", schwärmte sie. Vielleicht imitierte sie ja auch nur die Verena von vor zehn Jahren, die bei der Vernehmung von Pierre Lepin mit weichen Knien am Tisch gesessen hatte und von seinem Charme überrumpelt war.

Gerlinde rief an und informierte vorab, dass sie im Blut des Toten keine Giftspuren und nur Restalkohol nachweisen konnte. Wie schon am Fluss vermutet, gab es keine deutlichen Abwehrspuren. Boris Schafirow musste von dem Schlag mit einem grobfaserigen Holzknüppel völlig überrascht worden sein. Was klar sei: Er starb binnen Minuten an einer Hirnblutung. Dann erst kam das Wasser hinzu.

Annette klopfte und brachte negative Kunde. Sie hatte Walter Kirilow über Alexander Schafirow ausfindig machen können und über ihn die Schweizer Bankangestellte Heidi Töfli. Beide konnten nachweisen, wo sie in dem betroffenen Zeitraum gewesen waren.

Von Würzburg und Zürich wäre man zwar in drei Stunden am Fundort der Leiche gewesen. Diese Option sei aber unwahrscheinlich, folgerte Annette. Die beiden seien die meiste Zeit in Begleitung gewesen. Dafür gab es Zeugen. Annette habe sich aber sicherheitshalber Kfz-Typen und Autokennzeichen geben lassen.

„Sollten Zweifel bestehen, hake ich nach. Zwei Spaziergänger haben sich noch gemeldet. Unabhängig vom Wetterdienst auf dem Hohenpeißenberg können wir jetzt genau sagen, wann der Regen eingesetzt hat: 16.35 Uhr."

„Gut, Annette. Unser Boris Schafirow wurde aber nicht gesehen?"

„Eine Spaziergängerin, die auf dem Heimweg war, glaube einen Menschen zwischen Maisfeld und Säulenhallenwiese gesehen zu haben. Sie war sich aber nicht ganz sicher."

„Das bringt uns nicht weiter!"

Das Telefon klingelte. Der Kommissar nahm ab und hörte zu; Annette lauschte mit.

„Merci, Alain, á bientôt!"

Der Kommissar und Annette schauten sich an.

246

„Was können wir damit anfangen, Annette?"

„Es heißt abwarten. Die beiden sind weiterhin auf der Suche nach dem Goldschatz!"

„Das sehe ich auch so! Sollten wir nicht endlich wissen, wo sich dieser Schatz versteckt? Klemm dich dahinter und frag den Alexander. Sag ihm, dass wir ihn und seine Mutter nicht schützen können, wenn wir nicht wissen, wo das Corpus Delicti steht."

„Soll ich ihn nicht besser einbestellen? Ich kann hier nicht weg."

„Ja, mach das; ich werde ihn unter Druck setzen!"

Alexander Schafirow befand sich in München.

„Er kann erst gegen Mittag hier sein, Chef, wäre das recht?"

„Freilich!"

Kriminalhauptkommissar Steinbeis las das Protokoll von der Anhörung des verschreckten Paddlers, den er nur auf der Bank sitzend gesehen hatte. Der Kajakfahrer war gestern gegen 10 Uhr von Landsberg kommend hergefahren, hatte seinen Wagen an der Roßlaichbrücke neben einem Jeep geparkt und das Boot unweit am Westufer zu Wasser gelassen. Vielleicht gegen 11 Uhr hatte er sich dann für etwa eine halbe Stunde warm gefahren, von der Brücke flussauf, und ging dann flussab in die Strömung. Bei der ersten Stromschnelle wollte er umkehren. Am Ende der großen Schleife sah er die Leiche, schrie und rief so lange, bis ein Spaziergänger erst zu ihm ins Flussbett und dann zum Platz des Toten schaute und den Alarmruf absetzte.

Mit der Akte lag auch die Anhörung des Spaziergängers dem Kommissar vor.

Annette hatte eine mögliche Zeugin neben ihrem Schreibtisch sitzen und nahm deren Wahrnehmungen auf.

Lukas kam und schüttelte den Kopf. Beppo Steinbeis verstand.

Annettes Telefon schrillte, sie notierte die Information und wer sie abgegeben hatte und legte dem Kommissar einen Zettel auf die Akte: „Wichtig!"

„Verena! Lukas!"

„Ja, Chef! Neuigkeiten?"

„Hier, Verena, schnapp dir die Spurensicherung und trefft euch mit dem Mann vor Ort! Es eilt, in einer Stunde ist Alexander Schafirow hier!"

„Wir beeilen uns!"

Schon waren sie entschwunden. Lukas schaltete Blaulicht und Martinshorn zu.

Der Radler wartete schon. Er führte sie zu einer bestimmten Stelle am Ammerdamm. An einem hohen Nadelbaum, an dem ihr Chef gestern auf den Hundeführer gewartet hatte, deutete er auf einen Prügel, einen Bruchast. Hinter der Fichte war an einer noch höheren Fichte ein Jägerstand erkennbar. Ein belaubter Vier-Meter-Busch streckte seine Zweige in den Weg. Sein Stamm wuchs aus der Fichte heraus, ein Weißdorn vielleicht? Verena war sich nicht sicher.

„Eine Mehlbeere!", korrigierte Lukas.

Größere Totholzstücke und vom Sturm abgerissene Äste lagen herum.

Der Radler hatte es eilig. Er hatte ja nur einen großen Ast aus dem Weg geräumt und wollte seine Aussage nachmittags im Kommissariat zu Protokoll geben.

In diesem Augenblick traf die Spurensicherung ein. Die Blutspuren an dem armdicken Ast waren für Verena mit bloßem Auge kaum zu erkennen, aber mit den Mitteln der Spurensicherung rasch.

Ein Kollege schoss Fotos. Ein anderer sägte das besagte Stück so ab, dass es transportfähig war.

Das Areal wurde noch einmal nach weiteren möglichen Tatwerkzeugen abgesucht, ohne Ergebnis.

Verena rief ihren Chef an und berichtete zur Lage.

Sie fuhren zurück ins Revier am Meisteranger.

Alexander Schafirow war inzwischen mit seinem Münchner Freund eingetroffen. Steffen Taugeland, ein textilschaffender, schlanker, sehr gepflegter Mann mit blond gefärbter, gegeelter Frisur, bezeugte, dass Alexander mit dem Tod seines Vaters nichts zu tun haben konnte.

Alexander ging in eine moderate Offensive über: „Ich verstehe Ihr Anliegen, Herr Kommissar. Ich will Ihnen gegenüber auch kein Geheimnis um den Verbleib des Goldes machen. Es ist eingearbeitet in das Muster meines Kuppelturms. Eine Miniatur von 52 Zentimeter Höhe, die ich in unserem Haus hinter einem schmiedeeisernen Gitter verwahrt habe. Dort ist sie zusätzlich durch ein Alarmsystem abgesichert."

„Dann gibt es weitere mögliche Zeugen, Handwerker, die bei der Fertigung der Miniatur geholfen haben, solche, die das Gitter gefertigt und die Alarmanlage installiert haben?"

„Alles selbst gemacht, bis auf die Alarmanlage, die hat ein Kumpel montiert."

„Nun, wie Sie sich der Nachstellungen von Neven Boudia, seiner Frau oder des erwarteten Sohnes erwehren, der in einigen Jahren auftauchen könnte, bleibt Ihre Sache. Neven Boudia hat genauso wenig mit dem Tod Ihres Vaters zu tun wie seine Frau Léonie, Walter Kirilow, Heidi Töfli und andere. Ihr Vater ist nicht durch Fremdeinwirkung zu Tode gekommen. Er wurde durch einen heruntergerissenen Baumast erschlagen wie einst Ödön von Horváth. Das ist der einzige Referenzfall, den ich kenne. Er war ein zeitweise in Murnau lebender Schriftsteller, der auch zum Bergsteigen skurrile Geschichten geschrieben hat. Zum Beispiel als ein Bergführer abstürzte, auf einem kleinen Felsvorsprung aufschlug, sich aufrappelte und rief: ‚Fester Tritt, folgen!' Das war sein Galgenhumor.

Ihr Vater ist nicht abgestürzt, er ist nicht ermordet und dennoch hinterrücks erschlagen worden. Von einem Ast, der wahrscheinlich schon lange morsch im Baum gehangen hat. Aber genau in dem Moment, als Ihr Vater des Weges kam, hat der Sturm das Geäst freigerissen. Ihr Vater wurde am ungeschützten Hinterkopf getroffen; ein tragischer Zufall. Der erste Radfahrer des nächsten Tages, der Herr Tonhütchen, hat den Ast zur Seite geräumt, um weiterfahren zu können. Eine solche Möglichkeit war von Anfang an unser Kalkül. Aber wo nach Blutspuren suchen? Wir brauchten einen Zeugen. Der außergewöhnliche Gewittersturm hatte ja die gesamte Landschaft zerzaust."

Kriminalhauptkommissar Steinbeis blickte um sich und blieb an Verenas Gesicht haften, als wollte er ihr das Wort erteilen. Doch die Kollegin hatte nichts zu ergänzen und überließ ihrem Chef das bei ihren Fällen traditionelle „Schlussplädoyer".

Beppo Steinbeis holte Luft: „Die Männer der Désirée, Klement, Ernst und Boris, haben unsere Akten gefüllt wie auch Ihre geliebte Tante selbst, die für Sie, Herr Schafirow, als Teenager ein weibliches Idealbild war, wenn ich mich recht erinnere. Sie gehörten damals zum Kreis der Verdächtigen und damit zu den Aktenfüllern; auch Ihr Großonkel und sein Suizid haben ein eigenes Kapitel. Mit dem gewalttätigen Weggang von Désirée v. Waller-Frey ging für Sie auch Ihr Frauenbild – wenn ich das in dieser Runde als Annahme stehen lassen darf?"

„Dürfen Sie", murmelte Alexander und blickte auf seinen Freund Steffen. Der schaute den Kommissar etwas pikiert an.

Steinbeis fuhr fort: „Alle anderen sind nun tot. Zwei oder drei sind durch Mord umgekommen. Wir werden die Wahrheit nicht erfahren. Aber der Tod von Boris Nikolaj Schafirow war eindeutig ein Unfall, den die Kollegen von der Unfallaufnahme jetzt übernehmen werden. Ihr Brunnen, Herr Schafirow, der die Inspektion nach wie vor schmückt, wird an die Toten und an die Lebenden erinnern. Was uns alle noch interessiert: Wo soll nun Ihr Kunstwerk, der russische Kirchturm, hinkommen?"

„Er wird auf dem Olympiaberg stehen; spätestens zum 50. Jahrestag der Olympischen Spiele. Erst heute Morgen bekam ich einen Anruf von dem bayerischen Kulturpolitiker Dr. Niebach, dass er die Option Olympiaberg begrüßen und unterstützen werde. Seine Frau sei von dem Projekt auch ganz angetan."

„Dann dafür viel Glück! Druzhba! Das heißt doch ‚Freundschaft' auf Russisch?"

„Spasibo, Druzhba!", sagte der Nachfahre des berühmten Barons am Sankt Petersburger Hof, Alexander Michail Schafirow. Er nahm seinen Freund Steffen bei der einen Hand, bedankte sich, als wenn ihn das Erbe seines Vaters in Schwingungen versetzt hätte, und winkte mit der anderen Hand.

Viele wussten nun von dem Gold. Auch der Steffen, die Verena, der Lukas und auch der Karli von der Spurensicherung, der gerade des Weges kam.

EPILOG

Mit der Presseschau, die Kriminalhauptkommissar Steinbeis unter dem Arm trug, als er von der Berichterstattung bei seinem Chef zurückkam, konnte das Weilheimer Ermittlerteam zufrieden sein. Journalisten waren derzeit wie auch die Leser froh um jede positive Nachricht. Zu viel Gejammer um Prozentpunkte und um mögliche Verluste bei den bevorstehenden Wahlen; alles Spekulationen. Da war es gut zu hören, dass die bayerische Wasserleiche kein Mord- sondern ein Unglücksfall war. Viele Artikel hatten Lob für das schnelle Aufklärungsergebnis und die prompten Informationen, die der Presssprecher herausgegeben hatte. Weil der Fall aber aufgrund der Umstände spektakulär war und weil bei Recherchen in der Schweiz herausgekommen war, dass Désirée v. Waller-Frey ihren ersten Mann vielleicht vorsätzlich getötet hat und später Mordopfer ihres zweiten Mannes wurde, berichtete erst BILD, dann das Astrastar-Magazin über Désirée und ihre Männer. Es folgte für Monate die gesamte Regenbogenpresse. Zu dem Goldschatz des redseligen Alexander Nikolaj Schafirow kamen hohe Summen für Interviews. Schließlich bot ein Journalist der Familie Schafirow an, ihre Familiengeschichte aufzuschreiben. Der renommierteste Publikumsverlag verlegte das Buch. Es wurde ein Bestseller.

Irgendwann hatte auch Kriminalhauptkommissar Steinbeis das Hardcover-Buch mit dem Titel „Désirée und ihre Männer" in der Hand und reichte es herum. Schnell war ein Entschluss geboren: Die nächste Weiterbildung werde sie nach München führen. Sie würden sich die Ausstellung „50 Jahre Olympische Spiele München" ansehen, am Olympiaturm schön essen und einen Verdauungsspaziergang zum Platz des geplanten 5,20-Meter-Turms einer russischen Blutkirche mit glänzender Messingkuppel machen.

Ihr Erbauer, der durch seinen Bestseller international bekannt gewordene Alexander Schafirow, würde ihnen Hintergrund, Technik und Materialien selbst erklären.

Er wollte die Schritte des Projekts anhand einer 52-Zentimeter-Miniatur verdeutlichen und hatte die auf einem Streetboard auf den Berg geschoben.

Die Vergoldung von Vermögen sei in Deutschland kein schweres Spiel, sagte er, als sie sich dann trafen. Alexander Schafirow erwähnte auch dankbar Dr. Niebach, der bei der Grundsteinlegung zugegen sein werde.

Den Ermittlern schwanden die Sinne. Sie waren geblendet bei dem Gedanken an das Gold unter dem Stuckaturmantel des Baumusters.

Oder war das nur eine billige Kopie und das Original stand am alten Platz?

Eine Gruppe Japaner kam von der Aussichtsplattform des Weges, ihre Kameras und Smartphones noch gezückt.

„How nice!"

Verena steckte der knipsenden jungen Frau mit dem Sonnenaufgang am Fujiyama auf dem Anorak ein Kärtchen mit ihrer E-Mail zu.

So kam das Kriminalkommissariat Weilheim zu einer Aufnahme mit Seltenheitswert und die Kriminellen der Region zu den Konterfeis ihrer Jäger.

Das Ermittlerteam war mit einer Gruppe Japaner auf dem „Fünf-Ringe-Berg" abgebildet, im Hintergrund Olympiaturm und Stadien. In die Mitte genommen hatten sie den Künstler, Buchautor und Nachfahren des Vizekanzlers von Zar Peter dem Großen, der den 23 Kilo schweren Westturm der Sankt Petersburger Erlöserkirche auf dem Arm trug, einen Millionenschatz. Man sah Alexander die Schwere der Last an. Juweliere würden den Goldglanz des Fundaments vielleicht zu deuten wissen?

Verena hatte das Foto Minuten später auf ihrem Smartphone; die Japaner waren noch in Sichtweite. Kurz danach kursierte es auf Facebook, Instagram und Twitter.

Neven Boudia sah es auch und ahnte plötzlich, wo Alexander das Gold versteckt haben könnte. Seine Vorfahren waren schließlich Kabylen, besonders mutige Männer für gefährliche und spektakuläre Aktionen.

2022 trugen es die Gazetten zusammen mit Fotos von Väterchen Timofejs Staat im Staat nochmals um die Welt. Auf dem Olympiaberg sollte gegen den Protest der Bevölkerung zudem ein Minarett und wenig später noch eine Miniatur des Taj Mahal aufgerichtet werden. Das im Schatten der sonstigen Kunst nicht mehr sichtbare Holzkreuz, das einst an die Bombenopfer des Zweiten Weltkriegs erinnerte, sollte abgebaut und durch ein kleineres, schlichtes aus sturmfestem Material auf der Aussichtsplattform ersetzt werden.

Zeittafel

I Klement Freys Leben und Sterben
(1966 – 2006)

II Der mysteriöse Tod der Désirée Annabel v. Waller-Frey
(2007 – 2008)

III Boris Nikolaj Schafirow und der Goldschatz
(2009 – 2018)

Danksagung

Besonders den liebenswerten Handlungsorten München, Garmisch-Partenkirchen, Murnau, Starnberg, Penzberg, Weilheim, Polling u.v.a. – mit ihren toleranten Bürgern - sei Dank für die Bereitstellung kriminalistischer Schauplätze, die der Autor an existierende Einrichtungen von Behörden, Kultur, Kirche, Sport, Handwerk, Handel und Gewerbe anlehnen durfte.

Ein Dankeschön auch dem Radfreund im Polizeidienst für viele fachliche Tipps während der gemeinsamen Ausfahrten.

Ein herzlicher Dank gilt Dr. Barbara Münch-Kienast für die wohlwollende Begleitung des Manuskripts im Rahmen des Lektorats, Marianne Kräft-Grünebach für das Korrektorat sowie Tino Hemmann für die Buchgestaltung.

Den Lesern sei besonderer Dank für ihre Mitwirkung an der Aufklärungsarbeit und für ihre rasche Einsicht, dass auch bei fiktivem Mordgeschehen kriminalpsychologische Aspekte eine ausschlaggebende Rolle spielen können.

Inhalt